# CONTE DE FÉES

## ÉGALEMENT CHEZ POCKET

- Coups de cœur
- Joyaux
- Naissances
- Disparu
- Le Cadeau
- Accident
- Cinq jours à Paris
- La Maison des jours heureux
- Au nom du cœur
- Honneur et courage
- Le Ranch
- Renaissance
- Le Fantôme
- Le Klone et moi
- Un si long chemin
- Douce amère
- Forces irrésistibles
- Le Mariage
- Mamie Dan
- Voyage
- Le Baiser
- Rue de l'Espoir
- L'Aigle solitaire
- Le Cottage
- Courage
- Vœux secrets
- Coucher de soleil à Saint-Tropez
- Rendez-vous
- À bon port
- L'Ange gardien
- Rançon
- Les Échos du passé
- Impossible
- Éternels célibataires
- La Clé du bonheur
- Miracle
- Princesse
- Sœurs et amies
- Le Bal
- Villa numéro 2
- Une grâce infinie
- Paris retrouvé
- Irrésistible
- Une femme libre
- Au jour le jour
- Affaire de cœur
- Double reflet
- Maintenant et pour toujours
- Album de famille
- Cher Daddy
- Les Lueurs du Sud
- Une grande fille
- Liens familiaux
- La Vagabonde
- Il était une fois l'amour
- Une autre vie
- Colocataires
- En héritage
- Joyeux anniversaire
- Traversées
- Un monde de rêve
- Les Promesses de la passion
- Hôtel Vendôme
- Trahie
- Secrets
- La Belle Vie
- Souvenirs d'amour
- Zoya
- Des amis si proches
- La Fin de l'été
- L'Anneau de Cassandra
- Le Pardon
- Seconde chance
- Jusqu'à la fin des temps
- Star
- Plein ciel
- Souvenirs du Viêtnam
- Un pur bonheur
- Victoires
- Loving
- Coup de foudre
- Palomino
- Ambitions
- La Ronde des souvenirs
- Kaléidoscope
- Une vie parfaite
- Bravoure
- Un si grand amour
- Malveillance
- Un parfait inconnu
- Le Fils prodigue
- Musique
- Cadeaux inestimables
- Agent secret
- L'Enfant aux yeux bleus
- Collection privée
- L'Appartement
- Ouragan
- Magique
- La Médaille
- Prisonnière
- Mise en scène
- Plus que parfait
- La Duchesse
- Jeux dangereux
- Quoi qu'il arrive
- Coup de grâce
- Père et fils
- Vie secrète
- Héros d'un jour
- Un mal pour un bien
- Conte de fées

- Offrir l'espoir

## DANIELLE STEEL

Avec une centaine d'ouvrages publiés en France et 800 millions d'exemplaires vendus à travers le monde, Danielle Steel est, depuis ses débuts, une auteure au succès inégalé. Francophone, passionnée de notre culture et de l'art de vivre à la française, elle a été promue, en 2014, au grade de chevalier de l'ordre de la Légion d'honneur.

**Retrouvez toute l'actualité de l'auteure sur :
www.danielle-steel.fr**

# DANIELLE STEEL

# CONTE DE FÉES

ROMAN

*Traduit de l'anglais (États-Unis)
par Alice Fombois*

Les Presses de la Cité

Titre original :
*FAIRYTALE*
L'édition originale de cet ouvrage a paru en 2017
chez Delacorte Press, Random House,
Penguin Random House Company, New York

L'éditeur de cet ouvrage s'engage dans une démarche
de certification FSC® qui contribue à la préservation
des forêts pour les générations futures.

Pour en savoir plus :
www.editis.com/engagement-rse/

Le Code de la propriété intellectuelle n'autorisant, aux termes de l'article L. 122-5, 2° et 3° a, d'une part, que les « copies ou reproductions strictement réservées à l'usage privé du copiste et non destinées à une utilisation collective » et, d'autre part, que les analyses et les courtes citations dans un but d'exemple et d'illustration, « toute représentation ou reproduction intégrale ou partielle faite sans le consentement de l'auteur ou de ses ayants droit ou ayants cause est illicite » (art. L. 122-4).
Cette représentation ou reproduction, par quelque procédé que ce soit, constituerait donc une contrefaçon, sanctionnée par les articles L. 335-2 et suivants du Code de la propriété intellectuelle.

© Danielle Steel, 2017, tous droits réservés

© Presses de la Cité, un département place des éditeurs 2021,
pour la traduction française
ISBN : 978-2-266-32280-5
Dépôt légal : août 2022

Chers lecteurs,

Nous avons tous besoin d'un peu de magie dans nos vies. La plupart d'entre nous croient, ouvertement ou en secret, aux contes de fées, c'est-à-dire au fait qu'une certaine dose de magie peut survenir dans l'existence. Or les contes de fées délivrent un message puissant et utile dans notre monde actuel : l'espoir que les choses s'arrangeront à la fin.

J'ai adoré l'idée de transformer une intrigue d'aujourd'hui en une sorte de conte de fées, sans bonne marraine ni baguette magique, mais peuplé de gens réels qui apparaissent au bon moment pour tendre une main secourable, se battre pour ce qui est juste et aider à retourner la situation, aussi désespérée soit-elle. Comme dans tout conte de fées, il s'agit avant tout d'une bataille entre le bien et le mal. Car le mal existe, on ne peut le nier, et il pointe parfois le bout de son sale museau dans nos vies.

Les belles-mères odieuses, retorses et rapaces ont toujours existé. De même que les parents veufs qui se remarient avec la mauvaise personne, mettant ainsi leurs enfants dans une position délicate. Nous avons tous entendu parler d'histoires de ce genre, voire les avons vécues. Ajoutez à ce cocktail des quasi-frères ou sœurs insupportables et vous obtenez des moments particulièrement déplaisants, pour ne pas dire des batailles sanglantes. Sans soutien ni protecteur, on peut vite se retrouver à combattre les forces du mal tout seul. Et en l'absence d'une bonne fée pour résoudre les problèmes d'un coup de baguette ou de poussière magiques, il faut du courage et de l'imagination pour résister et obtenir justice. Par chance, des alliés imprévus peuvent surgir et, avec de la persévérance, de la volonté et le bon droit pour soi, le bien peut triompher. La route est souvent semée d'embûches, mais on peut gagner. Il est bon de toujours garder cela en mémoire.

Avec une enfance joyeuse et protégée dans la magnifique, luxuriante et paisible vallée de Napa, on ne s'attend pas à ce que la tragédie ou le mal frappent, mais les revers de fortune peuvent survenir n'importe où. Et alors, la bataille s'engage… Il n'y a ni citrouille ni souris dans ce conte de fées, mais une belle-mère française au charme trompeur, un père trop bon qui croit les mensonges d'une ensorceleuse, et un coup du sort qui oblige une jeune femme à se battre pour ce qui lui revient de droit, voire pour sa vie… Il y a aussi une grand-mère rousse, excentrique, intelligente, drôle et chaleureuse, qui s'apparenterait à la bonne fée dont nous aurions tous besoin… et comme il se doit, le bien triomphe sur le mal à la fin. Cela devrait nous rappeler à tous de maintenir le cap, de persévérer, de ne jamais abandonner et de faire ce que nous croyons juste, jusqu'au bout !

Que tous vos contes de fées se terminent par « Et ils vécurent heureux ».

Bien affectueusement,

Danielle

*À mes enfants chéris,
Beatie, Trevor, Todd, Nick, Sam,
Victoria, Vanessa, Maxx et Zara,*

*Que tous vos contes de fées soient réels,*

*Que jamais le mal ne vous atteigne,
Que vous soyez forts,
sages et courageux s'il survient,
Que tous vos projets se terminent bien,
Et que toujours vous sachiez
Combien je vous aime,
De tout mon cœur et de toute mon âme,*

*Avec tout mon amour,
Maman/DS*

# 1

Mars dans la vallée de Napa, à un peu moins de cent kilomètres au nord de San Francisco, était la saison préférée de Joy Lammenais. Les collines à perte de vue se couvraient d'un vert émeraude lumineux, qui ternirait avec les semaines jusqu'à devenir sec et cassant sous la chaleur estivale. Mais pour l'instant, tout était neuf et tendre et les vignes s'étiraient sur des kilomètres à travers la vallée, que les visiteurs comparaient à la Toscane, et certains à la France.

Joy était venue ici pour la première fois vingt-quatre ans plus tôt, avec Christophe. Ils étudiaient alors à Stanford : elle en master d'administration des affaires et lui se spécialisant en œnologie et viticulture. Il lui avait bien expliqué la différence : l'œnologie, c'était tout ce qui touchait à l'élaboration du vin, tandis que la viticulture concernait la plantation et l'entretien de la vigne. Il savait de quoi il parlait : sa famille produisait depuis des siècles des bordeaux renommés. Son père et ses oncles avaient repris le domaine, mais son rêve à lui avait toujours été de venir en Californie pour en apprendre davantage sur les vins de la région.

Il rêvait aussi d'avoir son propre petit domaine, lui avait-il confié. Au début, cela n'avait été qu'un vague espoir, une chimère qu'il ne s'autoriserait jamais, car sa voie était toute tracée : il était censé retourner en France pour reprendre le flambeau familial, comme ses ancêtres avant lui. Sauf qu'il était tombé amoureux de la Californie et de la vie ici, se passionnant de plus en plus pour les vignobles de la vallée de Napa. La mort brutale et prématurée de son père pendant son année à Stanford avait achevé de rendre son rêve accessible, en le laissant avec une somme inespérée à investir. Il avait de quoi s'établir en Amérique ! Tous les deux avaient obtenu leur diplôme en juin et Christophe était retourné en France pour expliquer son projet à sa famille. À la fin de l'été, il était revenu pour le mettre à exécution.

De son côté, Joy multipliait les talents. Naturellement douée pour les affaires et la finance, elle était aussi artiste et peignait, ayant pris des cours plusieurs années de suite en Italie. Elle aurait très bien pu faire carrière dans l'art et s'était d'ailleurs posé la question, encouragée en cela par ses professeurs italiens, mais au bout du compte, son sens pratique l'avait emporté : elle avait préféré conserver la peinture comme loisir, un loisir qu'elle adorait, et se concentrer sur ses projets entrepreneuriaux. Identifiant d'instinct les marchés les plus porteurs, elle voulait entrer dans l'une des sociétés de la Silicon Valley qui investissaient dans les nouvelles technologies avant de créer un jour sa propre société de capital-risque. Elle en parlait tout le temps à Christophe.

Quand ils s'étaient rencontrés, elle n'y connaissait rien au vin. C'est lui qui l'y avait initiée pendant leur année ensemble. Les vignobles et les domaines ne la passionnaient pas vraiment, mais la façon dont il en parlait rendait ça vivant et presque magique. Il adorait le vin, autant qu'elle la peinture ou les investissements novateurs. Là où elle voyait un secteur risqué, soumis à tant d'aléas – une gelée précoce, une vendange en retard, trop de pluie ou pas assez –, lui clamait que c'était justement cela qui en faisait tout le mystère et la beauté. Quand tous les éléments essentiels se combinaient, on se retrouvait avec un cru inoubliable, dont on parlerait pendant des siècles. C'était cette combinaison qui transformait un vin ordinaire en un remarquable cadeau de la nature.

À force de visiter la vallée de Napa en sa compagnie, elle avait compris qu'il avait ça dans le sang et l'âme, et que son but dans la vie était de posséder un domaine à son nom, dont l'excellence serait reconnue. Il l'espérait de tout son cœur. Elle avait alors 25 ans et lui, 26. Juste après leur diplôme, elle avait eu la chance de décrocher un poste dans une prestigieuse boîte de capital-risque et elle adorait son travail. Quand Christophe était revenu de France à la fin de l'été, en quête de terres à acheter avec des vignobles qu'il pourrait replanter à sa manière, comme on le lui avait appris en France, il lui avait demandé de l'accompagner. Il avait confiance en son expertise financière. Elle l'avait donc aidé à acquérir son premier vignoble. Novembre n'était pas encore arrivé qu'il en avait acheté six, tous mitoyens et plantés de vieilles vignes.

Il savait exactement par quel cépage les remplacer. Son projet était en effet de conserver une taille modeste au domaine mais de produire un jour le meilleur pinot noir de la vallée. Quand il lui fit part de ses intentions, elle le crut volontiers. En la matière, c'était lui l'expert. Lui qui lui analysait tous les vins qu'ils goûtaient, leurs points forts et faibles, ce qui les aurait améliorés ou rendus différents. Lui qui l'avait initiée aux vins français et aux château-lamennais que sa famille produisait et exportait depuis des générations.

Il avait acheté une parcelle supplémentaire sur la colline dominant ses vignobles et la vallée, pour y construire un petit château. En attendant, il vivait dans un cabanon avec une chambre et un salon confortable, doté d'une énorme cheminée. Que de samedis soir ils avaient passés là, bien au chaud, à discuter de son projet ! Il lui racontait ses espoirs et elle lui expliquait comment monter un business plan et gérer les aspects financiers.

À Noël, ils avaient contemplé du perron la splendeur de la nature aux premières lueurs du jour. Désormais orphelin – il avait perdu sa mère plusieurs années auparavant –, Christophe avait préféré passer les fêtes avec elle plutôt qu'avec ses oncles en France. Quant à elle, tout comme lui, elle n'avait plus ses parents. Sa mère avait succombé à un cancer quand elle avait 15 ans et son père, bien plus âgé que sa mère, était mort de chagrin trois ans plus tard. Christophe et Joy s'étaient donc forgé leur monde à eux dans ce cabanon. Un soir, il leur avait mitonné un incroyable repas à base d'oie et de faisan, avec un accord mets-vin tout simplement parfait.

Au printemps, fidèle à son projet, il avait lancé le chantier du château. Car il avait beau être du genre rêveur, Christophe faisait toujours ce qu'il disait, transformant l'abstrait en concret. Il ne perdait jamais de vue ses objectifs, et elle lui montrait comment les atteindre une fois qu'il lui avait détaillé ce qu'il avait en tête. Pour le château, il visait un résultat de toute beauté.

S'inspirant librement du château familial vieux de quatre cents ans, il avait fourni à l'architecte un nombre incalculable de croquis et de photos, en indiquant les changements appropriés pour sa version américaine, avec un seul mot d'ordre quant aux proportions : rien de trop imposant ni de trop petit. L'édifice se dresserait dans une clairière bordée de splendides arbres centenaires, mais comme il voulait aussi des rosiers rouges partout, à l'image du domaine Lamennais en France, il avait confié l'aménagement extérieur à un paysagiste, qui avait été emballé par le projet.

À l'été, le chantier était déjà bien avancé quand Christophe avait demandé à Joy de l'épouser. Cela faisait bien plus d'un an qu'ils étaient ensemble et son projet de chai au milieu des vignes ainsi que son château, un vrai petit bijou, étaient sur les rails. La cérémonie eut lieu en toute intimité, fin août, dans une église toute proche, avec pour seuls témoins deux de leurs vignerons. Ils n'avaient pas encore de vrais amis dans la vallée. Il n'y avait qu'eux deux, ce qui était plus que suffisant pour un début. Le reste viendrait en son temps. Ils construisaient pour l'instant leur vie à deux. Joy avait le plus profond respect pour la passion de Christophe envers la terre et son domaine. Ils étaient constitutifs de son être. Pour lui, les vignes qu'il soignait étaient des êtres vivants, qu'il chérissait, nourrissait et protégeait. Il ressentait la même chose pour elle. Il la traitait comme un précieux cadeau de la vie et elle s'épanouissait, poussait comme une plante à la chaleur de son amour, l'aimant en retour tout aussi profondément.

Le château n'étant pas encore terminé, ils avaient fêté leur premier Noël de jeunes mariés dans leur cabanon tout simple, qui convenait à merveille à leur vie tranquille. Joy était enceinte de trois mois. Elle avait démissionné de son travail au moment de leur mariage, car la Silicon Valley était trop loin de chez eux, et elle se consacrait dorénavant entièrement au domaine. Elle s'occupait de la partie business et lui, du vin. Il gardait aussi un œil sur le chantier de la maison, car il voulait que tout soit fini pour l'arrivée du bébé en juin. De fait, ainsi qu'il l'avait promis, ils avaient emménagé dans le château en mai. Elle avait alors le ventre bien rond, ce qui ne l'empêchait pas de passer ses journées à l'administration de l'exploitation et, le soir et les week-ends, de peindre de magnifiques fresques à l'intérieur de la maison. Christophe avait baptisé le domaine « Château Joy », d'après son prénom qui signifiait « joie ». Cela n'aurait pu mieux résumer leur vie.

Tous les jours, ils se levaient avec entrain, prenaient ensemble le petit déjeuner tout en discutant de l'avancée du projet et des problèmes à résoudre. Les vignes avaient été plantées selon les préceptes inculqués en France à Christophe – deux de ses oncles leur avaient d'ailleurs rendu visite et avaient approuvé tout ce qu'ils avaient entrepris jusque-là, prédisant que d'ici vingt ans, le domaine serait le meilleur de la vallée de Napa. Les ceps poussaient bien et ils se sentaient déjà chez eux dans le château. Ils l'avaient décoré avec du vieux mobilier campagnard français déniché dans des ventes aux enchères locales et des magasins d'antiquités, combinant le tout avec goût.

La naissance du bébé se déroula aussi naturellement et sereinement que leurs projets des deux années précédentes. Peu après le petit déjeuner, Joy avait donné le signal du départ à Christophe et, en fin d'après-midi, elle tenait dans ses bras une magnifique petite fille sous le regard émerveillé de son mari. Tout avait été très simple, très facile et naturel. La petite avait hérité de sa maman une peau de lait et des cheveux blond pâle et elle promettait d'avoir des yeux d'un bleu aussi profond que ceux de son papa, plus soutenu en tout cas que l'iris de Joy.

— On dirait une fleur, avait dit Christophe, fasciné par son teint de porcelaine.

Ils l'appelèrent Camille.

Dès le lendemain, ils commençaient au château leur vie à trois. Leur fille grandit adorée de ses parents, dans un merveilleux petit château au milieu des vignes paternelles, au cœur de la vallée de Napa. Dans le même temps, la prédiction des oncles de Christophe se réalisait : en quelques années, le domaine commença à produire l'un des meilleurs pinots noirs de la région. Leur affaire se portait bien, l'avenir était sécurisé, ils étaient respectés et admirés par tous les vignerons importants de la vallée, dont beaucoup venaient prendre conseil auprès de Christophe. Ce dernier s'appuyait sur des années de formation et de tradition familiales ainsi que sur son intuition presque infaillible. Son plus proche ami, Sam Marshall, était propriétaire du plus grand domaine de la vallée de Napa. Sans posséder l'expérience de Christophe, il savait d'instinct comment obtenir de grands vins. C'était aussi quelqu'un de courageux et de novateur, avec qui Christophe aimait discuter.

Leurs épouses s'entendant elles aussi très bien, ils se retrouvaient souvent pour le déjeuner dominical. Christophe préparait alors un véritable festin à la française tout en parlant affaires avec Sam pendant que les femmes surveillaient les petits. Barbara et Sam avaient en effet un garçon de 7 ans, Phillip, que Camille fascinait – avec la permission de Joy, il l'avait tenue dans ses bras alors qu'elle n'avait que deux semaines. La plupart du temps, il préférait cependant grimper aux arbres, courir dans les prés, cueillir des fruits dans les vergers ou bien faire de la bicyclette dans l'allée principale.

Son père était originaire du coin et avait travaillé dur pour en arriver là. Sam Marshall prenait son métier avec sérieux, tout comme Christophe, raison pour laquelle il admirait le Français. À ses yeux, il n'y avait rien de plus agaçant que ces hommes d'affaires arrogants qui débarquaient de L.A. ou New York pour acheter un arpent de vignes, planter quelques ceps et se proclamer producteurs alors qu'ils n'avaient pas une once d'expertise. C'étaient des « vignerons du dimanche » et il ne les supportait pas. Christophe non plus, persuadé qu'il fallait des générations pour que s'accumulent et se transmettent les secrets de fabrication des grands vins. Il en respectait d'autant plus Sam pour avoir amassé à lui tout seul tant de savoir sur la question. C'était un bosseur, assoiffé de connaissances et respectueux de la terre, de ce qu'elle pouvait donner. Il avait une profonde affection pour lui.

Tous deux préféraient ainsi la compagnie de vignerons professionnels à leur image, capables de partager des informations et une expérience utiles, et non celle de la foule d'amateurs attirés par le secteur – généralement de nouveaux riches désireux d'étaler leur fortune en s'offrant un domaine. Il y avait aussi la vieille aristocratie de San Francisco, qui avait investi la vallée au fil des ans. Mais ceux-là restaient entre eux et n'ouvraient guère leurs élégantes réceptions, réservées à leur sérail. Ils snobaient tout le monde, à l'exception parfois des producteurs les plus importants dont Christophe faisait partie – mais il n'était guère intéressé par cette clique.

Le domaine gagnait régulièrement en surface au gré des achats de parcelles qu'il choisissait pour y planter de nouvelles vignes. Il avait engagé un chef de culture toscan, Cesare, que Joy, toujours impliquée dans la partie développement, n'aimait pas. Son visage se fermait dès qu'elle le voyait et elle allait même jusqu'à quitter carrément la pièce lorsqu'il entrait. Mais tout cela n'avait que peu d'impact sur la petite Camille, qui grandissait dans l'atmosphère heureuse entretenue par ses parents.

Après l'école, elle jouait dans les vignes et traînait tout le temps autour du chai. Elle répétait à qui voulait l'entendre que, plus tard, elle ferait comme ses parents : elle irait à Stanford puis travaillerait au domaine. À ses yeux, tout ce qu'ils faisaient était parfait et elle voulait perpétuer la tradition. Ayant profité de nombreux séjours avec eux dans le Bordelais pour voir ses cousins et ses grands-oncles et tantes, elle était sensibilisée à la question, mais comme son père avant elle, elle avait fait le choix de la Californie : pour elle, la vallée de Napa était le plus bel endroit sur terre. Et Joy était bien d'accord avec eux.

Leur fille poussait au sein des dynasties vigneronnes de la vallée de Napa, entourée de quelques amis proches dont, bien sûr, les Marshall et leur fils qui était, selon les années, tantôt le pire ennemi de Camille, tantôt son héros. Plus âgé qu'elle, il ne se privait pas de la taquiner, mais plus d'une fois il s'était interposé à la récréation quand on l'importunait sous ses yeux. Elle était comme une petite sœur pour lui. Quand Phillip partit pour l'université, elle en fut tout attristée.

Joy avait 44 ans et Christophe 45 lorsque Camille fêta ses 17 ans et qu'une mammographie de routine révéla un cancer du sein chez sa mère. La nouvelle bouleversa leur univers. Il fut décidé de ne retirer que la tumeur et de traiter la zone par une chimiothérapie à haute dose, suivie de longues semaines de radiothérapie. Christophe était dans tous ses états, d'autant plus que Joy rentrait mal en point de ses séances. Elle n'en passait pas moins au chai tous les jours, ne fût-ce qu'un court moment, et Camille faisait tout ce qu'elle pouvait pour l'aider. Si les moments difficiles ne manquèrent pas durant cet hiver-là, Joy montra du début à la fin un courage et une détermination inébranlables. Jamais la volonté de vivre ne lui fit défaut. Elle fit tout ce qu'il fallait pour s'en sortir et dit, après coup, qu'elle l'avait fait pour Camille et Christophe. Moyennant quoi, un an plus tard, elle était en rémission. Ils purent tous respirer à nouveau. Cela avait été l'enfer. Même l'admission de Camille à Stanford n'avait pas éclairci leur horizon tant que la rémission de Joy n'avait pas été confirmée.

Pour le diplôme de Camille et ses 18 ans, ses parents organisèrent une grande fête juste avant la fin des cours.

L'événement symbolisait le retour des beaux jours dans leur vie. Il réunit des jeunes de l'âge de Camille, en majorité ses amis de classe, et un groupe de parents invités par Joy et Christophe. Parmi eux, les Marshall, qui leur donnèrent des nouvelles de Phillip. Leur fils n'arrêtait pas de voyager pour promouvoir leurs vins, mission qu'il remplissait à la perfection. Après un séjour au Cap, en Afrique du Sud, il avait passé six mois au Chili à travailler chez un exploitant, afin d'étudier d'autres régions de production viticole au climat proche de celui de la vallée de Napa. Il apprenait le business partout dans le monde.

Les Marshall furent soulagés de voir Joy en si bonne forme. Après le dîner, Barbara lui confia dans un murmure qu'avec un an d'écart elle traversait les mêmes affres : on l'opérait à San Francisco la semaine suivante. Une double mastectomie. Les deux femmes prirent le temps d'en parler mais, malgré tous ses efforts, Barbara avait bien du mal à partager l'optimisme de Joy quant à l'issue de ce parcours du combattant. Elle avait dix ans de plus que son amie et appréhendait énormément ce qui l'attendait. Tout comme Sam. Pour ne pas inquiéter Phillip, ils avaient repoussé le moment de lui en parler mais, la date de l'intervention approchant, ils ne pouvaient plus reculer. Ils lui annonceraient la mauvaise nouvelle à son retour.

Joy, elle, n'avait rien caché à Camille, qui avait pu constater combien la chimio l'avait rendue malade. Elle avait par ailleurs toujours vécu avec cette épée de Damoclès, sa propre mère ayant succombé à un cancer du sein à l'âge de 40 ans. Pour Barbara qui n'avait pas ces antécédents familiaux, l'annonce de la maladie retentissait comme un coup de tonnerre dans un ciel bleu. Elle occultait la réussite de son mari, le fait que les frais médicaux ne soient pas un problème, et même l'amour immense que le couple partageait. La maladie était là, redoutable. Très belle, Barbara craignait d'être abîmée par l'intervention et elle redoutait la douleur de la chirurgie réparatrice. Tout comme les Lamennais avant eux, cette épreuve promettait d'être le plus grand défi que Sam et elle aient jamais eu à relever.

Leur mariage était aussi solide que celui de Joy et Christophe, mais tous ne pouvaient pas en dire autant dans la vallée. Dans ce petit monde où la compétition et l'ambition sociale régnaient, les aventures extraconjugales se comptaient à la pelle et les rumeurs allaient bon train sur qui couchait avec qui.

Joy et Christophe n'avaient jamais fait partie de ces coteries et ne le souhaitaient pas. Sam et Barbara pas davantage. Ils avaient su garder les pieds sur terre, alors qu'ils auraient eu toutes les raisons de perdre la tête : ancienne hôtesse de l'air, Barbara se trouvait mariée à un homme parti de rien, devenu propriétaire du domaine le plus vaste et le plus rentable de la vallée, exemple même des fortunes qui pouvaient s'y construire autour du vin. Christophe et Sam, ainsi que quelques autres, symbolisaient la réussite après laquelle couraient tous les parvenus et les nouveaux riches qui investissaient à tour de bras dans la vallée de Napa. La seule concession des Marshall à leur position sociale et à l'empire que Sam avait fondé était le bal des vendanges qu'ils donnaient chaque année en septembre – un jour, au retour d'un voyage à Venise, Barbara avait lancé pour plaisanter l'idée d'un bal masqué en costumes d'époque. Le résultat avait tellement emballé leurs invités que c'était devenu une tradition. Chaque année, les Lammenais y assistaient, malgré les protestations de Christophe qui se trouvait ridicule en culotte de satin, perruque et masque.

« Si moi, je le fais, toi aussi tu peux. Il est vrai que Barbara me tuerait si je refusais… », lui disait Sam.

« Bon sang, pourquoi n'avons-nous pas proposé un barbecue à l'origine ? On n'aurait pas eu besoin de se déguiser chaque année en pingouins », grommelait-il d'autres fois, tout en jouant le jeu de bonne grâce pour son épouse – toujours magnifique, quel que soit son costume.

Année après année, la soirée était spectaculaire : buffets fabuleux, danse au son d'un orchestre venu de San Francisco, feux d'artifice illuminant les rangs de vignes qui s'étiraient à l'infini. Contrairement à l'élégant petit château de Joy et Christophe, leur vaste maison aux technologies dernier cri avait été dessinée par un architecte mexicain de renom. Elle abritait leur célèbre collection d'art moderne et contemporain qui comprenait entre autres sept Picasso – souvent demandés en prêt par les musées –, de nombreux Chagall et une peinture de Jackson Pollock. Étant donné sa passion pour l'art, Joy adorait contempler ces œuvres.

Une fois son diplôme de fin d'année en poche, Camille passa l'été à aider sa mère à l'administration du domaine, comme tous les étés depuis qu'elle avait 15 ans. Ses parents se réjouissaient de sa future rentrée à Stanford, et elle n'était pas moins excitée qu'eux. Elle avait choisi des études de commerce dans l'optique d'obtenir un MBA, en prévoyant de travailler pour ses parents entre les deux, histoire de faire une pause avant son troisième cycle. Pas une seconde elle n'envisageait d'acquérir de l'expérience sur une autre exploitation, même si son père faisait valoir qu'une année à Bordeaux, dans sa famille, lui serait bénéfique et améliorerait son français – une langue toujours utile dans leur secteur d'activité. Par définition, Camille ne s'éloignait jamais beaucoup de Château Joy et elle n'en éprouvait pas le besoin. Pourquoi aller ailleurs quand elle était si heureuse sur place, avec ses parents dont elle partageait la vie et le travail ?

Pendant l'été, Joy rendit régulièrement visite à Barbara Marshall, qui avait commencé la chimio. Elle la supportait très mal, au plus grand désespoir de Sam et Phillip, qui se rongeaient les sangs. Barbara était bien plus malade que Joy ne l'avait été.

De son côté, Camille fit sa rentrée à Stanford, sans pour autant couper le cordon avec Château Joy, où elle revenait en week-end avec une fréquence qui finit par préoccuper sa mère. Celle-ci s'en ouvrit à Christophe.

— Camille est trop attachée à nous. Elle vit en circuit quasiment clos, à un âge où l'on a généralement soif d'aventure. Elle devrait partir explorer le monde, au moins pendant un temps !

— Écoute, c'est notre seul enfant et elle veut être ici. Ne la mets pas dehors, répondit son mari avec un sourire avant de l'embrasser.

Il adorait avoir sa fille à la maison, et le fait qu'elle ne veuille pas autre chose lui allait très bien. Avec Joy, ils avaient souvent parlé d'avoir un autre enfant, notamment quand Camille était plus petite, mais leur vie leur avait paru tellement parfaite telle qu'elle était qu'ils n'avaient pas concrétisé le projet. Le récent cancer de Joy avait définitivement enterré la question.

Ne pas avoir d'héritier mâle importait peu à Christophe. Quand ils prendraient leur retraite, le domaine passerait à Camille et elle le dirigerait avec brio, il en était persuadé : elle possédait le sens des affaires de sa mère. Il avait par ailleurs tout fait pour que l'entreprise conserve une taille facilement gérable. Avoir un empire aussi vaste que celui de Sam Marshall ne l'avait jamais intéressé. Il avait sciemment limité la surface de l'exploitation pour que Château Joy demeure un produit rare et précieux. Le résultat leur convenait à merveille et s'administrait sans problèmes – les désaccords ponctuels avec Cesare à propos des vignes n'en étaient pas vraiment.

Cela faisait des années que l'Italien travaillait avec eux, mais Joy continuait à le traiter comme un indésirable. Elle n'avait pas confiance : il restait vague sur ses avances de frais et vivait comme une contrainte inutile le fait de devoir lui rendre des comptes. Or Joy ne le lâchait pas tant qu'elle n'obtenait pas les informations voulues, ce qui donnait lieu à de fréquentes disputes. Rares étaient les fois où il quittait son bureau sans claquer la porte. Christophe se doutait bien que Cesare empochait de petites sommes prélevées sur ses avances de frais, mais le Toscan connaissait son métier comme personne. Il aimait Château Joy et s'occupait de leur vignoble comme si c'était son propre enfant. Sans compter qu'il avait un instinct infaillible. Aux yeux de Christophe, c'était le meilleur chef de culture de la vallée, voilà pourquoi il tolérait ses petits écarts financiers et ne remettait pas en cause sa collaboration : leurs vignes importaient plus que quelques dollars détournés. Joy ne voyait pas les choses ainsi et cette différence de perception donnait lieu à quelques frictions entre eux. Autrement, leur tandem fonctionnait à merveille : brillant vigneron, Christophe élaborait le vin d'exception à l'origine de leur réussite et elle s'occupait de tous les aspects pratiques, dont l'intendance et la comptabilité.

Les années passaient. Camille se plaisait toujours autant à Stanford, où elle rencontrait des gens venus du monde entier. La plupart des camarades qu'elle côtoyait dans sa filière commerciale espéraient intégrer les établissements financiers de la Silicon Valley, ou bien travailler à Wall Street, à New York, sur la côte Est. Mais elle voulait seulement aider ses parents au domaine. Or elle touchait au but : trois mois plus tard, son mémoire de fin d'études serait remis et les examens terminaux passés ! Elle se trouvait chez ses parents pour le week-end, lorsqu'elle aperçut un papier médical sur le bureau de sa mère, rappelant à celle-ci son rendez-vous pour une mammographie. Cela ramena instantanément Camille cinq ans en arrière, quand le cancer de Joy avait été diagnostiqué. Heureusement, elle n'avait pas fait de rechute.

Barbara Marshall n'avait pas eu cette chance. La chimio restant sans effet, son cancer s'était généralisé et l'avait emportée en huit mois. Sam et Phillip avaient été dévastés par le chagrin. Cela remontait maintenant à un peu plus de trois ans. Depuis, Phillip dirigeait le domaine avec son père, ce qui l'intégrait d'emblée dans un monde d'adultes : il fréquentait les vignerons importants de la vallée, dont les fils avaient le même âge que lui et assumeraient les mêmes responsabilités. En tant que futurs dirigeants, ils avaient encore beaucoup à apprendre et Phillip s'attelait à la tâche avec sérieux, sans pour autant négliger le reste. Dans la région, il avait une réputation de bon vivant. Il aimait la vitesse, les voitures de luxe et les jolies filles. Camille le voyait souvent au volant de sa Ferrari rouge, jamais deux fois avec la même passagère. Elle le taquinait à ce sujet, mais il ne relevait pas. Du haut de ses 29 ans, il continuait à la traiter comme une petite sœur, lui disant de ne pas se presser : qu'elle profite donc de l'université, elle avait le temps d'accéder au monde des grands. Cette attitude agaçait prodigieusement la jeune femme, qui considérait en savoir autant que lui sur la gestion d'un domaine viticole. Par ailleurs, à 22 ans, elle était une femme, et non une adolescente !

Concernant Sam Marshall, Camille avait entendu ses parents dire qu'il sortait depuis presque deux ans avec une membre du Congrès originaire de Los Angeles, mais elle-même ne l'avait jamais rencontrée : Sam était toujours seul ou avec Phillip quand elle le voyait. Après la perte de sa femme, il avait pris plusieurs années d'un coup et perdu une certaine insouciance. Cela avait été un choc et une vraie tristesse pour eux tous. Ce souvenir relançait toujours l'inquiétude de Camille pour sa mère.

— Maman, tu continues bien à faire tes deux mammos par an ? lui demanda-t-elle après avoir aperçu le rappel sur le bureau.

— Bien sûr, dit sa mère qui, prenant place avec un énorme dossier, ajouta : J'ai hâte de t'en passer quelques-uns quand tu reviendras à la maison !

Joy avait parfaitement conscience des capacités de Camille, de son sens de l'organisation et de son efficacité : c'est elle qui les lui avait inculqués. Camille possédait cependant un atout supplémentaire qui demeurait pour elle toujours mystérieux malgré le nombre d'années passées au milieu des vignes : elle connaissait l'art subtil de faire du vin. En grande partie grâce à Christophe, qui l'avait formée depuis son plus jeune âge. C'était dans son ADN, elle en avait hérité de son père. Tous les deux étaient amoureux du vin.

— Tiens bon, j'arrive dans trois mois ! lui répondit Camille avec un sourire.

Sa mère lui avait libéré un bureau et se réjouissait à la perspective de l'y voir tous les jours. C'était la dernière étape de leur rêve qui se réalisait : leur fille allait travailler avec eux au domaine jusqu'à reprendre un jour totalement le flambeau, ce qui n'était pas pour tout de suite puisqu'elle-même n'avait que 49 ans et que Christophe venait seulement de fêter ses 50.

Dans le mois qui suivit le passage de Camille, Joy n'eut pas un moment à elle : une multitude de projets atterrissait sur son bureau et Christophe sollicitait son avis pour les étiquettes d'un nouveau cru, son cœur balançant entre deux choix. Comme c'était Joy qui les dessinait, elle savait parfaitement laquelle elle préférait...

Quatre semaines s'étaient donc écoulées lorsqu'elle retrouva le rappel de la mammo parmi un monceau de papiers qu'elle avait relégués dans un tiroir. Cinq ans avaient passé, on la considérait désormais comme guérie, mais ça ne la rendait pas moins nerveuse pour autant. Sa propre mère était plus jeune qu'elle lorsque le cancer l'avait emportée. Christophe avait beau répéter qu'ils menaient une vie enchantée et que rien ne pouvait leur arriver, elle pensait toujours à Barbara Marshall quand il disait cela.

Elle appela pour prendre un rendez-vous, qui lui fut aussitôt accordé, et elle en profita pour en programmer d'autres en ville, puisqu'elle n'y allait pas souvent – San Francisco avait beau n'être qu'à une heure et demie de route, cela lui paraissait une autre planète. Elle n'éprouvait aucun besoin de bouger. Le voyageur, c'était Christophe, qui se déplaçait de temps à autre pour promouvoir leurs vins en Europe ou en Asie. Il comptait d'ailleurs emmener Camille quand elle travaillerait à plein temps avec eux.

Le jour de l'examen, l'hôpital ayant son dossier, tout se passa sans accroc. Avant de se retirer, la manipulatrice lui recommanda d'attendre qu'un médecin ait vu les clichés pour se rhabiller. Comme c'était dit avec le sourire, Joy se sentit soulagée et mit ce temps à profit pour répondre à des textos professionnels.

Le radiologue qui entra dans la pièce était jeune et elle ne le connaissait pas. Le regard indéchiffrable, il tira un tabouret jusqu'à elle tout en se présentant. Il tenait une enveloppe d'où il sortit les radios, qu'il fixa à un écran lumineux au mur avant de pointer une zone grise dans le sein intact.

— Madame Lammenais, cette ombre-là ne me plaît pas, annonça-t-il, l'air préoccupé. Si vous avez le temps, j'aimerais faire une biopsie aujourd'hui. Avec votre passif, mieux vaut ne pas laisser traîner. Ça ne prendra que quelques minutes et ce serait vraiment bien d'être fixés.

Joy eut l'impression que son cœur s'arrêtait de battre. Elle avait entendu exactement la même chose cinq ans plus tôt.

— Il faut s'inquiéter ? demanda-t-elle d'une voix qui lui parut étranglée.

— Ce serait mieux sans cette masse sombre, mais il se peut très bien que ce ne soit rien du tout. D'où la nécessité d'identifier ce qui se passe.

Après ces mots, la voix du médecin parvint à Joy dans une sorte de brouillard, comme de très loin. Elle suivit mécaniquement la manipulatrice dans une autre pièce, où ils lui retirèrent sa blouse et la couvrirent d'un drap avant de l'allonger sur une table. Après avoir insensibilisé la zone, ils pratiquèrent la biopsie – douloureuse malgré l'anesthésie locale. Le cœur de Joy battait la chamade. Elle n'arrêtait pas de penser à l'année infernale de sa chimio, à Barbara Marshall emportée en huit mois, à sa propre mère morte à 40 ans. Ses larmes commencèrent à couler en silence. Quand ce fut fini, elle s'enfuit au plus vite de l'hôpital, secouée de sanglots. Ils l'appelleraient une fois les résultats revenus du laboratoire. Mais elle ne voulait pas savoir : la suite, elle la connaissait déjà ! La foudre avait beau ne jamais tomber deux fois au même endroit, elle serait l'exception qui confirmerait la règle. Elle en avait l'intime conviction. Que dirait-elle à Christophe et à Camille si c'était confirmé ? Son esprit était bloqué et elle se sentait déjà morte quand elle se mit au volant de sa voiture pour prendre le chemin du retour.

Aveuglée qu'elle était par les larmes, se concentrer sur la conduite lui demanda un effort surhumain. Pour la première fois de sa vie, sa propre fin s'imposait comme une certitude : elle allait mourir. Elle n'aurait pas deux fois la même chance.

2

Cinq jours plus tard, les résultats de la biopsie tombèrent. Joy les entendit comme à travers du coton. Le phrasé, les termes employés, les détails qu'ils fournissaient, tout lui était familier. La tumeur était maligne. Cette fois, ils recommandaient une mastectomie, voire une double pour plus de sûreté vu ses antécédents, et cela le plus tôt possible. Viendrait ensuite la chimio, quand elle se serait remise de l'intervention. Cela sonnait comme une sentence de mort. Joy revit Barbara Marshall en train de lui annoncer la nouvelle de son opération.

— Je vous tiens au courant, dit-elle au médecin avant de raccrocher sur cette formule vague.

Elle ne voulait pas gâcher la cérémonie de remise des diplômes de Camille à Stanford. Or, si elle en parlait à Christophe, il s'inquiéterait tellement que leur fille le sentirait. Cela attendrait bien trois mois. Quelle différence de toute façon ? Le cancer était revenu et la condamnait. Joy avait besoin de temps pour affronter cette réalité. Elle ne rappela le médecin que trois jours plus tard, pour programmer une intervention la semaine qui suivrait la remise de diplôme de Camille. Le médecin suggéra alors de prévoir dans l'intervalle trois séances de radiothérapie afin de réduire la masse maligne. Joy accepta et laissa mari et fille dans l'ignorance. La première fois, elle profita d'un déplacement de Christophe à Los Angeles pour se rendre en ville. La deuxième fois, elle y alla pendant que Christophe était à Dallas, et la troisième fois, il assistait à une réunion de vignerons chez Sam. Elle put donc effectuer ses trois séances avant la cérémonie et sans que personne le sache.

Elle redoutait la mastectomie et s'interrogeait sur la chirurgie réparatrice. Le médecin n'avait pas caché que la chimio serait plus agressive que la précédente et même s'il évoquait prudemment une possible rémission après la combinaison ablation-chimio-radiothérapie, elle ne parvenait pas à le croire.

Quand Camille vint passer le week-end avec deux amis avant la remise des diplômes, Joy fit comme si de rien n'était, tout en ayant l'impression d'être en apnée. Devant elle se dressaient les diplômes, puis la mastectomie et ensuite une année de chimio et de radiothérapie.

La cérémonie à Stanford fut magnifique, telle que Camille se l'était imaginée et que sa mère s'en souvenait. Il y eut des au revoir pleins de larmes avec les amis de fac et un long trajet de retour vers la vallée de Napa, dans la camionnette du domaine chargée à bloc de ses affaires d'étudiante. Le lendemain, ses parents donnèrent un dîner pour elle à l'Auberge du Soleil. Joy leur annonça la nouvelle deux jours plus tard. Père et fille affichèrent la même expression qu'elle lorsqu'elle avait appris que la tumeur dans son sein droit était maligne : l'expression de ceux qui ont reçu une bombe sur la tête. Sous le choc, ni l'un ni l'autre ne purent retenir leurs larmes. De son côté, Joy essaya de ne pas craquer, pour leur bien à tous. Spontanément, aucun ne mentionna Barbara Marshall, chacun préférant affirmer que tout irait bien. Ce soir-là dans leur lit, Christophe la prit dans ses bras et elle sentit contre sa peau les joues mouillées de son mari.

— Tout va bien se passer, lui promit-elle en le serrant contre elle.

— Je sais. Et il le faut. Camille et moi avons besoin de toi.

Elle hocha la tête, sans pouvoir dire un mot. Alors qu'il sombrait dans le sommeil, elle resta les yeux grands ouverts, songeant combien elle les aimait. La vie était parfois injuste. Cruelle, même. Ils avaient une vie parfaite et voilà que cette horreur venait tout gâcher, pour la seconde fois ! Elle priait pour qu'ils aient raison et qu'elle guérisse à nouveau. Pour leur bien à tous.

L'intervention se déroula aussi bien que possible. Joy était de retour au Château Joy une semaine plus tard, se déplaçant certes au ralenti, mais au bout d'une autre semaine, elle réintégrait le bureau. Il y avait tant de choses qu'elle voulait transmettre et montrer à Camille maintenant, juste au cas où, de façon à ce que celle-ci puisse aider son père si nécessaire, et dans tous les cas tant qu'elle-même serait malade.

Vive d'esprit, Camille apprenait vite. Elle savait par ailleurs ce que sa mère traversait et elle se disait que ce passage de relais permettrait de la soulager un peu une fois en phase de chimio.

Celle-ci commença un mois plus tard, à l'hôpital de Napa comme la fois précédente, ce qui épargnait à Joy le trajet jusqu'à San Francisco. Cela n'en allégeait pas pour autant les effets du traitement, qu'elle supportait aussi mal que la première fois. Ses cheveux commencèrent à tomber peu après le début du protocole. Joy ressortit la perruque qu'elle avait portée quelques années plus tôt, ce qui la déprima terriblement. L'été fut long et pénible. À la mi-août, elle cessa de se rendre au travail. Rester debout et faire quelques pas dans sa chambre lui prenait déjà toute son énergie. Camille lui affirmait que tout était sous contrôle au bureau, ce qui était vrai. En revanche, elle passait sous silence l'humeur sombre et morose de son père, qui mettait un point d'honneur à ne rien montrer devant sa femme.

En septembre, Joy étant trop faible pour se rendre au bal des Vendanges, Christophe constata avec un brin de tristesse :

— Voilà qui m'ôte une épine du pied.

— Tu ne peux pas faire ça à Sam ! s'exclama son épouse d'un ton sans réplique, soudain plein de vigueur. Il compte sur nous et il a besoin de ton soutien pour cet événement. Tu sais qu'il perpétue cette tradition en souvenir de Barbara, il me le disait encore l'année dernière. Tu dois y aller. Emmène Camille. Nous faisons la même taille, ma robe lui ira très bien. Prenez un peu le temps de vous amuser.

Il grogna, tout en sachant qu'elle avait raison.

Joy demanda à Camille de s'habiller dans sa chambre, pour qu'elle puisse l'admirer et l'aider au besoin. Quand Christophe vint la chercher, leur fille était tout simplement renversante, on aurait dit Marie-Antoinette dans ses jeunes années. Les voir ainsi apprêtés toucha Joy au plus profond d'elle-même. Lorsque Camille arriva à destination et qu'elle descendit de l'Aston Martin qui faisait la fierté et la joie de Christophe, elle se sentit tout à coup très femme, avançant ainsi au bras de son père et dans le costume de sa mère.

Quand il les aperçut, Sam ne put cacher son soulagement.

— Je suis tellement content que vous ayez pu venir, dit-il, conscient de l'effort demandé et plein de reconnaissance.

Il sourit à Camille, qu'il avait reconnue malgré le loup, avant de demander à Christophe :

— Comment va Joy ?

— C'est plutôt rude en ce moment, mais tu la connais : forte avant tout. Elle surmontera tout ça.

Sam hocha la tête, espérant que son ami avait raison.

Ils se dirigèrent vers les tables du buffet composé entre autres d'un splendide assortiment de fruits de mer. Il y avait aussi du caviar, du champagne – ou de la vodka pour ceux qui préféraient –, un cochon de lait rôti, un stand indonésien et un autre consacré au bœuf de Kobé, une viande arrivée directement du Japon qui pouvait se découper à la fourchette. C'était somptueux. Et Sam avait en prime sorti ses meilleurs crus. Un orchestre de dix musiciens jouait pour les invités, qui dansaient derrière l'anonymat de leur masque.

Camille avait enlevé le sien lorsque Phillip s'était approché pour lui parler quelques minutes, délaissant la sublime créature – sans doute une mannequin – avec laquelle elle l'avait aperçu un peu plus tôt. Cela faisait des mois qu'ils ne s'étaient pas vus, au moins depuis la maladie de sa mère, voire avant puisque, quand elle était revenue pour les fêtes, lui était parti faire de l'héliski. À moins de tomber par hasard l'un sur l'autre à Saint Helena, leurs chemins ne se croisaient plus trop. Il était bien plus âgé qu'elle, très pris, et ils évoluaient dans des cercles différents. À cela s'ajoutait le fait que, ces derniers temps, Camille était plutôt restée à la maison, pour seconder sa mère et la conduire à ses chimios. Elle ne s'était même pas rendue à San Francisco histoire de faire des emplettes, ne voulant pas s'éloigner trop de Joy.

— J'ai été navré d'apprendre la nouvelle pour ta maman, dit Phillip avec gentillesse. En revanche, félicitations pour ton diplôme : bienvenue dans le monde du travail !

Comme toujours, il la taquinait. Elle sourit, mais il remarqua son air fatigué et inquiet et en fut désolé pour elle.

— Je passerai vous voir un de ces quatre, promit-il en lui renvoyant son sourire.

Sam aussi avait évoqué une visite à Joy, mais il ne voulait pas s'imposer alors qu'elle était si malade. Camille remarqua soudain la cavalière de Phillip qui s'impatientait à quelques pas de là. La jeune femme semblait agacée par leur échange – bien à tort, car Camille ne représentait pas une menace : même dans le costume sophistiqué de sa mère, elle restait un bébé pour Phillip. Près de lui, elle se sentait comme une petite fille déguisée.

— Je ferais mieux d'y aller, dit-il avec un regard par-dessus son épaule en direction de la délaissée, et Camille hocha la tête.

Elle dansa avec son père une fois puis ils prirent congé, laissant derrière eux les cinq cents invités et la propriété magnifiquement décorée, ornée pour l'occasion de rangées de topiaires. Au final, toute cette animation avait été plus fatigante qu'amusante. Christophe avait salué quantité de connaissances et lui aussi semblait éreinté. Tous les deux avaient hâte de rentrer pour s'assurer de l'état de Joy. Celle-ci dormait à poings fermés quand ils poussèrent sa porte. Camille embrassa alors son père pour lui souhaiter bonne nuit et traversa le vestibule pour rejoindre sa chambre, heureuse de troquer ce costume et la perruque blanche pour sa chemise de nuit.

Le lendemain, Joy voulut tout savoir du bal et Christophe enjoliva les choses de manière à rendre l'événement plus divertissant qu'il ne l'avait été. De son côté, après avoir apporté le petit déjeuner à sa mère et l'avoir aidée à nouer un foulard autour de son crâne (Joy ne portait pas sa perruque en permanence), Camille se rendit au bureau. On était un samedi, mais elle voulait rattraper certains retards et puis, cela lui offrait une distraction bienvenue face à l'évidence : Joy faiblissait à vue d'œil et il n'y avait rien qu'ils puissent faire pour enrayer ça, quoi qu'en dise son père. Christophe était en effet dans le déni et ne cessait de dire à sa femme qu'elle gagnait la partie, sauf qu'elle n'en avait pas l'air. Sa maigreur était devenue choquante et, alors qu'ils étaient en pleines vendanges, elle passait le plus clair de son temps à dormir. Son univers s'était réduit à sa chambre.

Comme son taux de globules blancs était trop élevé et son état général trop mauvais, la nouvelle phase de chimio prévue fut ajournée. Commença alors une course contre la montre. Joy conservait à côté de son lit un petit carnet de notes où elle jetait toutes les choses qu'elle voulait encore communiquer à Camille afin de ne pas les oublier. On aurait dit qu'elle essayait de vider son esprit dans celui de sa fille : tout ce qu'elle savait sur le domaine et sa gestion, toutes les choses à faire pour aider Christophe. Mais au final, la nature eut raison de ses forces. La torpeur devint quasi permanente et ses organes lâchèrent les uns après les autres. Joy passa sa dernière nuit à somnoler dans les bras de Christophe, un sourire flottant sur ses lèvres. Camille, qui était passée à intervalles réguliers dans la chambre de ses parents pour voir comment ils allaient, se tenait tranquillement assise à côté de son père, dont elle tenait la main, quand sa mère inspira pour la dernière fois. Joy s'éteignit ainsi, dans l'étreinte aimante de son mari, leur fille à ses côtés, les joues baignées de larmes silencieuses. Lorsque père et fille réalisèrent et s'étreignirent pour partager leur chagrin, Joy était déjà en paix.

Les funérailles furent dignes et solennelles, dans l'église que Camille avait décorée de fleurs blanches. Tous les producteurs importants de la vallée avaient fait le déplacement, à l'instar de nombreux autres exploitants plus modestes, de leurs amis, de leurs employés et de leurs ouvriers agricoles. Les hommes étaient en costume et les femmes en robe habillée. Sam Marshall était l'un de ceux qui portaient le cercueil. Après la cérémonie, Phillip, en pleurs, s'approcha pour serrer Camille contre lui. Leur étreinte silencieuse fut semblable à celle de deux enfants comprenant très bien l'ampleur de la douleur de l'autre. Nul besoin de mots.

— Je suis tellement désolé, lui souffla-t-il avant de rejoindre son père et de repartir dans la Ferrari rouge.

Cet enterrement les renvoyait à leur propre deuil quatre ans plus tôt.

Des centaines de gens vinrent au château après la cérémonie. Camille avait mis sur pied avec les traiteurs du domaine un buffet de sandwichs, salades et canapés, que Christophe accompagna de ses meilleures bouteilles – un geste que tout le monde apprécia. Pour l'un comme pour l'autre, ce fut une journée horrible. Aucun des deux ne pouvait imaginer la vie sans Joy. Elle avait été le moteur et la colonne vertébrale de tout ce qu'ils avaient entrepris. Le socle pour Christophe, mais aussi l'inspiration et la magie de l'ensemble. Il le reconnaissait volontiers. Camille comprenait soudain pourquoi sa mère avait été si pressée de lui apprendre tout ce qu'elle pouvait : elle se savait mourante et voulait passer le flambeau. Désormais, c'était à elle de prendre soin de son père et de l'aider à diriger le domaine. Qu'elle le veuille ou non, elle devait marcher dans les traces de sa mère. L'avenir de Château Joy dépendait d'elle. C'était un poids énorme, mais il lui faudrait trouver moyen de le porter, coûte que coûte.

3

Le lundi suivant l'enterrement, Camille se réveilla avec la sensation que son corps pesait une tonne. Elle s'obligea à se lever, se doucher et s'habiller pour descendre préparer le petit déjeuner pour son père, tout comme sa mère le faisait avant. Durant la maladie, Christophe se l'était préparé tout seul pendant qu'elle-même s'occupait de Joy, mais désormais, elle tenait à être présente. Raquel, leur gouvernante, faisait le ménage et cuisinait le dîner mais le matin, elle n'arrivait qu'à 10 heures, après avoir déposé ses enfants à l'école.

Camille tendit le journal à son père et lui servit une tasse de café. Il la fixa, surpris de la trouver là et impressionné de la voir déjà sur le pied de guerre et si bien organisée. Elle ressemblait tellement à sa mère – ça le faisait toujours sourire.

— Il y a beaucoup à faire aujourd'hui au bureau, dit-elle avec calme tout en plaçant devant lui une assiette d'œufs brouillés préparés comme il les aimait, accompagnés de deux tranches de bacon croustillant et de pain complet grillé.

— C'est ta mère qui t'a dit de faire ça pour moi ? demanda-t-il, les larmes aux yeux.

Camille secoua la tête. Non, sa mère ne lui avait rien suggéré. Pas besoin. Elle savait ce qu'elle avait à faire : il n'y avait dorénavant personne d'autre pour prendre soin de lui.

Camille se prépara une tranche de pain grillé et dressa la liste de tout ce qu'elle devait faire ce jour-là. La semaine précédente, elle avait laissé de côté certains dossiers comptables. Et elle avait promis de revérifier les comptes de Cesare.

Se retrouver au bureau sans la perspective de revoir sa mère allait être bien douloureux. Quant à son père, on aurait dit l'ombre de lui-même. Sur la fin, dans ses moments de conscience, sa mère le lui avait confié à plusieurs reprises dans un murmure : « Veille sur lui. » Camille en avait bien l'intention, ainsi que d'être efficace au travail. Pour elle, l'enfance avait pris fin. Elle devait désormais se montrer adulte et être là pour son père, qui serait perdu sans Joy. Il avait l'habitude d'avoir une femme forte à ses côtés.

Une fois le petit déjeuner terminé, ils se rendirent ensemble à l'administration du chai. Son père disparut dans sa partie du bâtiment et elle se dirigea vers son bureau, situé à côté de celui de sa mère qui serait aujourd'hui vide et silencieux. Lorsqu'elle y pénétra, elle trouva Cesare en train de passer en revue des papiers posés sur le bureau maternel. Il sursauta en la voyant.

— Que faites-vous ici ? dit Camille d'une voix neutre.

— Je cherche le relevé de mes dépenses, dit-il avec un haussement d'épaules. Comme je ne retrouve pas mon exemplaire, je suis venu faire une copie de celui que je lui ai donné la semaine dernière.

— Ma mère n'est pas passée depuis août, lui rappela Camille d'une voix ferme.

Les mensonges constants de Cesare avaient toujours mis Joy hors d'elle.

— Alors, ça date d'avant. Vous voyez ce que je veux dire.

Il parlait d'un ton agacé qui se voulait intimidant, comme si elle n'était qu'une enfant. Sauf qu'elle ne l'était pas, et surtout plus maintenant. En mémoire de sa mère, elle se devait de maintenir les choses bien en ordre et elle savait comment s'y prendre, n'en déplaise à Cesare.

— Non, je ne vois pas ce que vous voulez dire. Et ne venez plus ici pour fouiller dans ses affaires. Si vous voulez quelque chose, demandez-le-moi. Beaucoup de ses dossiers sont désormais dans mon bureau, dont les livres de comptes. Ils sont au coffre, précisa-t-elle.

C'était faux, mais elle voulait le dissuader de venir fouiner – une habitude présomptueuse, mais tellement typique du personnage. Comme Christophe pensait grand bien de lui, il en tirait parti au maximum.

— Dans ce cas, donnez-moi mon relevé, j'ai des éléments à ajouter. Ça fait des mois que je n'ai pas été défrayé, dit-il d'une voix rogue.

— Si, vous l'avez été. Je l'ai vue vous signer un chèque la dernière fois qu'elle est venue au bureau.

— C'était juste un acompte, insista-t-il, essayant de la duper.

Le ton montait et il commençait à ponctuer son discours de gestes des mains, exactement comme avec Joy.

— Je regarderai dans les livres de comptes. Mais si vous avez des frais supplémentaires, il me faudra les reçus, précisa-t-elle, très professionnelle.

— Mais qu'est-ce qu'elle a fait ? Elle vous a enseigné comment me faire tourner en bourrique comme elle ? Des reçus, toujours des reçus ! Vous croyez que je vous vole ? Elle en était persuadée.

Et sans doute pas à tort, soupçonnait Camille. On ne parlait pas de grosses sommes, mais de petits montants, prélevés sur les frais d'exploitation des vignes et que le bonhomme jugeait négligeables.

— Vous ne croyez pas qu'il est un peu tôt pour vous plaindre de vos défraiements ? L'enterrement était samedi. Je vais tout remettre d'équerre cette semaine. Apportez-moi juste les reçus, répondit-elle d'une voix glaciale.

Il la fusilla du regard et se rua hors de la pièce en claquant la porte, comme du temps de Joy. Camille sourit : certaines choses ne changeraient jamais. Et pour les justificatifs de Cesare, puisque son père laissait filer, ça ne risquait pas !

Ce matin-là, Camille passa plusieurs fois voir si tout allait bien du côté de Christophe. Comme il déjeunait avec deux nouveaux vignerons, elle se contenta d'une salade à son bureau et, le reste de la journée, elle consulta certains dossiers auparavant suivis par sa mère.

Sans Joy, la semaine lui parut interminable et les soirées, longues et tristes. Son père allait se coucher tous les soirs à 20 heures et elle-même lisait dans son lit des documents rapportés du bureau. Malgré ou grâce à cela, en quelques jours, elle se sentit happée par l'activité. C'était d'ailleurs ainsi qu'elle avait préservé son équilibre pendant la maladie de sa mère : en travaillant. L'avantage, c'était qu'aucun retard dans les affaires en cours n'était à déplorer.

Inutile de dire que l'ambiance ne fut pas à la fête pour Thanksgiving, qu'ils passèrent seuls dans leur cuisine. Christophe avait décliné toutes les invitations reçues pour l'occasion, ni l'un ni l'autre n'ayant envie de sortir : c'était trop tôt. Comme il avait également écarté la dinde du menu, Camille avait préparé un gigot d'agneau à la française, avec beaucoup d'ail, des pommes de terre écrasées et des haricots verts – son père lui avait appris la recette des années plus tôt, à l'époque où elle le regardait cuisiner. Le résultat fut étonnamment bon. Ainsi se déroula Thanksgiving. Ce fut difficile, mais Noël fut pire.

Camille avait acheté ce qu'il fallait pour leurs salariés et avait trouvé une foule de petits cadeaux bien pensés pour son père – le genre de choses que Joy lui aurait dénichées – ainsi qu'un pull en cachemire dont elle était sûre qu'il lui plairait. Deux employés l'avaient ensuite aidée à monter un sapin au château, qu'elle avait décoré avec Raquel, n'anticipant pas l'effet sur son père : sa vue le rendit infiniment malheureux. Le chagrin ne l'avait pas quitté pour la réception de Noël des équipes. Sachant combien cette fête serait douloureuse pour eux – il était passé par là –, Sam leur avait proposé de venir réveillonner le 24 décembre, mais Christophe avait refusé. Il avait d'ailleurs écarté toutes les invitations de Noël cette année : cela faisait deux mois et demi que Joy était partie et la blessure était à vif. Pour Camille aussi, mais elle était tellement focalisée sur la mission confiée par sa mère – veiller sur son père – qu'elle n'avait pas le temps de penser à autre chose, sauf au travail.

Ils allèrent à la messe de minuit et, le lendemain, ils firent une promenade à bicyclette après avoir ouvert leurs cadeaux. Camille vit arriver la fin des fêtes avec soulagement tant la période était éprouvante. On avait beau savoir qu'un jour cela irait mieux, les premiers mois étaient difficiles à vivre et sa mère lui manquait. De son côté, son père, adoré et choyé pendant vingt-trois ans par une épouse aimante, faisait de son mieux, mais être à nouveau seul était extrêmement douloureux pour lui, même si Camille tentait d'anticiper chacune de ses humeurs et chacun de ses besoins.

Elle aurait bien aimé profiter de ses amies, revenues dans leur famille pour les fêtes, mais elle avait des scrupules à le laisser seul. Cependant, même le soir du nouvel an, il monta se coucher à 21 heures. Elle regarda la télé en solitaire. Le lendemain, il lui annonça qu'il lui faudrait reprendre les voyages professionnels en janvier. La nouvelle sonna comme une heureuse surprise pour Camille : depuis la maladie de Joy, son père avait négligé tous leurs grands comptes. Bien sûr, il lui manquerait pendant ses déplacements, mais mieux valait qu'il soit occupé et sorte à nouveau dans le monde plutôt que de s'emmurer jour après jour dans son chagrin.

Son premier voyage le mena en Angleterre, en Suisse et en France, où il alla voir sa famille le temps d'un week-end dans le Bordelais. Il en revint revigoré, plus vivant qu'il ne l'avait été depuis des mois et avec un nouveau compte gagné à Londres. Tout se remettait en place. S'ils avaient en effet des commerciaux et des représentants pour s'occuper des clients ordinaires, depuis qu'il était dans le vin, Christophe s'était toujours personnellement déplacé pour les grands comptes et cela leur avait plutôt réussi. Charmant, intelligent, véritable expert dans sa partie, ayant passé toute sa vie dans les vignes en France et aux États-Unis, il représentait leurs crus mieux que personne. Il prévoyait d'autres voyages en Italie et en Espagne en mars, en Hollande et en Écosse en avril, et songeait au Japon, à Hong Kong et à Shanghaï en mai – il avait beaucoup de retard à rattraper avec leurs contacts étrangers.

En mars, il venait de rentrer de son déplacement en Italie, qui s'était bien passé, quand arriva une invitation à une grande réception donnée pour les producteurs les plus importants de la vallée de Napa.

— Tu vas y aller ? demanda Camille pendant leur dîner de retrouvailles à la cuisine.

La maison avait paru bien vide en son absence, mais elle n'avait pas eu le temps de s'ennuyer étant donné la montagne de travail à abattre pour ne pas prendre de retard. Elle ne savait plus où donner de la tête et se sentait épuisée, autant par son rythme que par le gros rhume qu'elle traînait.

— Je ne sais pas. Il y a le décalage horaire à digérer et je n'en ai pas vraiment envie, dit-il en se servant chichement des tacos de Raquel dont il raffolait d'habitude – il avait perdu beaucoup de poids depuis la mort de Joy.

— Ça te ferait du bien, papa. Je suis sûre que Sam y sera. Tu pourrais y aller avec lui, l'encouragea-t-elle, peinée de le voir tout le temps si triste.

— À sa place, je préférerais y aller avec une cavalière, dit-il d'un ton morose, accentué par la fatigue du voyage.

— Il sort toujours avec cette femme politique de Los Angeles ?

Camille en avait vaguement entendu parler, mais ne l'avait jamais vu en compagnie de cette représentante au Congrès, malgré le temps écoulé depuis la mort de Barbara. Bel homme, Sam Marshall n'en étalait pas pour autant sa vie privée.

— Je crois que oui, mais il n'en parle pas.

— Pourquoi ça ?

— Elle doit sans doute faire attention avec les médias et elle se tient à l'écart du jeu social de la vallée.

Même s'ils étaient bons amis, Sam et lui n'abordaient jamais le sujet et Christophe respectait cette discrétion. Ils discutaient de leurs vignes, pas de leur vie amoureuse.

— Elle a à peu près son âge et c'est une femme très sympathique et intelligente. Je ne pense pas qu'elle veuille que leur liaison fasse la une des journaux. Je les ai croisés une ou deux fois à Saint Helena, où ils étaient en toute discrétion, et il nous a présentés, uniquement par nos prénoms – mais je savais qui elle était.

— Tu crois que Phillip sait ?

Elle se demandait ce que son ami en pensait et si Sam se remarierait.

— Probablement. Ce n'est pas le genre de femme à vouloir quelque chose de Sam, pour une fois.

Depuis la mort de Barbara, Sam Marshall était pourchassé par toutes les croqueuses de diamants de la vallée de Napa et il était passé maître dans l'art de les éviter. Une membre du Congrès devait en effet agréablement le changer ! La fonction impressionnait Camille et elle se dit que sa fréquentation était certainement passionnante pour Sam. Son père rencontrerait-il un jour quelqu'un du même acabit ? Dans l'immédiat, il était trop amoureux de sa défunte femme pour vouloir sortir avec des amis, alors avec quelqu'un... Il serait difficile de succéder à Joy, et cela pendant encore un bon bout de temps.

— Tu devrais aller à ce dîner, papa. Ça te ferait du bien.

— Tu m'accompagnerais ?

— J'ai la goutte au nez et une tonne de travail à abattre.

Elle non plus n'avait pas brillé par sa vie sociale depuis la mort de sa mère, mais son père était plus déprimé qu'elle et elle s'inquiétait pour lui. Au moins, il avait repris les voyages.

— Je vais y réfléchir, dit-il sur un ton laissant entendre qu'il n'en ferait rien, avant d'ajouter avec gentillesse : Nous devrions partir en week-end tous les deux. Ça fait longtemps que tu ne t'es pas amusée, toi non plus.

Camille fut touchée qu'il l'ait remarqué malgré la douleur qui l'avait absorbé ces derniers temps. Elle faisait front et se concentrait sur le travail, mais elle avait tout de même échangé des mails et des textos avec ses amies, pour ne pas perdre le contact, surtout avec celles qui étaient loin. Difficile de croire que sa cérémonie de diplôme remontait à seulement neuf mois ! On aurait dit une éternité.

Le lendemain, alors qu'elle rentrait du bureau, elle fut surprise de voir son père sortir de la maison en costume alors que tout ce dont elle rêvait personnellement, c'était de se coucher – son rhume avait empiré.

— Je vais à ce fameux dîner, dit-il, un peu gêné. Tu avais raison : Sam s'y rend aussi. On se retrouve directement là-bas.

Le visage de Camille se fendit d'un grand sourire : il l'avait écoutée, après tout.

— Super ! Tu es magnifique. Jolie cravate.

— Elle vient de Rome.

D'un rose soutenu, elle n'était normalement pas son genre, mais apportait à son apparence un coup de peps et de jeune bienvenu. Une vraie révolution après ces cinq derniers mois où il avait donné l'impression d'enfiler le premier vêtement qui lui tombait sous la main, de préférence vieux, usé, et principalement noir et gris, à l'image de son humeur !

— Alors, amuse-toi bien ! dit-elle avec entrain pendant qu'il se dirigeait vers son Aston.

— J'en doute. C'est une réunion de vieux raseurs qui vont parler produits chimiques, tonneaux et production de l'année. De quoi dormir debout, répondit-il avec un sourire.

— Demande à Sam de te réveiller.

Elle lui envoya un baiser de la main et referma la porte tandis qu'il s'éloignait dans sa voiture de sport.

La soirée ne se déroula pas du tout comme Christophe l'avait imaginé, même si l'assemblée correspondait bien à ce qui était prévu : des vignerons importants, qu'il connaissait tous, ainsi qu'un ou deux producteurs plus modestes. Quelques membres de la bonne société de Napa, qu'il connaissait également et dont il n'avait cure, et de nouvelles têtes, des poseurs, prétendant s'y connaître en vins. Il se sentit soudain mal à l'aise en prenant conscience qu'il devrait converser avec les nouveaux, un effort social qui lui paraissait insurmontable pour l'instant. Comme c'était un dîner placé, il alla étudier le plan de table placé sur un chevalet : ses deux voisines lui étaient inconnues. Pas de chance. Le dîner avait lieu chez l'un des plus anciens vignerons de la vallée, en grande conversation avec Sam au moment il était entré dans la pièce. Il ne voulut pas les interrompre et accepta un verre de vin blanc d'un serveur.

Il resta là pendant un moment, à siroter son vin, se sentant perdu. C'était la première fois qu'il se rendait à un dîner sans Joy. Elle lui manquait terriblement et il se maudissait d'être venu au lieu d'aller se mettre au lit.

— Quelle belle cravate ! dit une voix féminine à l'accent français.

Christophe se tourna pour se trouver nez à nez avec une femme grande et élancée, habillée à la dernière mode. Ses cheveux sombres étaient serrés dans un chignon et son tailleur noir sévère très sophistiqué pour la vallée de Napa. Le rouge à lèvres écarlate soulignait un large sourire et les yeux pétillants débordaient de malice. Elle était indéniablement française. Cela faisait longtemps qu'il n'avait pas rencontré de femme comme elle. L'inconnue portait un lourd bracelet doré à un bras et des talons aiguilles.

— Merci, répondit-il poliment, sans savoir comment enchaîner.

Après tant d'années de mariage, sortir sans sa femme lui donnait l'impression d'être raide et maladroit. Il se demanda ce que Joy aurait pensé de la Française qui lui souriait à présent.

— Je viens de l'acheter à Rome, précisa-t-il, faute de mieux.

— L'une de mes villes préférées. En fait, j'aime toute l'Italie : Venise, Florence, Rome. Vous y étiez pour affaires ?

Christophe hocha la tête, tout en trouvant ridicule de discuter avec une compatriote en anglais, même si celle-ci le maîtrisait et que lui-même, après vingt-cinq ans aux États-Unis, le parlait très bien, avec seulement un très léger accent. Il décida de passer au français.

— Vous êtes là en visite ?

— J'arrive tout juste de Paris pour prendre mes quartiers ici. Et vous-même, d'où venez-vous ?

— De Bordeaux, mais j'habite dans la vallée depuis longtemps.

— Si vous êtes là ce soir, c'est que vous devez être producteur, dit-elle avec admiration. Puis-je vous demander de quel domaine ?

— Château Joy, répondit-il, restant modeste sous le regard soudain plus intense.

— Mon pinot noir préféré. C'est un honneur de vous rencontrer, dit-elle avec juste ce qu'il fallait d'enthousiasme.

Elle était séduisante, sans chercher à l'être, et tellement française. Les Américaines ne flirtaient pas ainsi. Les Américains pas plus : ils parlaient sport et business. En France, hommes et femmes étaient beaucoup plus provocants dans leurs conversations et leur façon de se parler. Mais il manquait d'entraînement et il ne voulait pas jouer à ce jeu-là avec elle. Il n'avait pas flirté avec une femme depuis qu'il avait rencontré Joy.

— Qu'est-ce qui vous a fait choisir la vallée ? s'enquit-il par courtoisie plus que par curiosité, et parce qu'il se déchargeait ainsi du soin de faire la conversation.

— Mon mari est mort il y a six mois. Nous avions un château dans le Périgord, mais c'est trop triste en hiver et j'avais besoin d'un changement de décor, dit-elle tout simplement.

— C'est très courageux de votre part. Ce n'est pas facile d'emménager dans un endroit où l'on ne connaît personne.

— Vous l'avez bien fait, quand vous êtes arrivé de Bordeaux, fit-elle remarquer, désireuse d'en savoir plus sur lui.

— J'avais 26 ans quand je me suis installé ici. Tout est facile à cet âge-là. L'année d'avant, j'étais venu pour étudier et, au final, j'ai créé un domaine viticole.

— C'était courageux de votre part, commenta-t-elle avec un sourire en reprenant son expression.

Ça l'était, mais il ne l'avait pas pensé en ces termes à l'époque, surtout pas quand il était secondé par Joy.

— J'ai perdu ma femme il y a cinq mois, dit-il, regrettant presque aussitôt son aveu – le fait qu'elle mentionne son propre veuvage avait ouvert les vannes pour lui.

— Pas facile de s'adapter, n'est-ce pas ? remarqua-t-elle avec douceur. Aujourd'hui encore, je me sens perdue.

Elle baissa les yeux un instant avant de le regarder en face, l'air soudain très vulnérable malgré sa sophistication. Il savait exactement ce qu'elle ressentait.

— Mon mari était bien plus âgé que moi et ses dernières années ont été marquées par la maladie, mais ça n'en demeure pas moins un choc terrible.

Christophe hocha la tête, repensant à Joy. Il garda le silence jusqu'à ce que Sam les rejoigne pour le saluer ainsi que son interlocutrice.

— Bonsoir, comtesse, dit Sam, presque moqueur, pour ne s'adresser ensuite qu'à son ami.

— Vous vous connaissez ? finit par leur demander Christophe.

Sam se contenta d'un signe de la tête.

— Nous nous sommes croisés, répondit la Française, sans chaleur mais avec un regard légèrement aguicheur vers Sam, qui s'éloigna aussitôt en l'ignorant superbement.

Quelques minutes plus tard, on les invita à passer à table et Christophe se retrouva assis à côté d'elle. Comme son autre voisine, très âgée, était en pleine conversation, il reprit celle qu'ils avaient laissée en suspens à l'arrivée de Sam.

— Vous êtes venue avec des enfants ?

— Mes deux fils sont à Paris. Ils me rendront visite l'été prochain, mais en attendant, ils ont chacun leur vie en France et ne comptent pas s'installer ici : le premier est banquier et l'autre, étudiant. Mon mari avait des enfants de mon âge, mais nous ne sommes pas proches, dit-elle avec regret.

Christophe ne poussa pas l'investigation plus loin. Le sujet avait l'air sensible – peut-être une jalousie de la part des enfants issus du premier mariage, si la différence d'âge avec son mari était si grande. Elle semblait avoir dans la quarantaine, peut-être même moins. Mais en fait, ils avaient exactement le même âge.

— Et vous, vous avez des enfants ? lui demanda-t-elle, apparemment intéressée par tout ce qui le concernait – c'était une véritable mondaine, qui possédait l'art et la manière.

— Une fille. Elle a fini l'université l'année dernière et travaille avec moi sur le domaine. Comme sa mère avant. C'est une affaire familiale.

— Ce doit être fantastique pour vous, de l'avoir à vos côtés.

Alors qu'il opinait de la tête, son regard tomba sur le carton de table indiquant « Comtesse de Pantin ». Sa voisine utilisait donc son titre. Voilà qui devait faire son petit effet en Amérique, mais qui le laissait totalement froid – il avait grandi entouré d'aristocrates. Personnellement, il était bien plus impressionné par son ouverture d'esprit, sa chaleur et son intelligence.

Ils évoquèrent le voyage qu'il venait de faire en Italie, elle le questionna sur son domaine, raconta qu'elle avait été mannequin pour Dior dans sa jeunesse, au moment où elle avait rencontré son mari.

— Il accompagnait sa maîtresse dans son shopping et il est tombé amoureux de moi.

Ce souvenir les fit rire tant le scénario ressemblait à un vaudeville à la française. Elle se tourna ensuite poliment vers son autre voisin, laissant Christophe à ses pensées. Il se repassa leur conversation mais ne put s'empêcher de revenir à Joy et à sa cruelle absence à ses côtés en cet instant.

La comtesse et lui eurent l'occasion de se reparler brièvement au café. Quand il entendit qu'elle commençait à donner de petits dîners afin de lier connaissance avec des gens de la région et se faire des amis, Christophe la trouva admirable car il en aurait été bien incapable. Recevoir tout seul lui paraissait incroyablement déprimant.

— Comment pourrai-je vous contacter ? lui demanda-t-elle quand ils se levèrent de table.

— Vous me trouverez à Château Joy.

— Bien sûr, dit-elle avant de disparaître.

Christophe discuta un peu avec Sam, alla remercier leur hôte et partit. Sur le parking, il aperçut la comtesse qui attendait sa voiture. Elle s'allumait une cigarette – il avait oublié qu'en France les femmes fumaient, à commencer par celles de sa famille bordelaise. Sur ces entrefaites, les voituriers leur amenèrent leurs véhicules. Christophe se mit au volant de son Aston Martin avec un petit geste à l'intention de sa compatriote, qui lui sourit avant de reprendre possession de sa Mercedes.

Il occupa ses pensées pendant tout le trajet qui la ramenait vers sa location de six mois : une demeure aux allures de maison-témoin, construite par pure spéculation immobilière en vue d'être vendue à de nouveaux venus dans la vallée de Napa, des acheteurs soucieux d'impressionner leurs voisins et de voir leur résidence figurer dans un magazine. Elle savait déjà qu'elle inviterait Christophe à dîner, elle ne savait simplement pas quand. Elle ferait aussi signe à Sam Marshall. C'était quelqu'un qu'elle souhaitait également mieux connaître.

En arrivant au château, Christophe aperçut de la lumière dans la chambre de Camille. Il frappa et ouvrit la porte pour lui dire bonne nuit. Elle était en train de se moucher, mais n'en sourit pas moins quand elle le vit.

— Tu t'es bien amusé ? demanda-t-elle, pleine d'espoir.

— Pas vraiment, dit-il – il s'était senti seul comme jamais, mais il avait fait l'effort et avait même étrenné sa nouvelle cravate. En revanche, j'ai rencontré de nouvelles têtes : une comtesse française qui vient d'emménager. Elle arrive de Paris.

— Très chic.

— N'est-ce pas ? Elle ne restera sans doute pas longtemps : elle est un peu trop glamour pour la vallée. Mais elle a deux fils qui vont venir passer l'été. Peut-être que tu pourras les rencontrer.

Camille hocha la tête et se moucha à nouveau. Au moins, son père s'était rendu à ce dîner. C'était un premier pas vers un retour au monde. Elle était fière de lui, heureuse qu'il ait pu passer cette soirée en bonne compagnie, avec cette aristocrate qu'elle imaginait très digne et âgée.

— Bonne nuit, ma chérie. J'espère que ça ira mieux demain, dit-il tout en lui envoyant un baiser depuis le seuil.

— Merci, papa. C'est super que tu sois sorti ce soir. Je t'aime.

— Moi aussi, dit-il avec un sourire, en repensant à la très élégante comtesse.

L'inviterait-elle vraiment ? se demanda-t-il, sachant que cela lui était parfaitement égal. Joy occupait de nouveau toutes ses pensées quand il pénétra dans sa chambre. Normalement, il aurait débriefé la soirée avec elle. Ils adoraient faire ça quand ils rentraient de leurs dîners. Mais c'était de l'histoire ancienne maintenant... Quelques minutes plus tard, il se glissa dans son lit et sourit à la photo de sa femme posée sur la table de chevet.

— Bonne nuit, mon amour, murmura-t-il en éteignant.

Il n'y avait pas deux femmes comme elle au monde.

4

Tout à ses vignobles, Christophe oublia la rencontre avec la comtesse. Deux jours après ce dîner, à cause du gel, il avait passé la nuit dehors pour s'assurer que les chauffages fonctionnaient bien dans toutes les vignes. Les appareils étaient vieux mais efficaces. Un gel sévère aurait pu sérieusement compromettre la vendange de l'année, mais heureusement, l'épisode fut de courte durée et Cesare et lui avaient protégé les ceps au mieux jusqu'à l'aube. C'était dans des situations comme celles-là que se révélait l'engagement de l'Italien : l'homme ne ménageait pas sa peine, d'où le profond respect de Christophe à son égard – un sentiment que Joy n'avait jamais totalement compris.

Tout comme Christophe, Cesare avait été formé à l'école des traditions viticoles européennes, auxquelles les deux hommes avaient adapté les techniques modernes américaines. Il comprenait vite et tirait fierté de ses responsabilités en tant que chef des cultures. Ce poste faisait de lui une sorte de « fermier général » du domaine, veillant à la santé et à l'état des vignes, qu'il fallait protéger du gel, des parasites et autres dommages. Il supervisait également la plantation de nouveaux ceps si nécessaire. Il pouvait sentir un problème presque avant qu'il n'arrive et veillait à ce que ses équipes soient toujours organisées, prêtes à travailler, leurs équipements au complet. Il s'assurait que les vignes soient effeuillées, taillées, et que les grappes soient vendangées au meilleur moment. Il était en contact constant avec Christophe et le consultait régulièrement, le dernier mot revenant à l'employeur. Il était par ailleurs joignable vingt-quatre heures sur vingt-quatre. La production et les vignes de Château Joy, dont il connaissait chaque facette et arpent, étaient sa priorité. Il possédait enfin une intuition infaillible – bien plus en tout cas que ce dont le créditait Joy. Contrairement à Christophe, capable de fermer les yeux sur quelques dollars détournés eu égard à l'attention méticuleuse que le bonhomme vieillissant portait à leur domaine, celle-ci n'avait jamais pu accepter sa roublardise ni son caractère grincheux et irascible.

Or voilà que Camille se trouvait confrontée aux mêmes scénarios que sa mère avant elle : Cesare argumentait constamment pour quelques centimes et il mentait quand ça l'arrangeait, des défauts qu'elle avait du mal à ignorer et ne voulait pas laisser passer. Car, sans nier l'importance du chef des cultures pour son père et le domaine, elle était responsable de leurs finances. Elle lui tenait donc tête et ils se disputaient désormais constamment, principalement pour des banalités.

Cesare avait reporté sur la fille les griefs qu'il avait contre la mère, fille qu'il décriait dorénavant presque autant que Joy. Ancien charmeur et séducteur, célibataire invétéré, il n'avait pas de mal à reconnaître la beauté de Camille, mais il trouvait que son mauvais caractère – hérité à l'en croire du côté maternel – nuisait à sa féminité, et il ne craignait pas de le lui dire ! Ce qui n'améliorait pas leur relation. Ils étaient en perpétuel désaccord – en dépit de tout bon sens, d'après Christophe.

— Vous finirez vieille fille si vous ne faites pas attention ! lui prédit Cesare alors qu'elle venait de contester ses derniers comptes – dans ces cas-là, toute insulte était bonne à lancer en guise de vengeance. Je croyais que vous deviez retourner étudier le commerce à l'université, ajouta-t-il avec espoir pour la xième fois depuis la mort de Joy.

Il avait tellement hâte de la voir partir ! Christophe ne lui avait jamais causé le quart du millième des problèmes que lui avait posés Joy, et maintenant Camille. Ça, c'était parce qu'elles étaient américaines. Voilà pourquoi il avait toujours préféré les Européennes – même si cela faisait trente ans qu'il avait quitté l'Italie.

— Retourner sur les bancs de la fac pour deux ou trois ans n'est pas à l'ordre du jour. Par ailleurs, mon père a besoin de moi ici, lui rappela-t-elle sur un ton sans réplique.

— Il peut embaucher une autre secrétaire pour vous remplacer, dit-il avec dédain, tout en repoussant le chapeau de paille usé qui couvrait sa crinière argentée dont les boucles folles et frisottées partaient dans tous les sens.

Le tombeur d'autrefois était devenu un vieux grincheux acariâtre, en particulier avec celles, comme Joy ou Camille, qui résistaient à son prétendu charme. Il faut dire que ses airs de don Juan s'étaient fanés et sa silhouette, quelque peu empâtée en raison de ses talents culinaires. C'était en effet un merveilleux cuisinier, mais Joy avait toujours décliné toutes ses invitations. Christophe dînait donc parfois tout seul avec lui et l'Italien préparait alors de fabuleux plats de pâtes, qu'ils dégustaient tout en discutant jusqu'au bout de la nuit des vignes et de ce qu'ils pourraient faire pour améliorer la vinification.

Pour en revenir aux femmes, Cesare avait des idées bien arrêtées sur la question : pour lui, elles n'avaient qu'un seul rôle, et celui-ci n'avait strictement rien à voir avec le monde des affaires et encore moins la gestion d'un domaine viticole, que seul un homme pouvait réellement appréhender, insistait-il. Son absence de respect pour Camille transparaissait autant dans son regard que dans son attitude. Jamais il n'avait montré autant d'impudence face à Joy, qui n'hésitait pas à se montrer cinglante ou à hausser parfois le ton. Chose plus difficile à faire pour Camille, à qui l'on avait appris à respecter ses aînés. La relation à géométrie variable de Cesare avec la vérité et l'argent représentait donc un vrai casse-tête pour elle – Christophe n'avait pas ce problème, car il voyait toujours les deux facettes d'une pièce et savait s'en accommoder si la valeur individuelle l'emportait sur les défauts.

— Vous finirez toute seule, répéta Cesare avant de sortir à grandes enjambées du bureau, en grommelant en italien comme chaque fois qu'il était dans son tort et sans aucun argument recevable – cela avait le don de le faire enrager.

Du haut de ses presque 23 ans, Camille se souciait peu de cette prédiction. La dernière chose qu'elle entendit alors qu'il disparaissait fut un commentaire désobligeant sur les Américaines. Dans le couloir, Cesare croisa Christophe et leva les yeux au ciel à son intention. Christophe entra dans le bureau de Camille avec un air interrogateur.

— Un problème avec Cesare ?

Il n'était pas vraiment soucieux, mais voyait bien que sa fille avait la même mine que Joy avant elle lorsqu'elle traitait avec Cesare.

— La routine, il a ajouté vingt-sept dollars à sa comptabilité. Je ne sais pas pourquoi il fait ça.

— Tu devrais laisser filer. Cet argent, il le mérite d'une manière différente. Rien que cette semaine, il a passé deux nuits entières dehors avec moi, quand il y a eu les gelées tardives. Si on lui payait ses heures supplémentaires, on lui devrait bien plus que vingt-sept dollars. Et puis, il ne peut pas s'en empêcher. Essayer de grappiller quelque chose est comme un jeu pour lui. Ça rendait ta mère folle, et ça n'a jamais valu toute l'énergie qu'elle y a perdue.

Adepte de la précision, Joy tenait ses comptes et les équilibrait au centime près. Elle croyait également que l'honnêteté était une qualité dépourvue de zone grise : on l'était ou on ne l'était pas. Elle rappelait souvent à Christophe un proverbe français qu'il lui avait appris : « Qui vole un œuf vole un bœuf. » Il résumait bien sa pensée et elle le citait régulièrement à propos du chef des cultures. À ses yeux, les petites entourloupes de Cesare cachaient la capacité d'en faire de plus grandes, si bien qu'elle s'était donné pour mission de s'assurer que cela n'arrive jamais.

— Maman ne lui a jamais fait confiance, rappela Camille à son père, qui eut un triste sourire.
— Je sais bien, crois-moi.

Ils papotèrent pendant quelques minutes et Camille retourna à son ordinateur. Tout ce qui figurait dans leurs lourds livres de comptes en cuir avait été numérisé, mais Christophe aimant la tradition, il demandait à ce que les registres continuent d'être tenus à jour, ce qui avait représenté un double travail pour Joy et maintenant pour Camille. Son père croyait en la modernisation, mais seulement jusqu'à un certain point. Or elle avait une idée marketing dont elle lui aurait bien parlé et qui impliquait d'utiliser davantage les réseaux sociaux pour la promotion de leurs vins. Elle attendait le bon moment pour soulever la question, car elle savait qu'il faudrait compter avec l'opposition de Cesare. Ce dernier considérait en général la modernité comme un danger potentiel et une perte de temps, entraînant souvent Christophe dans cette direction. C'était Joy qui avait encouragé son mari à évoluer avec son temps, elle qui avait eu des idées innovantes et conçu d'excellents business plans pour développer leur affaire et la garder en bonne santé. Il revenait désormais à Camille de poursuivre son œuvre, avec des idées encore plus novatrices.

La jeune femme entrevoyait déjà une dizaine de façons de moderniser l'entreprise et elle était tout excitée à la perspective d'en discuter avec son père. Certaines idées pourraient être réalisées d'ici l'été, à condition qu'il se montre ouvert. Mais avec lui, on ne savait jamais. Autant Joy avait toujours pu le convaincre, car il avait un immense respect pour son expertise financière et ses idées, autant elle-même devait encore faire ses preuves

– par certains côtés, il la voyait toujours comme une petite fille. Et en la matière, son allure n'aidait pas : elle avait toujours fait plus jeune que son âge. De son père elle avait hérité de grands yeux bleus, et de sa mère des cheveux blonds dont la longueur n'était pas sans évoquer l'héroïne d'*Alice au pays des merveilles*. Rien d'étonnant à ce que des hommes comme Cesare ne la prennent pas au sérieux. Cela dit, il n'avait pas non plus respecté Joy, même s'il la craignait parce qu'elle lui tenait tête. Camille avait des manières plus douces et elle était plus jeune, mais Christophe savait qu'elle n'avait rien à envier à Joy sur le plan de l'intelligence. Leur fille était plus que capable de prendre le relais de sa mère, voire de diriger un jour le domaine. Mais pas encore, et il ne voulait pas être envahi par des initiatives trop high-tech. Il voulait que leur marque conserve son aura de tradition française. Cela leur avait bien réussi jusqu'à ce jour, malgré la modernisation entreprise par Joy en coulisses. En fait, c'était la combinaison de leurs personnalités et de leurs idées qui avait fait leur succès.

Lorsqu'il retourna dans son bureau, Christophe fut surpris d'entendre sa jeune secrétaire lui annoncer qu'une certaine comtesse de Pantin était en ligne. Au début, le nom ne lui évoqua rien, jusqu'à ce qu'il se souvienne du dîner de producteurs et de sa voisine de table française. Malgré l'allusion à une prochaine invitation, il ne s'était pas attendu à la revoir. C'était le genre de politesse que les mondains lançaient volontiers : « Déjeunons donc ensemble un de ces jours », et, la plupart du temps, ce jour n'arrivait jamais. Par ailleurs, leurs styles différaient – elle était plus sophistiquée que lui – et elle ne comptait rester dans la vallée que six mois, histoire de se changer les idées. Le pourcentage de chances pour que leurs chemins se croisent à nouveau était faible, surtout qu'il préférait rester en famille le soir depuis qu'il était veuf. Un rôle dont il n'avait pas encore tout à fait endossé le costume.

Il prit le combiné et l'élégante comtesse le salua d'abord en français :

— Bonjour, Christophe ! lança-t-elle comme s'ils étaient de vieux amis.

Le ton était enjoué, appelant à la légèreté, ce qui était à mille lieues des vieilles aristocrates dont il se souvenait, celles qui se prenaient tellement au sérieux, conditionnées par leur titre et leur position sociale. On voyait qu'il n'en était rien avec elle et cela plaisait à Christophe. Elle avait l'air d'une personne joyeuse, malgré son veuvage. Peut-être que la grande différence d'âge et la longue maladie de son mari avaient rendu son départ moins brutal que celui de Joy pour lui. Elle les avait quittés à 49 ans, alors qu'elle était dans la force de l'âge et le plein épanouissement de sa beauté. Ils avaient été si heureux ensemble, croyant avoir encore de nombreuses années devant eux. C'était de ces années-là qu'il se sentait floué.

— Désolée de vous appeler ainsi au travail, s'excusa-t-elle, passant à l'anglais. Je vous dérange ?

Elle avait une jolie voix. Cela le fit sourire.

— Pas le moins du monde, répondit-il.

— Je ne vous retiendrai que quelques secondes : j'organise un petit dîner sans prétention samedi. Nous devrions être une douzaine. Ça aura lieu chez moi : puisque je loue cette maison, autant que j'en profite !

J'ai rencontré tellement de gens intéressants. J'espère que vous pourrez être des nôtres.

Nul besoin de consulter son agenda : il n'avait aucun engagement mondain ni obligation, excepté son voyage en Hollande, mais ça ne poserait pas de problème pour la date qu'elle mentionnait. La seule chose qu'il ne savait pas, c'est s'il était prêt à se lancer en célibataire en société. En fait, il était sûr de ne pas l'être, mais il ne voulait pas se montrer grossier envers elle, d'autant qu'ils étaient dans le même bateau. À la différence près qu'elle essayait de voir le bon côté des choses. Cela l'obligeait à faire le même effort. Avec elle, impossible de jouer la carte du jeune veuf ! Sans compter que ça lui donnerait l'air encore plus pathétique. Allons, si Sam Marshall avait survécu, lui aussi le pouvait.

— Ce sera décontracté : jean et blazer pour les hommes, vous n'aurez pas besoin de cravate, même si celle de l'autre soir était divine. Il faudra que j'organise un autre dîner pour que vous puissiez l'arborer encore une fois, le taquina-t-elle.

— Je viendrai avec plaisir, dit-il, surpris qu'elle se soit souvenue de sa cravate et flatté qu'elle ait pensé à l'inviter.

Il ne savait pas du tout s'il allait se retrouver confronté à une assemblée de parfaits inconnus. Il redoutait de croiser de vagues connaissances, qui n'étaient pas au courant, qui lui poseraient des questions et à qui il devrait annoncer la nouvelle pour Joy. Cela lui était arrivé plusieurs fois lors de réunions ou à l'occasion de livraisons autour de Saint Helena et Yountville : cela avait été des moments pénibles et douloureux. Certainement inévitables au début, à moins de rester confiné chez soi et de se faire ermite, ce qui était tentant parfois, mais guère sain, ni bon pour Camille. Pour le bien de sa fille, il devait au moins prétendre aller mieux, même si ce n'était pas le cas – il versait toujours chaque jour quelques larmes sur Joy, principalement le soir, ou quand il se réveillait dans leur lit à moitié vide. Pendant la journée, il était occupé.

— Merci pour cette invitation, comtesse, dit-il poliment, ce qui la fit rire.

— Je vous en prie, appelez-moi Maxine, à moins que vous ne teniez à ce que je vous appelle « monsieur ».

Elle était plus informelle que ça et lui parlait en toute simplicité.

— Merci, Maxine.

Elle lui indiqua l'heure du dîner en même temps que l'adresse, qui se trouvait fort à propos sur « Money Lane », l'allée de l'argent – le nom correspondait à merveille aux extravagantes demeures construites là-bas. De ce qu'il avait perçu de la comtesse comme de son style, il doutait que la maison de location soit modeste.

— Je fais venir pour l'occasion un chef français de chez Gary Danko. J'espère que vous approuverez.

Une fois encore, il fut impressionné : elle mettait vraiment toute son énergie dans ce petit dîner. Il était impressionné, mais pas étonné – Gary Danko était le restaurant le plus couru de San Francisco, le repas serait donc soigné... Il la remercia à nouveau et ils raccrochèrent.

Christophe se concentra ensuite sur son prochain voyage en Europe, envoyant des mails aux gens qu'il espérait rencontrer à cette occasion. Le dîner de la comtesse passa ainsi complètement au second plan si bien qu'il fut étonné, le lendemain, de voir arriver un coursier avec une épaisse enveloppe crème sur laquelle son nom était élégamment inscrit à l'encre marron, ainsi que la mention « E.V. » (en ville) indiquant que le courrier lui avait été remis non par la poste mais en main propre. Quand il ouvrit le pli, il sortit une carte du même blanc crème ornée d'un écusson doré sous lequel Maxine avait noté d'une écriture soignée « Pour mémoire », puis les informations à connaître pour le dîner. Voilà quelqu'un qui appliquait au pied de la lettre les bonnes manières à la française ! Ses amis de la vallée lui auraient envoyé un mail ou un texto pour lui rappeler la date, pas une carte de visite avec blason. Elle avait ajouté entre parenthèses : « Très heureuse que vous puissiez venir. *À bientôt !* M. »

Il posa le carton sur son bureau et l'oublia aussitôt, non sans s'être furtivement demandé qui serait là et quelles coteries locales elle courtisait. Maxine était tellement plus européenne et traditionnelle que les gens du coin, même les plus importants d'entre eux comme Sam. Il ne connaissait pas ses origines, mais cela importait peu : son formalisme s'expliquait, ne fût-ce que par son mariage.

Il se souvint de ce dîner seulement la veille, quand il en vit la mention dans son agenda. Il en parla à Camille pendant qu'ils dégustaient à la cuisine le poulet préparé par Raquel. Ils n'avaient pas utilisé la salle à manger depuis la mort de Joy, et Christophe n'y tenait pas. Il appréciait ces repas sans chichis avec sa fille.

— J'ai oublié de te dire : je suis de sortie demain soir. J'espère que tu n'es pas fâchée.

— Bien sûr que non, dit-elle, surprise. Ça te fera du bien de sortir. Tu vas chez Sam ?

C'était le seul ami que son père fréquentait ces derniers temps, parce que c'était celui qui comprenait le mieux son deuil. Il était de bonne compagnie et ils s'étaient rendus plusieurs fois au restaurant mexicain. Les deux hommes appréciaient ces moments qui leur donnaient l'occasion de parler affaires et des problèmes qu'ils rencontraient dans leur métier, même si le domaine de Sam était bien plus vaste que celui de Christophe.

— Non. Je me rends à un dîner, dit Christophe alors qu'ils finissaient le leur. Sans doute un peu trop mondain à mon goût, mais il était difficile de refuser.

Camille se félicita qu'il ne l'ait pas fait. Il avait besoin de voir du monde. Sa mère aussi l'aurait souhaité, elle l'avait d'ailleurs dit à Camille sur son lit de mort : il ne fallait pas qu'il se replie sur lui-même et la pleure à jamais. Il devait vivre et même un jour se remarier, même si Camille ne pouvait songer à cette perspective sans avoir les larmes aux yeux. Elle n'était pas encore prête à ça, pas plus que lui.

— C'est où ?

— Chez la Française à côté de qui j'étais assis au dîner des vignerons. Celle qui a perdu son mari et qui est là pour six mois. Elle a deux fils, je t'en ai parlé.

— Eh bien, ça a l'air super, papa. Et ça tombe bien, je dîne avec des amis demain.

Un de ses plus anciens camarades de fac passait en effet le week-end dans la vallée avec sa petite amie et ils l'avaient invitée au Bouchon. Elle avait décliné pour ne pas abandonner son père, mais désormais, elle se sentait libre d'y aller et se réjouissait de revoir cet ami qui travaillait à Palo Alto et qu'elle n'avait pas revu depuis leur remise de diplôme. Ce serait amusant de rattraper le temps perdu.

— J'aurais dû demander si tu pouvais venir, mais je n'ai pas eu le réflexe et, entre nous, je ne crois pas que ce sera très folichon.

Camille hocha la tête en silence, elle comprenait.

Elle passa la journée du lendemain avec ses amis au Meadowood, où ils étaient descendus. C'était à la fois un hôtel et un club. De là, ils allèrent directement dîner à Yountville, au Bouchon, un restaurant qu'elle aimait beaucoup. C'était la première fois qu'elle rencontrait la fiancée de son camarade. Elle la trouva vivante et drôle et apprécia de passer du temps avec eux. Se retrouver avec des jeunes de son âge ne lui était pas arrivé depuis la maladie de sa mère, un an plus tôt. Elle n'avait pas de petit ami, mais entre son travail et le fait de tenir compagnie à son père, il n'y avait pas la place pour autre chose.

De son côté, Christophe suivit la suggestion de Maxine pour sa tenue : pas de cravate, jean fraîchement repassé, chemise blanche et blazer bleu marine de chez Hermès, acheté par Joy à San Francisco – sa femme avait toujours veillé à ce qu'il soit bien habillé. En ce qui le concernait, le shopping ne l'intéressait pas, il était bien plus heureux sur un tracteur ou dans ses lourdes bottes de travail, à arpenter ses vignes. Il avait néanmoins l'air plus que respectable et avait très belle allure quand il se mit au volant de son Aston Martin pour se rendre à l'adresse indiquée par la comtesse. Il avait posé le carton sur le siège passager, afin d'avoir son téléphone à portée de main en cas de problème ou s'il se perdait – un cas de figure peu probable puisqu'il connaissait bien le coin. Il lui fallut un quart d'heure de Château Joy en roulant à bonne allure.

Quand il sonna au portail et donna son nom à l'interphone, un homme enclencha aussitôt l'ouverture automatique. La maison était encore plus vaste que ce qu'il avait imaginé. De plain-pied, elle était tout en longueur, moderne, entourée de divers espaces verts entretenus avec soin et dotée d'une immense piscine sur laquelle donnait un pavillon où les invités discutaient, un cocktail à la main et un serveur en veste blanche à portée de voix. Dans le jardin attenant à la maison était dressée une longue table recouverte d'une nappe blanche ornée de fleurs et de bougies, dont la flamme faisait scintiller le cristal des verres et briller les assiettes en porcelaine. On aurait dit la couverture d'un magazine de décoration. Vêtue d'une longue robe diaphane en mousseline rose pâle, Maxine se dirigea vers lui d'une démarche aérienne malgré les hauts talons de ses sandales dorées. Ses longs cheveux bruns flottaient dans son dos. L'espace d'un instant, Christophe regretta que Joy ne soit pas là, même si elle n'avait jamais possédé de robe comme celle-là ni reçu de manière aussi formelle.

Car Joy avait adoré inviter au château, organiser des dîners chaleureux et détendus où l'on discutait avec animation, avec de la bonne musique en toile de fond. Elle possédait l'art de créer une atmosphère agréable et conviviale. Le style de Maxine était à l'opposé : élégant et formel, sophistiqué à l'extrême. À l'image de sa tenue de couturier qui mettait en valeur sa silhouette, plus haute et fine que celle de Joy, ou encore de ses manières. Elle accueillit Christophe sans chichis en l'embrassant sur les deux joues, comme un vieil ami. Mais il y avait cependant quelque chose d'intime et de sexy. Son côté extraverti dégageait un certain piquant, à mille lieues de la personnalité courageuse et forte de Joy. Celle-ci s'était distinguée par son excellence et sa précision, qui rappelaient celles des plus grands acrobates. Maxine évoquait plus Monsieur Loyal : elle avait l'œil à tout pendant qu'elle faisait les présentations. La plupart de ses invités ne se connaissaient pas – en tout cas, Christophe n'en connaissait aucun, ce qui était inattendu pour une réception donnée dans la vallée de Napa.

Deux couples, travaillant dans la production cinématographique, avaient récemment acheté de grands domaines viticoles qu'ils prévoyaient de diriger à distance de Los Angeles. Il était clair qu'ils n'y connaissaient rien et que ces acquisitions avaient été davantage motivées par le symbole social que la passion du vin. Il y avait aussi, un peu à l'écart avec deux gardes du corps, un couple de Mexicains dont les journaux avaient parlé – l'homme était l'une des plus grosses fortunes du Mexique. Un autre couple venu de Dallas, qui avait fait fortune dans le pétrole, se tenait là ainsi qu'un couple de Saoudiens, qui possédait des propriétés dans le monde entier. Tombés amoureux de la vallée de Napa, ils songeaient à acquérir une demeure dans la région, d'autant plus que monsieur avait dernièrement acheté un hôtel et un grand magasin à San Francisco – ils trouvaient en outre sympathique d'avoir un point de chute dans la vallée pour que leurs enfants y viennent l'été, quand ils ne seraient pas dans le sud de la France, en Sardaigne ou sur leur yacht en Méditerranée. Tous ces gens avaient en commun d'être pleins aux as. C'était exactement le genre de personnes étrangères à la vallée que Christophe évitait généralement : ils évoluaient dans des cercles internationaux richissimes et les couples de L.A. étaient à l'évidence de nouveaux riches soucieux d'étaler leur argent. Sympathiques et intéressants, mais trop exotiques et hors-sol à ses yeux. Il préférait de loin le côté terrien des producteurs de la vallée, avec qui il avait bien plus en commun de par ses racines. Ces individus vivaient dans un monde dont il ne savait rien et qu'il ne souhaitait pas vraiment explorer. Le côté positif, c'est que personne ne lui posa de questions sur Joy.

Maxine et lui étaient les deux seuls célibataires. À table, il se trouva assis à sa droite. Elle lui avait attribué la place d'honneur, un geste très poli et généreux, mais qui le gêna un peu sur le moment. Cela ne l'empêcha pas de profiter de la conversation qui, contrairement à ses craintes initiales, se révéla animée et variée – tous voyageaient énormément et n'avaient découvert que récemment les charmes de la vallée de Napa. Comme prévu, le dîner orchestré en plusieurs services était délicieux et Christophe fut à la fois surpris et touché de découvrir que tous les vins rouges servis à table provenaient de Château Joy. Les convives le complimentèrent à l'unanimité sur l'excellence de sa production – Maxine avait choisi des crus parmi les plus anciens et les meilleurs. Ce fut une fierté pour lui de constater qu'ils ne déparaient pas dans pareille assemblée. Les Saoudiens dirent même qu'ils les préféraient aux château-margaux ! Quand la conversation redevint générale et que Maxine lui sourit, Christophe la remercia.

— Vous auriez dû me le dire, je vous les aurais fait livrer, glissa-t-il poliment.

— Bien sûr que non, Christophe, dit-elle en lui effleurant la main, aussi légèrement qu'un papillon. Vous ne pouvez pas ainsi disperser vos millésimes ! Par ailleurs, le caviste a été de très bon conseil.

Oui, il avait sélectionné les plus chers, se dit Christophe qui avait immédiatement évalué la folie de cet achat – certains de ses vins se vendaient plus cher que leurs concurrents français tout aussi connus.

Après le dîner, Maxine proposa des alcools de fruits ou du brandy et elle mit de la musique. Certains couples dansèrent, mais pas Christophe – il n'imaginait pas le faire avec une autre femme que Joy. Il continua plutôt à discuter avec Maxine et les autres. Il était 1 h 30 du matin quand les invités commencèrent à prendre congé. À sa grande surprise, Christophe avait passé une excellente soirée, autour d'un repas délicieux et avec des convives triés sur le volet qu'il n'aurait jamais rencontrés par ailleurs. Maxine avait tout organisé avec élégance et style, à la perfection. On était loin du « petit dîner sans prétention » ! Il avait plutôt été digne de la jet-set, une réception comme on en voyait peu, même dans la vallée de Napa réputée pour son snobisme et ses nouveaux Crésus. Lorsqu'il se leva avec l'idée d'emboîter le pas aux premiers partis, elle lui souffla de rester encore quelques minutes après le départ des autres.

— C'est toujours si amusant de cancaner un peu, dit-elle, l'œil pétillant.

Il rit. Joy et lui faisaient toujours ça en rentrant d'une soirée. Il hocha donc la tête avant de réaliser que le fait de rester lui donnait aux yeux des autres le statut de petit ami de Maxine et sous-entendait qu'il allait passer la nuit avec elle. Cela le mit mal à l'aise. Mais Maxine n'eut aucun geste déplacé une fois ses hôtes partis. Elle retira ses sandales Louboutin et prit place dans l'un des transats de la piscine. Ainsi pieds nus, dans sa robe translucide, elle avait l'air très jeune. Ils refirent le dîner et elle lui dressa un portrait plus privé des invités : le Mexicain entretenait une jeune actrice sexy, l'épouse de Dallas avait une aventure avec un important producteur de vins – Christophe n'aurait jamais imaginé ça –, le Saoudien avait trois autres épouses à Riyad avec qui il ne voyageait ni ne sortait jamais mais à qui il achetait des bijoux fabuleux chez Graff à Londres. Celle qui était présente ce soir-là était la première épouse, issue de la famille royale saoudienne. Maxine n'ignorait rien de leur linge sale et se délectait d'en discuter avec Christophe.

— D'où les connaissez-vous ? demanda-t-il, à la fois amusé et fasciné.

C'était la première fois qu'il rencontrait une femme comme elle, à la fois très sensuelle et attirante, et qui visiblement le trouvait à son goût, même s'il ne jouait pas dans la même catégorie que ses fréquentations habituelles – certes, il venait d'une très bonne famille, célèbre dans sa partie, et il avait extrêmement bien réussi, mais sa fortune n'arrivait pas à la cheville des milliards de dollars réunis ce soir-là autour de la table.

— Je les ai rencontrés ici et là, dit-elle vaguement. J'avais fait signe à votre ami Sam Marshall, mais il avait un autre engagement.

Il n'avait pas pris son appel, c'était sa secrétaire qui lui avait répondu par mail.

— En toute franchise, ce n'est pas son genre de soirée. Il n'aurait pas apprécié. Sam sort rarement de son bocal.

Son ami n'aurait rien eu à envier aux convives du dîner, il aurait même pu leur en remontrer, mais il vivait différemment. Les yachts, les demeures chics – même si la sienne était magnifique – n'étaient pas son truc. Il préférait se consacrer à son domaine, à la vie dans la vallée, et côtoyer des gens plus terre à terre. Christophe aussi, mais de par sa famille et son éducation, le monde sophistiqué de Maxine lui était familier – le Saoudien connaissait deux de ses oncles, qui menaient grand train et passaient l'été dans le sud de la France. Sam aurait été comme un poisson hors de l'eau à ce dîner et il en aurait détesté chaque seconde !

— Du fait de l'âge et de la longue maladie de mon mari, nous avons mené une vie plutôt recluse, surtout une fois installés dans le Périgord. Si bien qu'aujourd'hui, et même s'il me manque terriblement, j'ai soif de contacts sociaux. Il y a beaucoup de gens intéressants ici. La vallée de Napa a l'air d'attirer des gens du monde entier ! dit-elle avec un sourire plein de gaieté.

— En effet, mais pas toujours ceux que l'on souhaiterait. J'avoue préférer la compagnie de mes pairs. Mais cette soirée a été une occasion rare de rencontrer des personnes que je ne côtoie jamais, admit-il avec franchise. Cela dit, Paris ne vous manque pas ? Notre vallée n'est qu'une mare aux canards comparée à la vie que vous pourriez mener là-bas.

Elle était si élégante et chic qu'il ne pouvait l'imaginer parmi les gens du cru, tellement moins raffinés, même les grands propriétaires comme Sam.

Maxine resta silencieuse pendant un moment avant de lui répondre en le regardant droit dans les yeux.

— Vous savez combien les successions peuvent être source de complications en France. Les trois quarts des biens en héritage reviennent aux enfants, or mon mari en avait cinq. Comme nous n'avons pas eu de descendance ensemble, je me suis retrouvée seule face à eux. La succession a été un vrai cauchemar. Détestable. J'en ai eu le cœur brisé. Les quatre fils de Charles se sont comportés comme des monstres et leur sœur, pas mieux. Ils ne supportaient pas que j'aie été si bonne envers leur père. De la pure jalousie. Mes amis m'ont trouvée idiote et beaucoup trop honnête, mais comme j'aimais Charles, je n'ai pas voulu voir dépecer tout ce à quoi il tenait. Ses enfants réclamaient la maison à Paris et le domaine dans le Périgord. Je n'ai gardé qu'une toute petite somme et leur ai vendu le reste de ma part. Et je suis partie. Je voulais mettre le plus de distance possible entre eux et moi. Je ne veux même pas revoir la maison de Paris, ça me briserait le cœur – les cinq années que nous y avons passées ont été les plus heureuses de ma vie. Quant au château périgourdin, il était un peu morne et dans son jus – aucune rénovation n'avait eu lieu depuis les grands-parents... Je me suis dit que la vallée de Napa offrirait un changement d'air bienvenu : je n'y ai aucun souvenir. C'est comme un nouveau départ. Je ne sais pas si je resterai. Peut-être que j'irai un peu à Los Angeles, sans doute à l'automne. Ou bien à Dallas, les gens y sont si accueillants. C'est là-bas que j'ai rencontré le couple de ce soir : avant de venir ici, j'ai passé un mois à Houston où habite un vieil ami marié à une Texane. Sa femme est issue d'une grande famille du pétrole et m'a présenté beaucoup de monde. Mais pour l'instant, je suis heureuse à Napa. Je vis vraiment un double deuil : celui de mon mari et celui de notre mode de vie. Les enfants de Charles ont tout détruit. Et ils n'ont pas même épargné mes enfants, alors qu'ils avaient perdu en l'espace d'un an leur propre père, très âgé lui aussi, et leur beau-père. Ça a vraiment été une *annus horribilis* pour nous ! Voilà pourquoi je cherche une nouvelle maison, pour tout recommencer. Mes garçons sont plus heureux en France, mais j'aimerais qu'ils passent du temps avec moi ici. Et puis j'aimerais bien que ma mère de 87 ans me rejoigne une fois que je me serai installée. Mais pour ça, il faut d'abord décider où se poser.

À écouter ses révélations, Christophe espérait de tout son cœur que Maxine avait obtenu une somme raisonnable en échange de sa part d'héritage. Cette maison de location et son train de vie le laissaient supposer, mais, dans le même temps, ses beaux-fils et sa belle-fille semblaient l'avoir bernée en beauté. Et elle n'avait pas l'air d'être du genre à rechercher la confrontation. La preuve : elle avait préféré leur abandonner ses droits pour une somme dérisoire, plutôt que de les attaquer en justice. Il la respectait pour cela.

— Maxine, je vous souhaite de trouver la maison de vos rêves. Vous méritez de vivre en toute quiétude, parmi des gens bienveillants, et vous êtes à l'endroit idéal pour ça. La vallée de Napa est fantastique et il y a des gens très bien qui y vivent, même s'ils ne sont pas aussi glamour que vos invités de ce soir, dit-il avec gentillesse, ce qui lui valut un regard reconnaissant.

— Merci, Christophe, dit-elle avec chaleur.

Il reposa son verre d'eau et se leva. Il était très tard, presque 3 heures du matin. L'heure pour lui de reprendre le volant – d'où le fait qu'il était passé à l'eau depuis déjà un moment. Il se sentait gai, mais pas ivre.

— J'ai passé une excellente soirée. Merci de m'avoir invité, dit-il alors qu'elle le raccompagnait à sa voiture, toujours pieds nus, avec sa robe vaporeuse flottant autour d'elle.

Il s'agissait d'une création Nina Ricci achetée à Paris, mais cela n'aurait rien dit à Christophe. Tout ce qu'il retenait, c'était que Maxine était magnifique, intelligente, charmante, et qu'elle avait conclu un marché à ses dépens avec ses beaux-enfants. Elle était aussi amusante et de bonne compagnie. Cela lui suffisait. Pas besoin d'en savoir plus. Il se demanda s'ils deviendraient amis, si elle déménagerait ailleurs – son chic détonnait ici. Elle devait trouver sa vie à lui ridiculement simple, et elle l'était sans doute, mais pour rien au monde il ne l'aurait changée. Maxine, elle, ressemblait à un papillon d'une espèce rare, aux ailes chatoyantes et aux couleurs vives, joli à regarder mais venu d'un autre univers.

Elle l'embrassa à nouveau sur les deux joues pour lui dire au revoir et retourna, aérienne, vers la maison tandis qu'il s'éloignait dans son Aston Martin, avec l'impression de redescendre sur terre après avoir passé la soirée à bord d'un OVNI plein d'extraterrestres fascinants et remarquables. Sur le chemin du retour, l'habituel sentiment de solitude l'envahit : il aurait tellement voulu pouvoir raconter ça à Joy. Mais ces jours-là étaient révolus.

5

Le lendemain du dîner chez Maxine, Christophe prit le petit déjeuner avec Camille à la cuisine. Sa fille s'apprêtait à retrouver ses amis au Meadowood pour une partie de tennis. Elle appréciait d'être avec des gens de son âge, qui n'avaient rien à voir avec le vin. Depuis la fin de l'université et la mort de sa mère, son univers ne tournait plus qu'autour de ça, ou presque, et la plupart de ses interlocuteurs étaient de la génération de son père. Ses contemporains ne faisaient plus partie de son paysage.

— À quelle heure es-tu rentré cette nuit ? J'étais là à 1 heure et la maison était vide. Tu t'es bien amusé ? demanda-t-elle avec intérêt tout en posant une tasse de café devant lui – elle espérait que oui, car son père avait l'air bien sérieux.

À peine réveillé, Christophe avait repensé à la soirée de la veille. Tout cela prenait au matin une aura irréelle, qui définissait bien le caractère de l'événement : il en avait profité comme de quelque chose qui ne se reproduirait pas. Jamais il ne reverrait ces gens, ni même peut-être Maxine.

— C'était loufoque, à la fois étonnant et décalé. On se serait cru dans un film. Il y avait des producteurs, des magnats du pétrole, un couple de Saoudiens avec des maisons partout dans le monde et trois autres épouses au pays. On aurait dit une autre dimension ! Je sais qu'il existe des gens comme ça par ici, et de plus en plus ces dernières années, mais ta mère et moi n'avons jamais recherché leur compagnie. Cela dit, à ma grande surprise, ils étaient tous sympathiques et j'ai passé une bonne soirée.

Il ne précisa pas qu'il était rentré à une heure indue.

— Et la comtesse, à quoi ressemblait-elle ? Elle est très âgée ?

— Pour ta génération, peut-être, mais pas pour la mienne : elle a environ 45 ans.

Camille s'était imaginé que la comtesse était une douairière.

— Pas possible ! Moi qui croyais que toutes les comtesses sucraient les fraises, dit-elle, l'air faussement choqué.

Il éclata de rire.

— Dans les films, sûrement, mais dans la vraie vie, certaines héritent de leur titre à la naissance. Celle-ci l'a obtenu par mariage, en épousant un très vieux comte, dont les enfants ont son âge. On dirait bien qu'ils lui ont fait passer un sale quart d'heure au moment de la succession. Alors, elle est partie. Elle songe à s'installer dans la région, mais je doute qu'elle le fasse : elle est un peu trop jet-set pour le coin, je la verrais plus à L.A. ou à Dallas. Elle est ici pour encore quelques mois.

— Elle travaille ?

La curiosité de Camille avait été mise en éveil par l'âge de cette femme.

— Pas que je sache. Je n'ai pas demandé. Avant de rencontrer son défunt mari, elle était mannequin. Leur union a duré dix ans, il est mort à 90 ans.

— Waouh, c'est vieux. Tu crois qu'on va faire connaissance ? Tu vas la revoir ?

L'évidente nervosité de Camille le fit sourire.

— Si c'est une façon de me demander si je compte sortir avec elle, la réponse est non. D'abord, parce que j'aime ta mère, sans doute pour toujours. Je ne veux pas me remarier ni sortir avec quelqu'un pour l'instant. Ensuite, parce qu'une femme comme Maxine ne regardera pas deux fois un type comme moi. Je suis trop plouc et discret pour elle, je n'ai pas de yacht ni de maison dans le sud de la France. J'habite dans la vallée de Napa et je fais du vin.

— Elle a épousé un vieillard. En quoi c'est branché ?

— Tu marques un point, dit-il dans un rire. Mais il était certainement beaucoup plus raffiné que moi, ou que je ne souhaite l'être. Alors, pour répondre à ta question, non, tu ne la rencontreras probablement jamais, même si je devrais faire un effort pour te présenter à ses deux fils quand ils seront ici. Vous pourriez vous entendre.

Christophe s'inquiétait de ce que Camille n'ait pas de petit ami attitré ni même de rendez-vous galants occasionnels : elle passait tout son temps à travailler, comme lui, sauf qu'elle était jeune et méritait une vie meilleure que ça. Contrairement à lui, Joy ne s'en était pas émue, persuadée que leur fille rencontrerait quelqu'un un jour. Mais lui ne voulait pas d'un aventurier qui tourne la tête à Camille et l'emmène à l'autre bout du monde, dans un endroit où l'on faisait du vin comme l'Australie, la France, le Chili ou l'Afrique du Sud. Cette seule idée lui était insupportable, autant que de la savoir seule ou malheureuse. L'idéal aurait été un jeune du coin, sympathique, héritier de l'un des domaines viticoles. Mais Camille trouvait ennuyeux tous les garçons avec qui elle avait grandi à Napa. Elle les connaissait tous, comme Phillip, et aucun ne suscitait chez elle d'élan romantique. Dans l'immédiat, qu'elle sorte avec des amis pendant le week-end, elle qui n'allait jamais à San Francisco, même si c'était à deux pas, le réjouissait.

La semaine suivante vit les affirmations de Christophe à sa fille battues en brèche. Maxine parut en effet au domaine sans prévenir et demanda à le voir. Surpris, il sortit de son bureau en jeans, bottes de cow-boy et chemise à carreaux. Elle portait un jean moulant délavé qui mettait en valeur ses jambes fuselées, une chemise blanche coupée à la perfection, ainsi que des bottes Hermès en alligator noir usées comme il fallait. Dès qu'elle l'aperçut, son sourire s'élargit. Elle l'embrassa sur les deux joues, devant la secrétaire de Christophe.

— Que faites-vous ici ? s'étonna-t-il.

— Désolée pour l'intrusion, répondit-elle, rieuse. J'étais dans les parages et je me suis dit que c'était l'occasion de faire un saut. Votre mot était adorable.

Il lui avait en effet envoyé un mot de remerciement, en songeant que Joy aurait été fière de lui. Ce genre de politesse n'était pas son fort et c'était généralement elle qui s'en chargeait. Mais il n'avait plus le choix désormais et ce dîner appelait au moins une lettre de château. Un bouquet aurait convenu mais aurait pu prêter à confusion – il n'avait pas l'intention de lui faire la cour, il avait juste passé un bon moment.

— Le domaine est magnifique. Il est bien plus grand que ce que j'avais imaginé, dit-elle avec une pointe d'admiration. Quel est ce château, sur la colline ? On se croirait dans le Bordelais.

— Nous vivons là, je l'ai construit quand nous avons acheté le terrain. Toutes les pierres viennent de France. C'est la reproduction, en miniature, de notre château familial. Il est tout à fait à taille humaine quand on s'approche. Voulez-vous faire le tour du propriétaire ?

Elle accepta avec enthousiasme avant de s'enquérir, toujours avec le sourire :

— Votre fille est là ? J'aimerais beaucoup faire sa connaissance.

— Bien sûr.

Il était très touché qu'elle demande et la précéda dans les couloirs interminables qui menaient au bureau de Camille. Celle-ci était assise à son ordinateur, les sourcils froncés.

— Bonjour, dit-elle, surprise de voir une inconnue aux côtés de son père, à qui elle expliqua : Il y a une erreur dans les fichiers, à propos de la vente des deux dernières tonnes de raisin de l'année dernière.

Elle se demandait si sa mère était à l'origine de cette mauvaise saisie. Il fallait en tous les cas rattraper le coup.

— Désolée, s'excusa-t-elle en se levant avec un sourire.

Elle contourna le bureau et attendit que son père fasse les présentations. Qui était-ce ? Une nouvelle cliente ou une vieille amie ?

— Maxine de Pantin, voici ma fille, Camille, dit Christophe.

Pendant une fraction de seconde, Camille eut l'air sous le choc mais elle se reprit vite. Les deux femmes se serrèrent la main. La comtesse ne ressemblait en rien à l'image qu'elle s'en était faite. Dire que son père lui avait affirmé qu'elle ne la rencontrerait jamais... Voilà qu'elle était dans son bureau !

À côté de cette femme impeccablement mise, au parfum discret, à la silhouette renversante, avec ses longs cheveux bruns pris dans une queue-de-cheval, Camille se sentit un brin négligée dans son vieux sweatshirt de Stanford, son jean troué et ses baskets. La Française avait l'air très jeune et très chic. Elle lui souriait cependant avec chaleur et ne semblait pas se formaliser de sa tenue.

— J'avais hâte de vous rencontrer, si bien que j'ai fait un saut en passant. Désolée pour cette liberté que je me suis autorisée. Votre père dit tellement de bien de vous.

L'assurance rayonnante de Maxine était telle que Camille en fut brusquement intimidée. Cette inconnue se comportait comme si son père et elle étaient bons amis. Ses manières décontractées et ouvertes induisaient de l'intimité, même vis-à-vis d'elle.

— J'en dis aussi beaucoup de lui, répondit cependant posément Camille avec un sourire à son père, qui la prit en retour par l'épaule.

Tous les trois discutèrent quelques minutes, jusqu'à ce que Christophe donne le signal du départ pour la visite du domaine. Camille les regarda s'éloigner de la fenêtre de son bureau. Son père riait tout en se dirigeant vers le chai. Cela faisait des mois qu'elle ne l'avait pas vu ainsi. Son langage corporel indiquait que sa voisine lui plaisait, peut-être plus que ce qu'il pensait : il marchait tout près et se penchait vers elle en lui parlant. Un frisson parcourut l'échine de Camille. Elle n'aurait su dire pourquoi, car la Française s'était montrée très amicale à son égard. Quelque chose chez elle sonnait faux : son sourire avait de quoi illuminer le monde, mais ses yeux demeuraient froids. Camille se morigéna d'être aussi stupide. C'était une simple connaissance de son père, avec qui il ne voulait pas sortir, il l'avait dit. Tournant le dos à la fenêtre, elle retourna à son travail, s'en voulant de s'être inquiétée ainsi. C'est juste que c'était bizarre de voir son père avec une femme. Un jour, il faudrait bien qu'elle s'y fasse, mais ce n'était pas pour maintenant.

— Voilà une jeune femme de toute beauté ! s'exclama Maxine dès qu'ils furent dehors. Et certainement très intelligente si elle travaille avec vous.

— Elle prévoit de faire un MBA de commerce, dit-il avec fierté. Mais pour être franc, je ne suis pas sûr qu'elle en ait besoin. Elle acquiert ici une expérience qu'aucune formation académique ne lui apportera jamais. Surtout maintenant que sa mère n'est plus. Elle a repris bon nombre de ses responsabilités.

À l'évidence, il aimait infiniment les deux femmes de sa vie et Maxine hocha la tête en silence, apparemment touchée.

— Votre femme avait beaucoup de chance, dit-elle tandis qu'ils entraient dans le chai.

Les bâtiments étaient immenses, bien plus que ce que l'on apercevait de la route. Le domaine était important, même s'il n'était pas aussi vaste que celui de Sam par exemple. Christophe rattrapait en qualité ce qu'il n'avait pas en quantité, et il ne souhaitait pas s'agrandir. Il fut impressionné par les questions que lui posa Maxine. Elle connaissait beaucoup de domaines français réputés et l'interrogeait sur les différences et les points communs entre leurs productions et la sienne. Elle semblait sincèrement s'intéresser au sujet et à ce qu'il faisait. Il passa deux heures avec elle, et apprécia ce moment. Plongée dans son environnement à lui, elle n'avait pas l'air si déplacée que ça et, hormis ses bottes d'équitation en alligator, très glamour, elle se conduisait comme une personne normale avec qui il était plaisant de converser et de parler de son entreprise. Il était presque 17 heures lorsqu'il la raccompagna à sa voiture, garée sur le parking. En chemin, il eut une soudaine inspiration :

— Voulez-vous prendre un verre de vin à la maison ?

Sa journée de travail était de toute façon quasiment terminée, il était trop tard pour ouvrir un nouveau dossier.

— J'adorerais, dit-elle d'un ton ravi avant de passer au français : Mais je ne veux pas m'imposer.

— Aucun problème, la rassura-t-il. En revanche, est-ce que je peux profiter de la voiture, car je suis venu travailler à pied aujourd'hui ?

Camille et lui faisaient souvent cela, pour faire un peu d'exercice avant leur journée de travail. C'était aussi l'occasion de papoter un peu.

Il s'installa dans la Mercedes et elle prit la direction du château, juché sur la colline. Au gré de la route qui montait à l'assaut de la pente, la construction émergeait parfois derrière le rideau d'arbres qui l'entourait. Elle n'apparaissait dans toute sa splendeur et son élégance qu'une fois qu'on arrivait devant. Pour un château, ses proportions étaient modestes, mais elles correspondaient à l'idée qu'on se faisait localement d'une belle maison. Maxine ne cacha pas son étonnement :

— On se croirait chez nous, en France, dit-elle avec ce qui ressemblait à un brin de nostalgie.

Sans doute pensait-elle à la demeure qu'elle avait abandonnée à ses beaux-enfants dans le Périgord. Christophe se sentit désolé pour elle. Cette femme avait connu son lot de tragédies et de déceptions elle aussi. Sous le vernis de son assurance pointait un côté vulnérable qui le touchait infiniment.

Il la mena dans le vestibule, où il avait accroché des portraits de famille et ceux de ses parents. Sur les guéridons se trouvaient des photographies de Joy et lui dans des cadres argentés, et beaucoup d'autres de Camille prises au fil de son enfance. Maxine admira les délicates fresques peintes par Joy. Tout dans cet intérieur était personnalisé. À l'opposé de sa maison de location flambant neuve. Cette magnifique demeure construite vingt-trois ans plus tôt semblait être là depuis des siècles.

Christophe servit à Maxine un verre de vin et ils prirent place dans le jardin, là où il avait l'habitude de s'asseoir avec Joy les soirs de tranquillité. Il n'y était pas revenu depuis sa mort. C'est là que Camille les trouva une heure plus tard, en rentrant du travail.

— Oh... désolée... je ne savais pas que tu étais là, papa, dit-elle quand elle émergea de la maison, guidée par le bruit des voix et intriguée, car elle avait repéré dans la cuisine la bouteille ouverte par Christophe, le millésime qu'il préférait : celui de son année de naissance à elle – d'après lui, c'était de loin son meilleur cru.

Elle eut un choc en voyant Maxine assise comme chez elle dans le fauteuil préféré de Joy.

— Je devrais vraiment y aller, dit l'invitée en anglais, tout en se levant et souriant à Camille.

Jusque-là, la conversation s'était déroulée en français. Et cela ennuyait Camille, car son père avait toujours regretté que Joy ne le parle pas. Sa mère avait pourtant essayé au début de leur mariage, mais les langues n'étaient pas son fort et elle avait abandonné la partie. Voir son père content de parler français avec Maxine était dérangeant. Tous deux avaient l'air d'avoir passé un bon moment.

Ils déposèrent leurs verres à la cuisine et se dirigèrent vers le vestibule. Comme ils s'éloignaient, Camille entendit Christophe annoncer :

— La visite complète sera pour la prochaine fois.

Que comptait-il montrer de plus à la comtesse ? Leurs chambres ? La bibliothèque où ses parents avaient passé des soirées entières à lire au coin du feu ? Le bureau de Joy ? Cette maison était privée, intime, on ne la montrait pas à n'importe qui ! En particulier une femme qu'on n'avait vue que deux fois et qu'on n'avait pas prévu de revoir. Il avait même dit ne pas chercher d'autres occasions. Or elle s'était montrée au bureau et voilà que maintenant, elle prenait un verre avec lui, assise dans le fauteuil de sa mère, dans leur jardin à eux. Il y avait là-dedans quelque chose d'inquiétant, comme si Maxine avait envahi leur espace avec préméditation. Pendant ce temps-là, l'intéressée prenait congé :

— Désolée d'avoir autant abusé de votre temps aujourd'hui, s'excusa-t-elle. La visite du chai a été fascinante et votre demeure est spectaculaire.

Elle jeta à nouveau un regard admiratif au château avant de s'installer au volant de sa Mercedes.

— Tout le plaisir a été pour moi. Je vous appellerai à mon retour de Hollande. Nous irons dîner à la French Laundry, dit Christophe pendant qu'elle mettait le contact.

Il s'agissait du meilleur restaurant de Napa, d'après la critique.

— Avec joie, dit-elle d'une voix ravie.

Elle lui adressa un signe de la main et redescendit l'allée tandis qu'il retournait lentement à l'intérieur. Cet après-midi avec elle avait été des plus agréables. Contrairement à ce qu'on pouvait penser et imaginer vu les gens sophistiqués qu'elle fréquentait, elle était finalement sans chichis ni prétention. C'était quelqu'un avec qui il était facile de parler. « Elle ferait une bonne amie », se dit-il. Il avait hâte de l'emmener dîner, histoire de lui rendre son invitation.

Camille avait déjà dressé le couvert lorsqu'il entra dans la cuisine. Raquel leur avait préparé des tamales et des enchiladas, qu'elle avait réchauffés au micro-ondes, ainsi qu'une grosse salade. Tous deux raffolaient de cuisine mexicaine, surtout celle de leur cuisinière. Ils prirent place en silence et Camille ne dit pas un mot tandis qu'ils commençaient à manger. Quelque chose la tracassait.

— Ça ne va pas ? finit par lui demander Christophe.

Elle secoua la tête et lui sourit, mais elle avait le regard triste et il s'interrogea. Camille ne prononça pas une parole jusqu'à ce qu'elle débarrasse leurs assiettes. Elle lui fit alors part des idées qu'elle avait à propos des réseaux sociaux, dans le but d'attirer l'attention d'un public plus jeune sur leurs crus les plus abordables. Christophe se montra séduit.

— En ce moment, je cherche des sociétés qui géreraient pour nous Twitter et Facebook. Jusque-là, c'est moi qui le faisais, mais un intervenant extérieur pourrait très bien s'en charger et sans doute mieux que moi.

— Ça, j'en doute. Tu fais un travail remarquable là-dessus, lui dit-il.

Le compliment ne la dérida pas. Il posa alors la main sur son bras avec tendresse – il détestait quand elle était malheureuse, or elle avait eu l'air triste pendant tout le dîner.

— Qu'est-ce qu'il y a, Camille ? Qu'est-ce qui t'ennuie ?

— Simplement le fait de me conduire comme une idiote. Ça m'a fait bizarre de rentrer ce soir et de te trouver dans le jardin avec cette femme, assise dans le fauteuil de maman, comme si elle faisait partie intégrante de la maison. Mais j'imagine qu'un jour il faudra bien que je m'y fasse, dit-elle, les yeux débordant de larmes.

Son père la serra contre lui.

— Ce n'est pas pour tout de suite, lui dit-il d'une voix tranquille tout en caressant ses longs cheveux blonds qui lui donnaient encore parfois l'apparence d'une enfant, surtout quand elle les portait lâchés ou bien tressés. Personne ne prendra jamais la place de ta maman. Moi aussi, j'y ai pensé quand elle s'est assise dans le fauteuil, mais je n'ai pas voulu être grossier en lui disant d'en prendre un autre. Nous allons tous les deux devoir nous habituer à ce que son siège soit occupé quand nous recevrons des gens ici. En attendant, je connais à peine cette femme et je ne lui cours pas après. C'est quelqu'un d'intéressant, qui a eu son lot de malheurs. Elle est probablement très seule, elle ne connaît personne ici, et nous sommes un village. Ça ne fait pas de mal de se montrer gentil, mais ça ne veut pas dire que je suis en train de tomber amoureux.

Soit, mais Camille n'en démordait pas : quelque chose sonnait faux chez cette femme. Comme un courant souterrain, bien moins innocent que le portrait dépeint par son père – il pouvait se montrer naïf parfois, Joy ne cessait de le répéter. Pour elle, Maxine de Pantin avait un but.

— Et si elle avait des vues sur toi, papa ?

Il était bel homme, possédait une affaire florissante et beaucoup de femmes auraient bien aimé lui mettre le grappin dessus maintenant qu'il était veuf.

— Camille, elle n'a pas de vues sur moi, répondit-il avec un sourire. À ses yeux, je suis juste un petit poisson dans une petite mare. Elle fréquente des cercles plus importants. Il lui suffit de retourner à Paris, ou ailleurs, pour attraper une prise à sa mesure. Et elle n'a pas besoin de moi : les bottes qu'elle portait aujourd'hui valaient le prix d'un vignoble, ajouta-t-il dans un rire.

Camille sourit en repensant à ces fameuses bottes. C'était la première fois qu'elle en voyait en alligator et elle n'avait aucune idée de leur valeur.

— Je te le promets : elle ne s'intéresse pas à moi, et moi pas plus à elle, sauf en tant qu'amis. Il n'y a pas de quoi s'inquiéter. Et je ne laisserai personne s'asseoir dans le fauteuil de ta mère la prochaine fois. Promis.

Camille lui sourit, espérant qu'il avait raison à propos de Maxine. Elle ne savait pas pourquoi, mais elle ne lui faisait pas confiance et son petit doigt lui disait que sa mère ne s'y serait pas trompée non plus. Joy avait toujours su repérer celles qui tournaient autour de son mari et l'alertait. Mais il avait systématiquement balayé d'un revers de la main ces affirmations, pour lui peu crédibles. Heureux comme il l'était avec elle, il n'avait jamais regardé d'autre femme. Seulement, maintenant, Joy les avait quittés et Camille savait combien son père était seul et la maison vide. Sa mère avait laissé dans leur vie un trou aussi vaste que le ciel au-dessus d'eux. Pourvu, pourvu que Maxine de Pantin n'essaie pas de le combler ! Cette seule pensée la faisait frémir.

# 6

Le voyage de Christophe aux Pays-Bas fut plus court que celui en Italie. À peine deux semaines et il était rentré, content de son déplacement. Il avait même fait escale à New York pour rencontrer deux de leurs plus importants distributeurs. De son côté, Camille l'accueillit avec un point sur tous les dossiers en cours, en omettant le nouvel accrochage qu'elle avait eu avec Cesare – son père aurait de toute façon pris le parti du vieil Italien. Il était plus important de lui faire part des bons résultats de la société qu'elle avait engagée pour dynamiser leur communication sur les réseaux sociaux. En une seule semaine, ils avaient augmenté le nombre de leurs followers à la fois sur Facebook et sur Twitter. Son père s'en réjouit, mais il était surtout fou de joie de la revoir. Le lendemain de son retour, ils allèrent dîner chez Don Giovanni, l'un de leurs restaurants préférés, où ils engloutirent d'énormes portions de pâtes jusqu'à ne plus pouvoir se lever de table.

Le week-end suivant, fidèle à sa parole, Christophe emmena Maxine à la French Laundry, pour un dîner somptueux au cours duquel ils testèrent trois vins locaux différents – comme elle disait vouloir tout apprendre des crus de la vallée de Napa tant qu'elle était là, c'était l'occasion de l'initier. À la fin du repas, elle décréta que, de tous ceux qu'elle avait goûtés jusque-là, les château-joy demeuraient les meilleurs. Pour le sauternes en revanche, rien n'égalait un château-d'yquem, ce que Christophe reconnut volontiers – il était lui aussi grand amateur de ce vin liquoreux. Ils n'en apprécièrent pas moins celui qui accompagnait leur dessert.

Pendant le dîner, Christophe détailla son voyage en Hollande et en Belgique, ainsi que son rapide passage à New York avant de rentrer. Elle-même lui raconta un dîner auquel elle s'était rendue et dont elle avait trouvé les convives très snobs. Ce verdict enchanta Christophe, car il les connaissait tous : ils appartenaient à la vieille garde hyper mondaine de la vallée, peu susceptible de faire un accueil chaleureux à cette Française.

— Il y en a un paquet par ici. Avec ma femme, nous avions passé un accord au début de notre mariage : ne jamais frayer avec ces gens-là. Ils croient détenir la vallée, être les seuls dignes d'y vivre, et ils reçoivent uniquement en circuit fermé.

Christophe était surpris qu'ils aient même convié Maxine.

— Pour ma part, ils ne m'invitent plus, et cela ne me manque pas, ajouta-t-il d'un ton satisfait.

S'il y trouvait son compte, Maxine était beaucoup plus civilisée que lui. Au point d'avoir l'air chic même avec trois fois rien – pour ce dîner, elle portait juste des hauts talons et une veste Chanel rose sur un jean.

— J'y pense…, commença-t-elle pendant qu'ils retournaient à l'Aston Martin, je ne sais pas si vous aimez ça, mais j'ai deux places pour un ballet, la semaine prochaine. Cela vous dirait de m'accompagner ? Il s'agit du *Lac des cygnes*, avec une jeune étoile chinoise qui vient d'arriver de Pékin. Merveilleuse. Comme je n'ai personne pour venir avec moi, j'espérais pouvoir vous convaincre.

Elle essayait de ne pas avoir l'air pathétique et il lui sourit avec un peu de gêne.

— Ma femme adorait elle aussi le ballet et je ne l'accompagnais jamais. Elle emmenait toujours notre fille, ou une amie.

— C'est un non ? demanda-t-elle avec un air suppliant qui le fit rire.

— En effet, mais je sens que vous n'abandonnerez pas la partie. Et comment puis-je dire non quand vous me regardez comme ça ?

La pauvre n'avait aucun ami ici. Lui au moins avait Camille pour lui tenir compagnie.

— Alors vous viendrez ?

Il hocha la tête et elle fut aux anges.

— Je déteste aller au ballet en solo. On se sent encore plus seul ! C'est ça qui est difficile quand on n'est plus marié. Cela dit, les deux dernières années, Charles et moi ne sommes guère sortis. Une ou deux fois peut-être, et cela lui avait demandé beaucoup.

Cette évocation renforçait Christophe dans l'impression que Maxine avait surtout joué les gardes-malades pendant les derniers temps de son mariage. Charles avait beau lui manquer, elle se sentait certainement libérée et voulait vivre à nouveau. C'était compréhensible, après avoir vécu prisonnière des années durant.

— Pourquoi ne pas dîner en ville après le ballet ? suggéra-t-il.

Elle eut l'air d'adorer l'idée et Christophe commença à réfléchir où il l'emmènerait – c'était la touche festive de la soirée. Si Gary Danko pouvait être une option, il préférait envisager d'autres adresses, étant donné qu'elle connaissait déjà la cuisine de ce chef. Même s'il n'était pas fan de ballet, la perspective de cette sortie avec Maxine était sympathique. Cela lui donnait pourtant un léger sentiment de culpabilité vis-à-vis de Joy, à qui il avait toujours refusé ce plaisir.

Camille ne manqua d'ailleurs pas de le lui rappeler quand il lui annonça quelques jours plus tard qu'il allait assister à une représentation du *Lac des cygnes* avec Maxine.

— Tu n'y es jamais allé avec maman. Jamais. Pour elle, c'était systématiquement non. Comment peux-tu y aller avec quelqu'un d'autre ?

— Elle avait déjà les billets et personne pour l'accompagner. Je me suis senti désolé pour elle, répondit-il, comme pris en faute face à sa fille qui tempêtait dans la cuisine.

— Papa, cette femme se joue de toi. Elle prend l'air pathétique, mais ce n'est qu'un faux-semblant. Elle sait exactement ce qu'elle fait. Je le sens bien. Elle te court après.

Quand elle prononça ces mots, la ressemblance avec Joy fut tellement flagrante que Christophe ne put cacher son amusement.

— On dirait ta mère. Mais cette fois, je ne pense vraiment pas que ce soit le cas, insista-t-il.

Sa naïveté frisait l'absurde. Ce qui se passait se voyait comme le nez au milieu de la figure et il refusait l'évidence ! Pour lui, Maxine était l'innocence incarnée, mais Camille n'était pas dupe : l'araignée tissait sa toile.

— Je t'assure que tu te trompes sur son compte, papa. Elle essaie de te piéger.

— La seule chose pour laquelle elle ait réussi à me coincer, c'est une soirée au ballet. Plutôt anodin comme danger.

Sa fille n'ajouta rien, mais elle n'en pensait pas moins et, le lendemain, elle ne décrocha pas un mot quand il partit tôt du bureau pour aller se changer et passer prendre Maxine – ils devaient partir pour San Francisco à 17 h 30 s'ils voulaient éviter les bouchons. Il avait réservé une table au Quince, dont la cuisine valait celle de Gary Danko.

Dans la voiture, la conversation s'engagea avec naturel et Maxine évoqua à nouveau ses beaux-enfants, leur injustice et leur cruauté.

— S'ils avaient pu, ils m'auraient laissée sans un sou mourir de faim sur le bord de la route.

À voir le standing de ses réceptions et le pied sur lequel elle vivait, Christophe ne s'inquiétait pas trop pour elle – elle ne semblait pas sur la paille et était sans doute parvenue à un accord convenable. Mais tout cela avait dû être fort déplaisant et lui laisser un arrière-goût amer vis-à-vis de ses beaux-enfants et du droit des successions français.

— Avec Charles, nous avons vécu dix années merveilleuses, presque onze et, après sa mort, ils ne m'ont laissé que vingt-quatre heures pour quitter le château, quarante-huit pour vider la maison de Paris de mes affaires. C'est étonnant de voir combien certaines personnes peuvent être cruelles. On vilipende les méchantes belles-mères, mais je crois que les beaux-enfants sont bien pires, surtout s'ils sont plusieurs. Ils se sont littéralement ligués contre moi, dit-elle, l'air profondément blessée.

Il orienta alors la conversation vers des sujets plus plaisants : ses deux fils restés en France – ils lui manquaient et elle avait hâte qu'ils la rejoignent pour l'été – ou encore l'art. Il fut surpris par ses connaissances en art moderne, qu'il appréciait beaucoup lui aussi. Avec Joy, ils avaient acheté un certain nombre de toiles chez Sotheby's et Christie's, qu'ils exposaient au chai.

Une fois la voiture garée au parking, ils eurent le temps de prendre une coupe de champagne au foyer avant de s'asseoir dans la loge où se trouvaient leurs places, idéalement situées face à la scène. À sa grande surprise, Christophe apprécia le spectacle, ce qui accentua sa culpabilité par rapport à Joy. Quant au dîner chez Quince, il correspondit exactement à ce qu'on pouvait en attendre : une cuisine excellente et un service impeccable dans un cadre plaisant. À minuit, ils reprenaient la direction de Napa. Le silence dans l'habitacle n'était pas gênant. Ils avaient passé une délicieuse soirée. Du Golden Gate Bridge, Christophe admira les lueurs de la ville dans la nuit. Il se sentait détendu et il la remercia de l'avoir invité à voir ce ballet.

— Je suis donc pardonnée de vous y avoir traîné ? dit-elle avec un sourire.

Elle portait une petite robe noire très sexy sous un élégant manteau en satin noir. Elle avait été de loin la mieux habillée à l'opéra et au restaurant, comme toujours. Chaque fois qu'il la voyait, elle avait l'air magnifique – ça semblait être son style. On voyait qu'elle prenait grand soin d'elle-même et prêtait beaucoup d'attention à ses tenues.

— Je ne m'attendais pas à ce que ça me plaise autant.

— Ça veut dire que vous m'accompagnerez à nouveau ?

— Peut-être, dit-il, amusé par son insistance. Ma fille m'a rappelé le nombre de fois où j'ai refusé à sa mère ce plaisir et je culpabilise. Mais cela ne m'a pas empêché de profiter de la soirée.

Il se sentait bien en sa compagnie et c'était une sensation étrange à redécouvrir. Le plaisir de côtoyer quelqu'un de français et de parler sa langue. Il regrettait encore de ne pas avoir parlé exclusivement français à Camille quand elle était petite, afin qu'elle devienne bilingue. Il aurait adoré qu'elle parle français couramment – aujourd'hui, elle se débrouillait seulement –, mais ni Joy ni lui ne l'y avaient encouragée puisque Joy ne le parlait pas du tout – il n'avait pas voulu qu'elle se sente exclue.

Le trajet de retour fut rapide : en à peine une heure, ils étaient devant la maison de Maxine. Elle lui proposa très simplement un dernier verre, mais il déclina : il tombait de fatigue et avait des réunions tôt le lendemain.

— On se verra bientôt pour un autre dîner, promit-il tandis qu'elle descendait de voiture.

Il la regarda gravir les marches du perron, couper l'alarme et se retourner sur le seuil pour le saluer de la main, et elle lui parut très seule. Il ne savait que trop bien ce qu'elle ressentait. Ça lui faisait le même effet quand il retrouvait sa chambre à coucher le soir et qu'il se glissait dans le lit vide. Il n'était pas facile de s'adapter à la vie en solitaire après avoir été marié. Comme elle entrait et refermait la porte sur elle, Christophe se dit qu'il n'était décidément pas d'accord avec sa fille : non, Maxine ne lui « courait » pas après, c'était juste une femme seule, qui essayait de remplir des journées vides de l'être aimé. Ils avaient cela en commun. Le veuvage. Une profonde solitude et un immense sentiment de perte. À son âge, Camille ne pouvait le comprendre, en revanche, Maxine et lui ne l'expérimentaient que trop.

Après cette soirée, Christophe ne revit pas Maxine pendant plusieurs semaines. Il fit quelques déplacements intérieurs : Boston, Chicago, Atlanta et Denver. Il assista à des réunions professionnelles sur des projets de collaboration. Quant à Camille, elle était enthousiasmée par les résultats de leur nouvelle stratégie de communication sur les réseaux sociaux. En trois semaines, le nombre de leurs followers avait triplé, ce qui était une progression remarquable.

Tous deux marchaient tranquillement dans une rue de Saint Helena lorsqu'ils aperçurent Maxine sortant avec deux énormes sacs de l'une des deux boutiques de chaussures les plus chics de la ville. Christophe s'arrêta pour discuter avec elle pendant que Camille continuait vers la pharmacie, non sans avoir salué auparavant la Française.

— Du shopping ? À Saint Helena ? la taquina-t-il – quand on connaissait sa garde-robe, c'était largement un cran en dessous pour elle.

— Je n'avais pas envie d'aller jusqu'à San Francisco et ils ont d'adorables chaussures ici, répondit-elle, heureuse de le revoir. Ça faisait longtemps ! Je craignais de vous avoir fait fuir avec cette sortie au ballet.

— Non, non. C'est juste que je n'ai pas arrêté de bouger ces dernières semaines. Désolé de ne pas avoir appelé. Mais, si vous aimez la cuisine mexicaine, vous êtes la bienvenue chez nous ce soir pour une soirée tacos-film, dit-il, pris d'une soudaine inspiration.

Pendant une minute, Maxine hésita, apparemment tentée, avant de finalement décliner.

— Je ne veux pas m'imposer pendant ce moment privilégié avec votre fille. Elle pourrait ne pas apprécier, dit-elle, pleine de tact.

Comme elle n'avait sans doute pas tort, il n'insista pas mais proposa qu'ils se revoient pendant la semaine.

— Je vous appellerai, promit-il tout en portant ses sacs jusqu'à sa voiture.

Il était enchanté de l'avoir croisée. Cela lui rappelait l'agréable soirée qu'ils avaient passée à San Francisco. Le silence de Maxine donnait tort à Camille : si vraiment elle voulait lui mettre le grappin dessus, elle se serait manifestée ces dernières semaines, or elle n'en avait rien fait ! Ils étaient juste des amis, avec pour seul point commun – à l'exception de leur nationalité – de se trouver dans la même situation au même moment.

Quand elle ressortit de la pharmacie, Camille trouva son père seul, assis sur un banc, en train de savourer une glace.

— Où est ton amie ? demanda-t-elle sur un ton qu'elle espérait détaché.

— Elle est retournée chez elle pour récupérer des affaires. Je l'ai invitée à passer la soirée avec nous. J'espère que ça ne te fait rien, lui dit-il d'une voix neutre.

— Tu as fait *quoi* ? s'écria-t-elle, horrifiée.

— Je me doutais que tu réagirais ainsi, dit-il dans un rire. Rassure-toi, je n'ai aucune idée de l'endroit où elle est partie, sans doute chez elle.

— Ce n'est pas drôle, papa. Pendant une minute, j'ai cru que tu étais sérieux.

— Tu as dû penser que j'avais perdu la tête. Mais je connais à peine cette femme, Camille. Je ne l'ai vue que trois fois.

Un argument non recevable pour sa fille, persuadée qu'il y avait quelque chose de sournois chez la comtesse et que celle-ci avait un plan visant son père. Comme Christophe n'y croyait pas une seule seconde, d'autant que rien ne venait étayer cette hypothèse, il tint sa promesse et appela Maxine le lendemain pour l'inviter à dîner dehors la semaine suivante. Il n'en parla pas à Camille, pour s'épargner ses mises en garde non fondées. Elle l'imaginait courtisé par toutes les femmes parce qu'il était son père, mais jusque-là, aucune n'était venue tambouriner à sa porte ou n'était tombée à ses pieds, Maxine pas plus que les autres. Et Dieu merci, car il ne voulait surtout pas d'un scénario pareil ! Il avait besoin de temps pour cicatriser et seule Joy comptait pour lui. Il n'éprouvait aucun intérêt pour une autre femme. Le jour où cela arriverait, il avait promis à Camille de la tenir au courant.

La soirée avec Maxine se déroula en toute simplicité dans un restaurant italien sans prétention. Elle annonça son prochain départ pour Dallas, où elle resterait quelques semaines pour voir des amis, et elle s'arrêterait à L.A. au retour. La perspective de ce voyage semblait lui faire plaisir. De son côté, il lui parla d'un événement qu'ils organisaient chaque année au domaine pour le Memorial Day, le dernier lundi du mois de mai : un barbecue géant, auquel étaient invitées les familles. C'était un événement toujours joyeux, qui marquait le début de l'été – Joy en avait eu l'idée quinze ans plus tôt et le succès ne s'était jamais démenti.

— Je ne suis pas sûr que ce soit votre genre, mais vous êtes la bienvenue, dit-il. Il y aura beaucoup de gens du coin et quelques personnes extérieures à la vallée. La fête commence à 17 heures pour s'achever vers 22 heures, et c'est tout ce qu'il y a de plus informel : côtelettes, steaks et hamburgers.

— Ça m'a l'air sympa, répondit-elle spontanément, d'autant plus qu'elle serait rentrée de Dallas à cette date-là.

— Je vous enverrai un mail, promit-il avant de la taquiner : C'est que moi, je n'ai aucun carton « Pour mémoire » avec mes armoiries gravées dessus.

— Aucun problème, sourit-elle.

Ce soir-là, il la déposa tôt chez elle et après cela, hormis un mail pour le remercier du dîner, auquel il répondit par l'invitation au barbecue du Memorial Day, ils n'eurent aucun contact pendant un mois. Il n'avait pas pensé à elle une seule fois et ce ne fut que lorsqu'elle apparut à la fête en sandales, jean blanc et top de soie turquoise avec bijoux assortis, qu'il se souvint de l'avoir conviée. Elle n'avait rien perdu de son chic, qui aurait davantage convenu au sud de la France qu'à un barbecue dans la vallée de Napa. Si Camille s'étonna de sa présence, elle ne fit aucun commentaire. Comme Maxine et son père ne semblaient pas sortir ensemble, elle avait arrêté de s'inquiéter à ce sujet.

À 21 heures, ayant accompli son devoir d'hôte auprès de tous ses invités pendant quatre heures, Christophe alla s'assoir avec Maxine sur un banc dans le jardin du domaine. Un verre de vin à la main, ils se racontèrent le mois écoulé. Elle s'était bien amusée à Dallas et à L.A., mais se disait heureuse d'être rentrée. Et lui était content de la voir. Elle lui avait manqué, réalisait-il. Ils discutèrent sans discontinuer en français jusqu'à la fin de la fête. L'orchestre de country engagé pour l'occasion venait juste de s'arrêter quand ils se levèrent du banc.

— Et si on dînait cette semaine ? suggéra-t-il.
— Volontiers.
— Il y a aussi la vente aux enchères de vins qui a lieu chaque année la première semaine de juin. Cela vous dirait de m'y accompagner ?
— J'adorerais, dit-elle, apparemment ravie.
— Je vous enverrai les infos par mail, dit-il, savourant le plaisir d'avoir un autre être humain avec qui faire les choses – il était si seul sans Joy et il ne pouvait tout le temps se reposer sur Camille. Elle avait besoin de temps à elle.

La vente aux enchères aurait lieu sous une tente au Meadowood, devant un millier de personnes triées sur le volet. Chaque année, l'événement caritatif récoltait une quinzaine de millions de dollars à destination de la formation des jeunes et de l'aide médicale communautaire. C'était un événement couru et Christophe était content que Maxine accepte d'y aller avec lui. Elle en avait entendu parler et avait hâte d'y être.

— En retour, viendriez-vous avec moi à une réception le week-end du 4 Juillet, pour la fête nationale ? C'est un groupe de producteurs suisses qui reçoit.

Propriétaires d'un domaine viticole relativement récent, ces exploitants venaient de s'installer dans la vallée et Christophe ne les avait pas encore vus. Il accepta avec plaisir cette occasion de faire leur connaissance et ils continuèrent à bavarder avec animation du calendrier à venir. Le début de l'été promettait d'être plus intéressant et amusant que prévu.

Christophe proposa à Camille de se joindre à eux pour la vente aux enchères, mais elle déclina, y ayant déjà assisté de nombreuses fois. Ce n'était pas le cas de Maxine, qui se montra fascinée. Christophe la présenta à de nombreux vignerons importants et à des membres de la vieille garde. La vente battit des records cette année-là, comptabilisant au total seize millions de dollars. Maxine avait enchéri avec succès sur six caisses de château-joy et Christophe la remercia pour sa générosité.

Après cette vente, plus animée qu'ils ne l'avaient imaginée et qui constituait un bon départ dans une relation, ils prirent l'habitude de dîner ensemble une fois par semaine. Comme ils avaient été invités chacun de son côté à une réception supplémentaire le week-end du 4 Juillet, ils décidèrent d'y aller ensemble. Ce serait un week-end bien rempli, mais Christophe ne demandait que cela pour son premier 4 Juillet sans Joy : rester occupé pour ne pas déprimer.

Par le passé, ils avaient toujours donné un dîner au château pour la fête nationale et Camille estimait qu'il devait perpétuer cette tradition, mais cette année, elle ne serait pas là – elle retrouvait une amie d'enfance au lac Tahoe. Or il ne voulait pas recevoir tout seul, il n'avait pas le cœur à ça. Il avait donc décidé qu'à la place il se rendrait aux fêtes des autres avec Maxine. Ce serait plus simple et moins émouvant de faire quelque chose de nouveau, en rupture avec le passé.

Au chai suisse, le dîner fut des plus élégants et se déroula de manière fort agréable. Maxine connaissait un grand nombre d'invités, tout comme Christophe – principalement des Européens, Italiens, Suisses et Français – et tous deux apprécièrent la qualité des conversations à leur table, où tout le monde parlait français. Au diapason de cette assemblée raffinée, Maxine arborait pour l'occasion une robe en dentelle blanche avec un body couleur chair en dessous, une tenue qui avait fait sensation à leur arrivée. Christophe n'avait pas l'habitude d'être au centre de l'attention à cause de la femme qui l'accompagnait. Certains présumèrent qu'ils étaient mariés et parlèrent de Maxine comme de son épouse. Il les détrompa poliment en précisant qu'ils étaient amis, ce qui n'empêcha pas les hommes de le regarder avec envie. Lui-même ne voyait pas les choses ainsi, mais de fait, Maxine était une femme très désirable qui provoquait chez les autres hommes une réaction immédiate.

La seconde invitation à laquelle ils répondirent était un immense pique-nique donné chez les Marshall pour le 4 Juillet. Il y avait là cent cinquante personnes plus un orchestre. Bien que Christophe ait appelé le secrétariat de son ami pour prévenir qu'il viendrait accompagné et donner le nom de sa cavalière, Sam parut surpris de le voir arriver en compagnie de Maxine, qu'il n'était apparemment jamais très enthousiaste de croiser. En revanche, il était ravi de revoir Christophe. Ce dernier eut plus tard l'occasion de converser longuement avec l'amie parlementaire de Sam, Elizabeth Townsend, qu'il trouva très sympathique. C'était quelqu'un d'authentique et son attachement à Sam était sincère, même si elle reconnaissait que la politique était toute sa vie. Elle ne s'était jamais mariée, n'avait pas d'enfants et n'en concevait aucun regret. Elle adorait les moments qu'elle passait avec Sam, tout en sachant que, tôt ou tard, il se fatiguerait de son indisponibilité et du temps qu'elle passait à Washington pour les sessions du Congrès.

Dans un élan de confiance, elle raconta à Christophe que ses relations avaient toujours une date d'expiration. À un moment donné, les hommes en avaient assez de l'attendre et la romance prenait immanquablement fin. Elle se réjouissait que Sam n'ait pas encore atteint ce point de non-retour, mais ne doutait pas qu'il y parviendrait. C'était la raison pour laquelle elle ne s'investissait jamais pleinement ou ne contractait jamais d'engagement à long terme. Pourtant, lorsqu'ils dansèrent ensemble, Sam avait l'air heureux. Elizabeth était chaleureuse, positive et brillante. Elle lui faisait du bien, même si elle ne venait pas souvent à Napa – c'était plutôt lui qui se déplaçait à L.A. ou parfois Washington, lorsqu'ils avaient tous les deux des créneaux, avait-elle dit.

Christophe entraîna Maxine sur la piste de danse, où ils restèrent un long moment. La fête était bien différente de celle de la veille chez les Suisses, mais c'était justement le contraste qui donnait tout son sel à ce week-end. Il se termina par un dîner très chic donné le dimanche soir par un couple que Maxine avait rencontré récemment. Ils venaient d'acheter une magnifique demeure victorienne et cherchaient à acquérir un domaine – encore des « vignerons du dimanche » pour qui le vin était plus un loisir qu'un métier. Tout ce dont ils avaient besoin, c'était de gens compétents pour diriger leur domaine. Mais leur demeure était très jolie et ce fut une soirée agréable, sans être aussi excitante que les deux premières. C'était en effet le genre de dîner que Christophe fuyait d'habitude, avec ses conversations futiles interminables et ses convives qui se vantaient de leurs maisons, de leurs avions, de leurs bateaux.

Maxine vit bien qu'il ne s'amusait pas et ils ne s'attardèrent pas, préférant rentrer chez elle pour s'asseoir au bord de la piscine avec un verre. La nuit était d'une douceur exceptionnelle sous le ciel constellé d'étoiles. Maxine servit le champagne et Christophe lui sourit à la lueur de la pleine lune. Ce soir-là, Maxine portait une combinaison de soie verte qui affinait sa silhouette déjà élancée. Elle avait pris place sur un transat tandis qu'ils conversaient. Christophe avait l'impression d'être dans *La Dolce Vita*.

— Voilà un week-end bien rempli, dit-il en guise de commentaire.

— Vous n'en avez pas encore assez de moi ? demanda-t-elle.

Trois soirs de suite avec la même personne, quand on ne sortait pas avec elle, ça pouvait paraître beaucoup, mais Christophe ne s'en plaignait pas. Il aimait être avec Maxine et s'asseoir ainsi avec elle au bord de la piscine en fin de soirée.

— Pour ma part, j'ai passé un excellent week-end, répondit-il.

Elle le regarda alors avec un lent sourire. Il n'avait pas dit ouvertement qu'il se sentait bien à ses côtés, mais c'était tout comme.

— Que diriez-vous d'un bain de minuit ? Il y a des maillots dans le pavillon, si vous en voulez un, ou bien on peut faire sans.

Voilà quelqu'un qui assumait pleinement son corps ! Cela lui était sans doute d'autant plus facile qu'elle était magnifique. Aucune imperfection, rien dont elle ait à rougir et qu'elle puisse souhaiter camoufler. Pour sa part, Christophe était plus pudique, si bien qu'il se dirigea vers le cabanon pour se changer. L'idée de faire quelques brasses avant de rentrer lui plaisait assez. Beaucoup même.

Il retira ses chaussures, sa montre, ses vêtements et apparut quelques minutes plus tard dans un short de bain bleu marine qui avait encore son étiquette, signe qu'il était neuf. Au début, il ne la vit pas. Elle avait éteint les lumières. Puis il la distingua à l'autre bout de la piscine, en train de nager sous l'eau, ses longs cheveux bruns flottant derrière elle. Il plongea et la rejoignit en veillant à ne pas la perdre de vue pour ne pas lui rentrer dedans. Quand ils furent à la même hauteur, il réalisa que ce qu'il avait pris pour un bikini était en fait des marques de bronzage. Elle était nue et émergea avec grâce à ses côtés, battant l'eau avec nonchalance. Il ne fit aucun commentaire et tenta d'avoir l'air désinvolte, mais son corps le trahit presque aussitôt. Cela faisait neuf mois qu'il n'avait pas vu de femme nue, et des années depuis qu'il en avait vu une aussi séduisante – Joy, à l'époque où les choses étaient encore excitantes entre eux, avant la maladie. Comment résister à ce petit quelque chose d'interdit et de coquin chez Maxine alors qu'elle s'enroulait avec grâce autour de lui, sans un mot, et qu'elle l'embrassait ? Son corps était tendu vers elle, il ne pouvait s'arrêter. Elle ne fit rien pour le freiner, au contraire, elle le guida en elle et gémit doucement tandis qu'ils se dirigeaient, fondus l'un dans l'autre, vers les marches sur lesquelles il lui fit l'amour avec tout le désir qu'il s'était refusé et avait réprimé pendant des mois.

Tout ce qu'il voulait maintenant, c'était Maxine, il ne pouvait s'en rassasier. Il lui fit l'amour, encore et encore, au clair de lune, puis à nouveau dans sa chambre où ils avaient couru, nus et trempés. Alors qu'il la contemplait en train de traverser la pièce dans toute son éblouissante nudité, il avait l'impression d'avoir été frappé par une déferlante. De là où elle était, Maxine lui sourit, tout en exhalant la fumée de la cigarette qu'elle s'était allumée.

— Mon Dieu… je suis désolé, dit-il, se demandant ce qui lui était passé par la tête.

Il ne pouvait même pas dire que c'était l'alcool, car il n'était pas ivre. Sinon d'elle.

Il avait l'air abasourdi.

— Désolé de quoi ? demanda-t-elle en approchant lentement de lui, tentatrice.

Le seul fait de la regarder l'excitait à nouveau, comme si elle lui avait jeté un sort. Il n'avait jamais connu de femme comme elle. Avec Joy, le sexe avait été doux, tendre et sensuel, parfois même érotique. Mais avec Maxine, c'était frénétique et ça donnait simplement envie d'en avoir toujours plus.

— Ce n'était pas ce que tu voulais, Christophe ? Moi, j'ai eu le plus grand mal ce week-end à ne pas te toucher. Tu es très beau, et un amant fabuleux.

Maxine n'était pas attirée par son cœur ni par son âme, mais par son physique. Ce qui était aussi électrisant.

Elle finit sa cigarette et revint au lit. Ses lèvres explorèrent chaque centimètre carré de son corps, comme il en rêvait. Elle lisait en lui à livre ouvert et savait exactement ce qu'il attendait d'elle ; elle attendait la même chose de lui. Ce qui les liait était si puissant qu'ensuite, il resta sans voix pendant plusieurs minutes. Elle lui avait mordu la lèvre en jouissant et il ne s'en aperçut que lorsqu'elle lécha une goutte de sang qui perlait. Maxine n'était pas seulement élégante et experte, c'était un démon incarné, qui savait ce que les hommes voulaient – ce qu'*il* voulait. Ils ne fermèrent pas l'œil de la nuit. Quand l'aube pointa, elle s'écarta doucement de lui, s'étira comme un chat et s'endormit pendant qu'il la contemplait. Elle avait l'air repue, comblée. Il songea l'espace d'un instant à rentrer chez lui, mais il ne voulait pas la quitter, jamais. Cela s'imposa à lui tandis que le sommeil le gagnait enfin. Il avait passé la nuit la plus envoûtante de toute sa vie.

Quand Christophe s'éveilla, les draps en désordre autour de lui, Maxine était déjà levée et habillée. Attentionnée, elle lui tendit une tasse de café, qu'il accepta avec un sourire, quoique toujours sonné par ce qui lui arrivait. Toute la nuit, elle l'avait affolé. Comme une drogue.

— Des rêves intéressants, mon chéri ? lui demanda-t-elle avant de s'asseoir sur le bord du lit tandis qu'il se redressait pour mieux boire.

— Quelle nuit ! dit-il, faute de mieux.

Il la désirait encore. Sa nudité dans la piscine l'avait mis dans un état qu'il n'avait jamais connu. Et lui faire l'amour avait été à la fois violent et doux. Il se sentait déboussolé.

— Maxine, je ne suis pas sûr d'être prêt pour ça, dit-il en pensant à Joy, dont le souvenir pâlissait face à la puissance de cette nuit avec Maxine, la femme qu'il désirait.

— Tu étais prêt cette nuit, lui rappela-t-elle d'une voix rauque.

— C'est vrai, mais il est trop tôt pour que je m'engage avec quelqu'un, par respect vis-à-vis de Joy et de notre mariage.

— Christophe, elle est partie… tout comme Charles. Je peux comprendre que tu veuilles garder cela secret le temps que s'achève la première année de deuil, et surtout par rapport à ta fille. Mais pourquoi nous priver de ça ?

Son propos semblait si simple et frappé au coin du bon sens qu'il en admettait la justesse.

— Personne n'a besoin de savoir. Cela reste entre nous.

Tout en disant cela, elle lui retira la tasse des mains, la posa sur la table de chevet et revint à lui pour le caresser. Elle le prit ensuite avec douceur dans sa bouche et l'effet fut immédiat. Sans un mot, il s'enfonça en elle, attentif à ne pas être trop violent. Mais elle s'installa alors sur lui et le chevaucha à un rythme effréné avant de ralentir et de le provoquer jusqu'à ce qu'il la saisisse à nouveau et qu'ils jouissent ensemble. Il avait l'impression de ne pas pouvoir s'arrêter. Après cela, gisant sur le lit, vidé, il sut que, quelle que soit la nature de ce qui était né cette nuit-là entre eux, il en avait besoin dans le moindre atome de son corps. Il ne pouvait pas laisser filer Maxine. Et elle avait raison. Joy était partie. Ils ne faisaient pas de mal et personne n'avait besoin de savoir. C'était leur secret, comme un cadeau qu'ils se faisaient.

# 7

Christophe vécut le mois de juillet dans une sorte de brume. Plusieurs fois par jour, il se rendait chez Maxine pour lui faire l'amour. Il arrivait en retard à ses réunions, il quittait le travail plus tôt que d'habitude. Il réorganisait son agenda. Une fois, elle était venue le voir au bureau et il l'avait attirée dans une réserve pour la prendre, tout en lui disant qu'ils ne pourraient pas le refaire là. Le domaine était à éviter à cause de Raquel au château et de Camille qui pouvait surgir n'importe où. Excepté ce lieu, partout ailleurs convenait, même les toilettes d'un restaurant respectable. Il se sentait comme fou. Amoureux, mais plus que ça, accro et terrifié à l'idée qu'elle quitte la vallée de Napa, ce qu'elle évoquait parfois. Son bail courait jusqu'en septembre et après ça, rien n'était arrêté. Irait-elle à Dallas, L.A., Miami, Palm Beach, New York ou Paris ? Elle n'avait plus d'ancrage, sauf Christophe. Or il avait désespérément besoin d'elle, au point d'avoir oublié sa culpabilité vis-à-vis de Joy. Peu importait : Maxine était la chose la plus excitante qui lui soit jamais arrivée et il ne voulait pas la perdre.

Ce fut un soulagement lorsque Camille retourna au lac Tahoe pour passer deux semaines avec ses amis d'enfance. À cause de toutes ses responsabilités au domaine, elle ne s'absentait que rarement et n'allait même plus à San Francisco. Quant à ses amis, ils étaient pris eux aussi, par de nouveaux boulots, de nouvelles vies et par leurs relations amoureuses. Avoir du temps pour elle et agir comme une jeune adulte hors de Château Joy était un plaisir tellement inhabituel que Christophe l'avait fortement encouragée à prendre ces vacances, et ce d'autant plus que cela libérerait des créneaux supplémentaires pour voir Maxine.

Sa fille partie, il n'eut plus besoin de trouver des excuses ou de se cacher, Maxine pouvait passer la nuit au château à condition de s'en aller avant l'arrivée de Raquel. Il la raccompagnait donc chez elle au petit matin, lui refaisait l'amour et allait ensuite travailler. Au déjeuner, il avait déjà faim d'elle ! Fin août, tout devint clair pour lui. Il savait ce qu'il avait à faire, ce qu'il voulait. Et quand.

À la dernière minute, Camille annonça qu'elle prolongeait son séjour jusqu'à la fin du week-end de la fête du Travail, c'est-à-dire jusqu'au lundi soir suivant le premier week-end de septembre. Elle ne savait pas quand elle reverrait ses amis, dont plusieurs partaient suivre un troisième cycle sur la côte Est, et comme, depuis qu'elle travaillait au domaine, la plupart de ses contacts avec eux se cantonnaient à Skype – au point qu'ils l'avaient surnommée « l'amie virtuelle » –, elle tenait à profiter de leur compagnie au maximum – leurs retrouvailles au lac Tahoe se déroulaient si bien, comme au bon vieux temps. Au téléphone, elle se confondit en excuses auprès de son père car elle lui avait promis d'être rentrée pour la fête du Travail, mais il la rassura : il approuvait totalement sa décision. Chaque seconde qu'il pouvait passer seul avec Maxine était bonne à prendre.

\*\*\*

Le bal des vendanges avait lieu ce week-end-là. Invité par son ami, Christophe avait demandé à Maxine de l'accompagner et cela faisait des semaines qu'elle peaufinait son costume commandé à Paris. De son côté, Christophe porterait comme chaque année la même tenue. Quand il alla la chercher au grenier, il aperçut la robe de Joy portée par Camille douze mois plus tôt et une vague de nostalgie le submergea. Pas assez cependant pour éclipser sa fierté d'y aller cette fois avec Maxine. Il savait qu'elle serait spectaculaire et il avait tout prévu à son intention. En fin de semaine, il fit un rapide saut à San Francisco et, le jour J, il passa prendre Maxine à l'heure pour le bal. Elle resterait avec lui jusqu'au retour de Camille – Raquel ne travaillait pas le week-end et lundi était férié. Il leur faudrait bien profiter de ces moments car, ensuite, il serait plus difficile de se voir avec Camille sur place et l'anniversaire de la mort de Joy qui approchait. Une date douloureuse pour Camille et lui, mais après, il serait libre de fréquenter Maxine en plein jour. Il aurait une discussion à ce sujet avec sa fille, quand elle rentrerait de vacances.

Lorsqu'il arriva à la maison de Money Lane, une vision sublime l'attendait. Le costume de Maxine épousait à la perfection sa taille fine et sa poitrine pigeonnante, mise en valeur par un décolleté vertigineux. La gigantesque jupe qui reposait sur des cerceaux se balançait au rythme de ses pas et elle était allée jusqu'à faire confectionner une réplique de chaussures d'époque. La perruque, parfaite, provenait d'un maître-artisan parisien qui travaillait pour le théâtre, et son masque cachait la partie inférieure de son visage. L'apparition était enchanteresse.

Maxine monta dans la voiture de Christophe et ils prirent la direction de la vaste propriété des Marshall où des centaines d'invités descendaient de leurs calèches et voitures, en costume et masqués. On se serait cru aux belles heures de Versailles. Christophe et Maxine se dirigèrent vers la maison principale où des serviteurs en livrée tendaient aux arrivants des plateaux garnis de coupes de champagne. La robe de Maxine était blanche, tout comme ses mules, et elle faisait bien attention à ne pas la laisser traîner par terre pour ne pas la salir. De temps à autre, elle glissait un regard à Christophe dont le contentement était visible, même à travers un loup.

La soirée promettait d'être grandiose, au-delà de tout ce que Maxine avait pu prévoir, car comme chaque fois tout le monde avait joué le jeu à fond. L'humeur générale était par ailleurs au beau fixe, l'événement étant aussi l'occasion de fêter par anticipation les vendanges, lesquelles s'annonçaient excellentes.

Leur table se trouvait près de la piste de danse où Christophe entraîna Maxine une bonne partie de la soirée. Il prit néanmoins le temps d'aller saluer Sam avec qui il discuta quelques minutes. Comme Phillip se trouvait avec son père à ce moment-là, il demanda à Christophe des nouvelles de Camille.

— Elle est au lac Tahoe avec des amis.

— C'est dommage, fit-il avec sincérité. Je lui aurais bien présenté ma fiancée. La voici.

Phillip fit les présentations et Christophe eut comme une impression de déjà-vu : on aurait dit la copie conforme des mannequins ou des filles à papa avec qui le jeune homme sortait d'habitude. Très jolie, mais elle se plaignait de sa perruque qui lui tenait chaud, de son corset qui l'étouffait, de ses chaussures qui lui faisaient mal aux pieds et du masque qui l'empêchait de respirer. Les fiancés à peine éloignés – elle voulait s'asseoir pour retirer ses escarpins –, les deux pères éclatèrent de rire.

— Je lui souhaite bien du plaisir, s'il l'épouse, pronostiqua Christophe.

— Tu parles d'or et j'ai bien essayé de le lui dire, mais les enfants n'écoutent jamais, soupira Sam. Il croit qu'elle restera éternellement belle. Et tu as entendu cette bande-son ? Il faut pouvoir supporter... Mais dis-moi, si Camille n'est pas là, avec qui es-tu venu ce soir ?

— Maxine de Pantin.

— Ah, la comtesse...

Sam hésita une seconde, mais comme ils s'étaient toujours montrés francs l'un envers l'autre, il décida de l'être encore une fois.

— Méfie-toi, Christophe. Elle est superbe et absolument charmante, mais elle a quelque chose de glaçant. Je ne sais pas quoi. C'est comme si tout était hyper calculé. Tu ne t'es pas demandé pourquoi elle est à Napa ? En toute honnêteté, au départ, j'ai cru qu'elle me courait après, mais comme elle m'insupporte et que je ne l'ai pas caché, ça a tout de suite mis le holà. Fais juste attention, ne prends aucune décision hâtive et laisse venir.

Christophe hocha la tête, mais ne s'alarma pas pour autant. Sam n'avait pas l'habitude des Françaises. Elles pouvaient donner l'impression de flirter sans qu'il y ait aucune arrière-pensée ni même intention de séduction cachée. C'était sûrement ce qui s'était passé avec Maxine, car maintenant qu'il la connaissait bien, il pouvait affirmer sans nul doute possible que c'était une personne sincère.

— Ne t'inquiète pas, tout ira bien, le rassura-t-il. Elizabeth est ici ?

La foule était tellement dense qu'il était difficile de voir qui était présent.

— Non, elle est à Washington pour une réunion de commission. Mais de toute façon, ce genre d'événement n'est pas son truc, répondit Sam d'un ton léger.

Il ne paraissait pas s'en formaliser et semblait accepter leurs vies parallèles. En outre, il aurait été trop accaparé par son rôle d'hôte ce soir pour accorder du temps à une cavalière.

Christophe retourna à leur table où Maxine l'attendait, l'air inquiet.

— Qu'est-ce qui t'a retenu si longtemps ? dit-elle d'un ton plaintif.

— Je discutais avec Sam. Son fils vient de se fiancer.

La nouvelle laissa Maxine de marbre. Les siens n'étaient pas venus la voir cet été-là. Une déception pour elle. Alexandre, l'aîné, avait préféré aller en Grèce avec des amis. Quant au plus jeune, Gabriel, il avait raté ses examens en juin et avait dû passer tout l'été à réviser pour les rattrapages de septembre. Le seul côté positif à tout cela, c'est que ça leur avait permis, à Christophe et elle, de passer plus de temps ensemble cachés du monde. Elle ne regrettait donc rien.

Ils se promenèrent dans les jardins, dansèrent à nouveau, même si Maxine avait chaud dans sa robe. Christophe la présenta aux amis qu'il reconnaissait sous leur masque. Côte à côte, ils contemplèrent le feu d'artifice qui clôturait le bal comme chaque année. Les figures et les couleurs étaient spectaculaires : des chandelles, des fontaines, des roses, des blanches, il y en avait de toutes les formes et de toutes les couleurs. Quelqu'un dit que Sam avait dépensé un demi-million pour le spectacle. C'était fort possible. Après cela, les invités commencèrent lentement à se disperser. C'était toujours une soirée impressionnante, mais Christophe était heureux de partir : il avait mis au frais une bouteille de champagne Cristal au château. Tous deux avaient également hâte de retirer leurs costumes et de discuter de la soirée tout en se détendant.

Le seuil à peine franchi, Christophe ôta sa perruque et Maxine fit de même, laissant sa chevelure de jais tomber librement dans son dos. Elle se déchaussa et desserra le corset qui l'avait comprimée toute la soirée. C'était bon d'être à la maison. À la cuisine, Christophe servit le champagne dans deux coupes et lui en tendit une avec un sourire.

— Tu étais splendide ce soir, dit-il d'une voix douce.
— Tant mieux, parce que je ne pouvais pas respirer ! répondit-elle dans un rire.

Elle prit une longue gorgée et se figea de surprise quand il mit un genou à terre devant elle.

— Maxine chérie, veux-tu m'épouser ? Nous ne pourrons pas nous marier ni même l'annoncer avant octobre à cause du triste anniversaire qui nous attend. Mais je veux le faire ensuite dès que possible. Acceptes-tu d'être ma femme ?

Il sortit un petit écrin de cuir rouge qu'il ouvrit. Combien de fois l'avait-il senti ce soir-là dans sa poche, attendant le bon moment pour l'offrir ? C'était la bague qu'il avait achetée chez Cartier deux jours plus tôt. Maxine la contempla avec émerveillement tandis qu'il la glissait à son doigt. Le dénouement qu'elle avait espéré arrivait plus vite que prévu – elle aurait cru qu'il se déciderait plutôt après l'anniversaire de la disparition de sa femme. Christophe se releva et l'embrassa.

— Tu ne m'as pas répondu, lui fit-il remarquer après un nouveau baiser.

— C'est le choc.

Elle s'accrocha à lui comme s'ils allaient sombrer – et en quelque sorte, c'était ce qui leur arrivait.

— Bien sûr que je veux t'épouser !

Elle admira à nouveau le bijou. Le corps de bague lui allait à la perfection et l'ensemble était magnifique, digne d'elle.

— Nous nous marierons à la mi-octobre. Je l'annoncerai à Camille après l'anniversaire du décès de sa mère.

Depuis qu'il avait décidé de faire sa demande, il avait retourné la question dans tous les sens et avait conclu qu'il ne servirait à rien d'attendre. Maxine pourrait ainsi rendre sa location de Money Lane et emménager au château. Et comme il ne voulait pas vivre avec elle hors mariage dans la maison familiale où habitait aussi sa fille, il n'y avait que cette solution : se marier le plus tôt possible.

— Tu crois que Camille sera choquée ? demanda Maxine, l'air inquiète.

Tous deux savaient que oui et il resta silencieux un long moment.

— Elle s'y fera, finit-il par dire. Cela arrive bien plus tôt que ce que l'on pouvait imaginer, mais elle veut mon bonheur.

Il repensa à ce que Sam lui avait dit plus tôt dans la soirée. Son ami ne connaissait pas Maxine : c'était une femme merveilleuse, qui avait traversé bien des épreuves. Désormais, il serait là pour la protéger et rien de semblable ne lui arriverait plus jamais. Elle ne serait plus chassée de chez elle. Camille était foncièrement bonne et aimante. Elle en arriverait à respecter et peut-être même à aimer Maxine. Il s'assurerait dans son testament que chacune reçoive ce qu'il lui fallait, ainsi Maxine serait à l'abri du besoin. Il le lui dit quand ils montèrent se coucher, dans la chambre et le lit qu'il avait partagés avec Joy.

Tout était allé très vite, mais il était convaincu que c'était la chose à faire. Il ne voulait pas prolonger l'aventure clandestine avec Maxine : s'il la désirait tant que ça, alors il était juste qu'il la respecte et l'épouse. Ces deux derniers mois avaient été trop dingues. Ils avaient tous besoin de vivre une existence paisible et normale ensemble et ce mariage était le seul moyen d'y parvenir. Il n'était pas comme Sam, capable de sortir avec quelqu'un qui faisait passer sa carrière avant tout le reste, ne voulait s'engager auprès d'aucun homme et gardait ses relations secrètes. Lui voulait vivre son histoire avec Maxine au grand jour. Elle méritait d'être sa femme et pas juste sa maîtresse.

— Nous allons avoir du pain sur la planche ces six prochaines semaines, dit-il tandis qu'ils étaient allongés dans le noir.

Maxine ne dit rien. Elle sentait la bague à son doigt et songeait à ce qu'elle avait à faire de son côté. Elle voulait que ses fils viennent et rencontrent Christophe. Peut-être aurait-il du travail pour eux sur le domaine, même au noir ? Il lui fallait aussi trouver un endroit pour sa mère – elle ne pouvait rester indéfiniment seule à Paris.

— Je pensais à ma mère et à mes deux fils, dit-elle tout en roulant sur le côté pour l'embrasser.

— On en parlera demain, dit-il, la voix rauque de désir.

Elle lui sourit, nimbée de lune. Il l'ignorait, mais il l'avait sauvée. Avec de la chance, jamais il n'apprendrait dans quelle mauvaise passe elle se trouvait quand ils s'étaient rencontrés. Si elle était venue à Napa, c'était pour rencontrer quelqu'un comme lui. Au début, elle avait jeté son dévolu sur Sam Marshall, mais ce dernier pouvait être cinglant et il lisait clairement dans son jeu, alors que Christophe, si confiant et si gentil, s'était révélé un bien meilleur choix.

— Merci, dit-elle.

Elle l'embrassa et déploya alors tout son talent, qu'elle maîtrisait à la perfection. Christophe était ensorcelé. Tout ce à quoi il fut capable de penser en lui faisant l'amour, c'était qu'il en était fou et qu'elle allait être sa femme. Il avait aimé Joy de tout son cœur et de toute son âme, mais avec Maxine, c'était différent. Il avait besoin d'elle, comme jamais il n'avait eu besoin d'aucune femme. Cette année écoulée sans Joy l'avait presque tué. Maxine l'avait sauvé de son chagrin et de sa solitude. Un avenir radieux les attendait. Avec elle, il savait qu'il vivrait une vie plus glamour et sophistiquée, mais c'était la femme idéale pour le prochain chapitre. Il avait hâte.

Cette nuit-là, elle le contempla pendant qu'il dormait. Christophe était la réponse à ses prières. Toute sa vie, elle avait vécu d'expédients, mais bientôt, elle allait s'installer dans ce château et serait l'épouse d'un producteur important. Plus personne ne pourrait l'atteindre et rien ne l'arrêterait, cette fois. En tout cas, sûrement pas sa future belle-fille : elle était tellement innocente. Camille ne faisait pas le poids contre elle. À partir de maintenant, tout allait être facile.

# 8

Lorsque Camille rentra toute détendue de ses bonnes vacances entre amis, elle avait retrouvé l'insouciance de son âge. Cela lui avait fait du bien de partir. Elle ne mit toutefois pas longtemps à sentir que quelque chose avait changé au domaine. Son père ne semblait plus aussi triste qu'avant et il était étrangement calme. Le soir, il ne parlait presque pas au dîner, il se couchait tôt et, plusieurs matins de suite, il ne l'avait pas attendue pour partir travailler. Une distance inédite s'était installée entre eux, sans explication. Il n'avait pourtant aucune raison d'être en colère contre elle, à moins qu'il ne lui en veuille finalement d'avoir prolongé son séjour au lac Tahoe. Ça ne lui ressemblait cependant pas d'être rancunier, et en plus, c'est lui qui l'avait incitée à passer du temps avec des gens de sa génération. Il disait que sa mère l'aurait voulu aussi.

Camille finit par mettre son comportement bizarre sur le compte de l'anniversaire de la mort de Joy. Elle ne voyait pas d'autre explication à sa soudaine distance. Elle-même n'arrêtait pas de penser à ce qui s'était passé un an plus tôt, à la façon dont sa mère était partie, comme une feuille emportée par le courant, poussée inexorablement loin d'eux. Elle ne voulait pas troubler son père davantage en parlant de ça avec lui, mais elle voyait que cela lui faisait mal au quotidien, elle ressentait la même chose.

Ils étaient en pleine vendange et la récolte dépassait cette année toutes leurs espérances. Christophe passait ses journées dans les vignes. Le jour de la date anniversaire, ils allèrent cependant ensemble à l'église le matin, puis au cimetière pour déposer des fleurs sur la tombe, devant laquelle ils se recueillirent, serrés l'un contre l'autre, en pleurs. Ils retournèrent ensuite au travail.

Camille avait planché sur des idées marketing qu'elle voulait lui soumettre, mais comme il était distrait ces temps-ci, elle décida d'attendre quelques semaines, jusqu'à ce qu'il se sente mieux et se soit un peu remis de cet anniversaire qui les avait secoués tous les deux.

Christophe aussi guettait le bon moment, mais pour des raisons différentes. Maxine était en train de faire ses valises pour quitter Money Lane. Elle s'installerait au château, une fois qu'il aurait annoncé la grande nouvelle à Camille.

Il laissa passer deux jours avant de suggérer un déjeuner à sa fille. Au début, Camille trouva la proposition étrange : généralement, quand il l'emmenait au restaurant, c'était toujours le soir car les déjeuners étaient réservés aux clients, aux distributeurs, bref, aux affaires. Mais en y repensant, elle se dit que ce serait justement l'occasion rêvée de lui présenter ses nouvelles idées en matière de communication. Elle voulait les appliquer à un maximum de cibles et avait travaillé dur sur le sujet.

Il l'emmena chez un traiteur de Yountville, où ils commandèrent des sandwichs à déguster dans le jardin de l'établissement. Une fois qu'ils furent attablés, Camille remarqua que Christophe n'avalait rien. Il jouait avec sa nourriture et semblait ailleurs. Finalement, il la regarda dans les yeux. Cela ne servait à rien de différer davantage : elle devait l'apprendre. Ils avaient arrêté la date : la cérémonie allait avoir lieu moins de deux semaines plus tard. Maxine avait prolongé son bail autant que possible, mais elle était censée emménager avec eux le week-end qui venait. Il avait commencé à lui faire de la place dans ses placards et avait demandé à Raquel de monter les vêtements de Joy au grenier, en lui recommandant de ne pas en parler à Camille. L'adaptation serait difficile pour elle, bien sûr, mais il ne doutait pas que leur bonheur commun se trouvait au bout du chemin.

Il se lança, avec maladresse et confusion, en tournant autour du pot, si bien que Camille le coupa net, avec tout le pragmatisme hérité de sa mère – elle lui ressemblait tellement, simple, pas compliquée et directe :

— Papa, je suis complètement perdue. Qu'est-ce que tu essaies de me dire ? Tu veux faire des changements dans la maison ? Construire quelque chose ? Mais quoi, et pourquoi ? Tout est parfait tel quel. Et puis, tu sais, bouger les choses va mettre un foutoir pas possible.

Il recommença du début, en mentionnant cette fois Maxine, combien il aimait sa compagnie, quelle belle personne c'était, ce qu'elle avait subi à la fin de son mariage, le comportement de ses beaux-enfants. Camille se demanda si tout cela était vrai, mais elle ne fit aucun commentaire. Que son père se sente bien avec cette femme ne lui plaisait pas. Elle continuait de lui trouver un côté sournois et se félicitait de ne pas la croiser souvent – elle ignorait que, pendant son absence, Maxine avait passé toutes les nuits avec son père et qu'elle avait résidé au château, même Raquel ne s'en doutait pas.

— Je suis contente que tu l'apprécies, papa, dit-elle d'une voix neutre, en se demandant où menait cette conversation.

Christophe dut se faire violence pour prononcer les mots.

— Camille, je sais que cela va te faire un choc, mais Maxine et moi allons nous marier.

Elle le fixa, incapable d'articuler le moindre mot ni de retenir les larmes qui perlaient à ses yeux. Son expression crucifia Christophe.

— Ma chérie, je suis désolé, lui dit-il en prenant sa main dans la sienne. Mais rassure-toi, cela ne changera rien entre nous. Rien n'y parviendrait de toute façon, et ce n'est pas ce qu'elle souhaite. Je l'aime et je ne veux pas agir en sous-main ni la voir en cachette. Je veux qu'elle vive avec nous. J'ai été si seul sans ta mère. J'ai besoin d'une épouse. Pas d'une petite amie ni de rencontres passagères. Je veux le genre de vie que nous avions avec ta mère. Et Maxine mérite également une position respectable. Donc, nous nous marions.

Après avoir dit cela, il se sentit conforté dans sa décision malgré le désarroi de sa fille.

— Quand ? parvint-elle à prononcer, l'air incrédule.

Christophe prit à nouveau son courage à deux mains pour lui répondre.

— La semaine prochaine. Il n'y a aucune raison de repousser davantage. Elle devait rendre sa maison de location et je ne veux pas attendre. Ça fait un an que ta mère... Je ne voulais rien te dire avant la date anniversaire.

Voilà pourquoi il avait l'air si étrange ces dernières semaines ! Il rongeait son frein et cela l'avait rendu nerveux au point qu'il lui avait à peine adressé la parole, sauf au travail. Pour Camille, tout s'éclairait.

— Quand avez-vous pris la décision ? demanda-t-elle, essuyant ses joues baignées de larmes avec sa serviette.

Son sandwich gisait sur la table, abandonné – la nouvelle l'avait arrêtée en pleine dégustation.

— Il y a environ un mois. Nous nous sommes beaucoup vus pendant l'été.

— Mais tu la connais à peine, essaya-t-elle de le raisonner – ils s'étaient rencontrés en mars, seulement sept mois plus tôt.

— Nous sommes grands, Camille. Nous avons tous les deux déjà connu le mariage et nous savons ce que nous voulons. Je crois que tu en viendras à l'aimer une fois que tu la connaîtras mieux. C'est quelqu'un de bien.

Camille en doutait, mais apparemment, son père s'était fait son opinion et elle ne pourrait pas le faire changer d'avis.

— Maxine emménage avec nous ce week-end, poursuivait-il, et nous nous marierons la semaine suivante. Si tu veux, tu peux être mon témoin, mais je comprendrais très bien que tu refuses.

Décidément, il avait pensé à tout ! Cela avait été à l'évidence planifié avec Maxine, se dit Camille.

Soudain, une pensée lui traversa l'esprit, qui amena une lueur paniquée dans son regard.

— Qu'as-tu fait des affaires de maman ?

Jusqu'alors, aucun d'eux n'avait eu le cœur de s'en séparer et, à sa connaissance, elles étaient toujours dans les placards de Joy.

— J'ai demandé à Raquel de les ranger soigneusement dans des cartons et de les monter au grenier. Tout est mis de côté pour toi.

C'était la seule bonne nouvelle du déjeuner. Au moins, il n'avait pas jeté les affaires de sa mère. Elle se demanda si Maxine l'aurait fait.

— Après la cérémonie, nous partirons deux semaines au Mexique et, ensuite, la vie reprendra comme avant.

Sauf que Maxine vivrait sous leur toit avec le statut d'épouse. Camille n'était pas dupe : tout allait changer. C'était inévitable et les promesses de son père n'y feraient rien.

— Et ses deux fils ? Ils viennent habiter avec nous, eux aussi ?

— Ils viendront pour Noël. L'un travaille et l'autre est à l'université. Ils n'emménagent pas ici, mais sa mère, si. Elle a 87 ans. Nous pensons l'installer dans le vieux cottage.

Il s'agissait du cabanon où il avait vécu avec Joy pendant la construction du château. C'était Maxine qui en avait eu l'idée : une fois rénové et redécoré de manière décente, l'endroit serait tout à fait habitable. Christophe avait approuvé et pensait confier à Cesare la coordination du chantier. S'il n'en avait pas parlé à l'Italien jusqu'à présent, c'était pour s'assurer que rien ne fuiterait auprès de Camille avant la grande annonce d'aujourd'hui.

— Mais, papa, tu parles de celui qui se trouve derrière le château ? On y gèle et ça sert de débarras depuis des années. Un vrai bazar. Tu ne peux pas loger une vieille dame là-dedans, trancha-t-elle d'un ton sans appel. Elle doit vraiment détester sa mère pour vouloir l'installer là-bas, ajouta-t-elle d'un ton acide.

Christophe ne releva pas. Ce qu'il retenait avant tout, c'est que sa fille n'avait pas mis son veto au projet principal. Elle ne l'avait pas planté là pour partir d'un pas décidé. Elle l'aimait trop pour ça. Elle voulait son bonheur, mais pas avec Maxine. Seulement, il avait fait son choix et elle devrait s'en accommoder.

— Tu ne crois pas que tu devrais attendre un peu plus, papa ? plaida-t-elle encore.

Il secoua la tête. S'il ne l'avait pas demandée en mariage, Maxine serait partie au terme de son bail – c'était du moins ce qu'elle avait dit. Et qu'est-ce que six mois de plus changeraient à sa décision ? Il était sûr de lui. Camille finirait par s'y faire, quand elle connaîtrait mieux Maxine.

— Je vais demander à Cesare de revoir le chauffage et l'isolation du cottage. Il faut aussi le vider. On peut en faire quelque chose de très confortable, dit-il.

Sa fille ne dit rien, rendue muette par le chagrin.

Ils restèrent attablés encore un peu, mais cette conversation leur avait coupé l'appétit. Camille jeta leurs sandwichs quand ils quittèrent le restaurant. Pour la première fois depuis la mort de sa mère, elle ne retourna pas au bureau. Elle ne pouvait simplement pas. Elle voulait rentrer chez elle et faire le tour du propriétaire toute seule. Elle avait l'impression d'abandonner sa maison à Maxine. Et elle craignait encore plus de perdre son père au profit de cette femme qui le tenait littéralement sous sa coupe. Son intuition ne l'avait pas trompée : c'était une créature maligne et fourbe. Dans cette affaire, la naïveté de son père était confondante. Il ne trouvait pas suspect le fait que Maxine veuille l'épouser si vite, il n'y voyait aucun inconvénient, aucun risque !

Camille ignorait que Christophe travaillait depuis deux semaines avec son homme de loi à la rédaction d'un contrat de mariage. Il lui avait aussi demandé de rédiger un nouveau testament. Maxine avait dit qu'elle signerait tout ce qu'il voudrait. Elle ne lui demandait rien. La seule chose à laquelle elle rechignait était de fournir un état de ses avoirs – d'après elle, c'était embarrassant : elle n'avait rien d'autre que son compte en banque, ni bien immobilier ni portefeuille d'actions, et la somme était ridiculement modeste comparée à la fortune de Christophe. Cela correspondait à ce que ses beaux-enfants lui avaient versé pour ses parts de la succession, et ce n'était pas beaucoup. Elle avait vécu là-dessus durant l'année écoulée. Maxine n'avait jamais prétendu posséder plus que ce qu'elle avait, et il la respectait pour cela. Elle n'attendait pas de lui qu'il entretienne sa famille – c'est elle qui paierait les frais de voyage de ses fils et de sa mère, par exemple – et, comme elle n'avait aucun revenu, elle avait même proposé de travailler au domaine s'il le voulait, ce qu'il avait décliné : il avait tout le personnel nécessaire, sans oublier Camille, formée à très bonne école… En outre, si Maxine savait comment diriger une maisonnée ou défiler sur un podium, elle n'avait aucune expérience dans la gestion et la direction d'entreprise. De toute façon, la question ne se posait pas puisqu'il subviendrait à ses besoins. Il ne voulait pas qu'elle travaille. C'était une femme intelligente, belle et élégante, une compagne merveilleuse. Joy avait toujours été une bosseuse et elle avait un sens des affaires peu commun, Maxine était d'un tout autre bois.

Lorsque Camille franchit le seuil du château après ce déjeuner tellurique, elle essaya de ne pas imaginer Maxine entre ces murs. Elle s'assit un petit moment dans le bureau de Joy, alla ensuite dans son dressing, puis dans tous les autres endroits qu'elle associait à sa mère. Dorénavant, tout allait changer. Elle s'allongea enfin sur son lit et pleura le reste de l'après-midi.

De son côté, Christophe venait tout juste d'arriver au bureau lorsque Maxine appela.

— Comment ça s'est passé ? demanda-t-elle d'une voix tendue.

Elle craignait que Camille n'essaie d'influencer son père, qu'elle le fasse changer d'avis ou le persuade d'attendre encore un an, ce qu'elle ne pouvait se permettre. Les factures commençaient à s'accumuler. Elle avait tout misé sur Napa et jusqu'à présent le pari s'était révélé payant. Il ne s'agissait pas que sa chance lui échappe à cause de cette fille.

— C'est quelqu'un de sensé, dit-il d'une voix blanche, en songeant que le déjeuner aurait pris une autre tournure face à Sam Marshall – ce dernier aurait tout fait pour le dissuader. Mais ce n'est pas facile à encaisser pour elle : le préavis est plutôt court. Dans une semaine, elle aura une belle-mère et elle te connaît à peine. Mais elle veut mon bonheur. C'est un véritable acte de foi de sa part.

À la mesure de son amour pour lui, il en avait conscience. Camille était prête à respecter sa décision, qu'elle l'approuve ou non.

— Peut-être devrions-nous attendre un peu, ajouta-t-il avec tristesse au souvenir des larmes de sa fille.

Maxine crut que son cœur allait s'arrêter de battre.

— Mais ce n'est vraiment pas ce que je veux. Je veux que nous vivions heureux et mariés au château, poursuivit-il, cette fois avec un sourire, car il parlait d'avenir. Nous n'avons plus 10 ans, nous savons ce que nous faisons. Pas besoin d'attendre, même si cela faciliterait les choses pour Camille. Plus tôt nous vivrons tous ensemble sous le même toit, comme une famille, mieux nous nous en trouverons. Et comme ça, elle apprendra plus vite à te connaître.

Maxine garda ses doutes pour elle – elle aurait préféré l'avoir pour elle seule, mais s'il le fallait, elle pourrait s'accommoder de cette cohabitation, même si ce n'était pas l'idéal.

Avant de rentrer chez lui ce soir-là, Christophe passa la voir. La maison de Money Lane était pleine de cartons et de valises qu'elle remplissait de ses vêtements – comme elle avait loué la demeure meublée, elle n'emportait rien d'autre. Le reste de ses affaires se trouvait en France, mais elle avait demandé à sa mère de tout vendre avant son départ définitif. Christophe avait hâte de rencontrer sa belle-mère, qu'il imaginait aussi gracieuse et élégante que Maxine. Il se réjouissait aussi de faire la connaissance de ses fils à Noël. Voilà tout à coup qu'ils formaient une grande famille recomposée avec trois enfants et une grand-mère ! Son foyer s'agrandissait à vue d'œil.

Christophe se sentait tout chose à cause du déjeuner avec Camille, ce qui n'échappa pas à Maxine. Sans attendre, elle lui ôta ses vêtements, retira les siens et elle l'entraîna vers son lit pour le distraire et lui remonter le moral. Il était 20 heures quand il reprit conscience. Il devait rentrer ! Il voulait voir comment Camille encaissait le choc. Malgré l'invitation de Maxine à rester, il prit le chemin de Château Joy et trouva sa fille endormie tout habillée sur son lit. À voir le nombre de mouchoirs éparpillés autour d'elle, elle s'était endormie en pleurant. Il posa doucement une main sur sa tête et l'embrassa. Elle sourit dans son sommeil. Il sortit alors sur la pointe des pieds, en espérant qu'elle s'habituerait rapidement à l'idée d'avoir une belle-mère, surtout si différente de sa mère. En ce qui le concernait, il ne doutait pas de la justesse de son choix. Restait à convaincre Camille.

Christophe n'avait pas mis Sam au courant de ses projets. Cette cachotterie envers son plus vieil ami de la vallée de Napa lui pesait. Sam avait été tellement présent au moment de la mort de Joy. Quelques jours avant le mariage, il l'appela donc à son bureau pour lui annoncer l'événement. La nouvelle plongea Sam dans un profond silence, qui se termina par un soupir.

— Je ne sais pas pourquoi, mais je sentais que tu allais faire quelque chose dans ce goût-là. C'est pour ça que je t'ai parlé comme je l'ai fait au bal.

Christophe était le genre d'homme à aimer le mariage et Maxine savait s'y prendre. Elle avait compté sur la solitude de Christophe et son désir de ne pas rester célibataire trop longtemps. Sam en aurait mis sa main à couper. Il aurait préféré le voir choisir n'importe quelle autre femme plutôt que celle-là. Elle en avait après son argent, ça se sentait à plein nez. Mais l'une des choses qu'il aimait le plus chez son ami, c'était justement sa naïveté et sa volonté de voir le meilleur en chacun. Christophe projetait sa propre gentillesse et sa confiance sur tous ceux qu'il rencontrait. C'était un homme d'honneur et il présumait que les autres fonctionnaient comme lui.

— Nous avons beaucoup en commun, insistait Christophe. Nous sommes tous les deux français, nous avons la même culture, la même éducation, et elle a besoin de quelqu'un qui la protège. Elle est seule au monde, si l'on excepte sa mère et ses fils en France. Tu savais que ses beaux-enfants l'avaient traitée de manière honteuse après la mort de son précédent mari ?

— Pour commencer, tu n'es plus si français que ça. Cela fait un bail que tu vis ici, lui rappela Sam. Ensuite, tu t'es renseigné sur elle ? Tu as vérifié son histoire ?

Sam était un homme éminemment pragmatique, qui n'accordait pas aussi facilement sa confiance que son ami. Il avait déjà croisé des croqueuses de diamants et cette femme en avait tout l'air. Elle cochait toutes les cases. Une vraie pro dans sa catégorie. En tout cas à ses yeux, mais pas à ceux de Christophe.

— Bien sûr que non ! Ce n'est pas une criminelle. Et elle ne veut rien de moi, se récria son ami.

— Ça, tu n'en sauras rien avant de lui avoir passé la bague au doigt. J'espère que tu as un solide contrat de mariage, s'inquiéta Sam.

— Évidemment. Même si nous n'en avons pas besoin, je ne suis pas idiot.

— À quand la noce, alors ?

Sam posait la question avec tristesse : Christophe était un chic type, qui aurait mérité de se remarier avec quelqu'un comme Joy plutôt que de tomber entre les griffes d'une femme fatale et manipulatrice comme Maxine. Il ne supportait pas ce genre de bonnes femmes et veillait à mettre le plus de distance possible entre elles et lui. C'était ce qu'il avait fait avec Maxine.

— On se marie dans une semaine.

— Vous ne perdez pas de temps, fit Sam avec une grimace.

— Elle allait quitter Napa définitivement, peut-être même retourner en France.

Ça, c'était peu probable, se dit Sam sans formuler sa pensée à voix haute, tant les propos de Maxine étaient paroles d'évangile pour son ami.

— Et Camille, comment le prend-elle ?

— Mal, dit Christophe en toute franchise. C'est un énorme changement pour elle. D'abord sa mère, ensuite ça. Et elle aime bien être seule avec moi. Mais elle s'habituera à Maxine. Ça prendra peut-être juste un peu de temps. La mère de Maxine emménage avec nous à notre retour de lune de miel – nous partons quinze jours au Mexique. Maxine aurait préféré Bali, mais je ne veux pas trop m'éloigner de la maison en cas de problème au domaine. Bref, ce sera sympathique pour Camille d'avoir une grand-mère à proximité. Et les fils de Maxine seront là à Noël.

— On dirait bien que tu ne vas pas t'ennuyer, dit Sam, qui ne l'enviait pas.

Il préférait de loin son arrangement avec Elizabeth ! Chacun sa vie et des retrouvailles périodiques. Mais ça n'aurait pas été assez pour Christophe, qui voulait un vrai foyer, vivre le quotidien avec une épouse à ses côtés. Maxine avait vraiment admirablement manœuvré. Désormais, ils allaient tous vivre au château, pour le plus grand bonheur de Christophe mais pas de sa fille. Le pire cauchemar de Camille était sans doute devenu réalité et Sam se sentait désolé pour elle.

— Bon, n'hésite pas à me tenir au courant. On déjeunera à ton retour.

Tous deux savaient qu'ils seraient bien occupés à ce moment-là : les vendanges seraient rentrées et ce serait le moment de vinifier.

— Je te passerai un coup de fil, promit Christophe.

— Bonne chance, mon ami, dit Sam, et il raccrocha.

Tout le reste de la journée, il eut le cœur lourd en repensant à cette nouvelle.

Maxine avait emménagé pendant le week-end et Camille s'était débrouillée pour ne pas être là. Elle avait appelé au débotté sa meilleure amie de lycée, Florence Taylor, avec qui elle avait gardé le contact toutes ces années par téléphone et par texto. La jeune femme travaillait pour le domaine Mondavi et louait une petite maison à Yountville. Elle aussi avait perdu sa mère et quand Camille lui raconta ce qui se passait, elle l'accueillit plus que volontiers. Elles passèrent la nuit à discuter comme si elles s'étaient quittées la veille. Florence essaya de rassurer Camille en suggérant qu'avec le temps, Maxine et elle deviendraient peut-être de bonnes amies.

— Regarde pour moi : on ne peut pas dire que j'appréciais ma belle-mère au début et aujourd'hui, on s'adore.

Mais Florence ne connaissait pas Maxine. Celle-ci n'avait pas sa pareille et toute adoration future semblait bien illusoire.

Dimanche soir au château, le dîner à trois se déroula dans un silence glacial. Camille se retira sitôt le repas terminé. Elle ne parvenait pas à aller au-delà de la stricte politesse avec sa future belle-mère. Quant à Maxine, elle se montrait doucereuse quand son père était dans les parages, mais ignorait Camille dès qu'il s'absentait. Eux aussi montèrent tôt. Lundi serait un grand jour.

Le lendemain matin, Christophe et Camille attendaient au bas de l'escalier principal quand Maxine apparut en haut des marches. Elle portait un tailleur Chanel en satin ivoire de chez Neiman Marcus, un grand magasin de San Francisco, des hauts talons assortis à sa tenue et ses cheveux relevés en chignon banane étaient piqués de fleurs blanches. Sa vue laissa Christophe sans voix. De son côté, Camille avait opté pour une simple robe bleu marine et des ballerines. Ils montèrent dans l'une des voitures du domaine pour se rendre à l'hôtel de ville de Napa. Camille avait accepté d'être le témoin de son père, Cesare serait celui de Maxine. Celle-ci discuta avec le chef des cultures dans sa langue, qu'elle parlait couramment. L'Italien semblait aussi subjugué que le futur marié. Cette femme possédait vraiment l'art d'ensorceler les hommes, se dit Camille, pour qui tout cela n'était que poudre aux yeux. Elle ne retrouvait jamais dans le regard de sa future belle-mère la chaleur des sourires que celle-ci adressait à son père.

La cérémonie fut brève. Un juge de permanence les déclara mari et femme et Christophe embrassa une Maxine radieuse, qui reprit à Camille le bouquet confié au moment de la signature de l'acte – elle l'avait fait confectionner par l'un des jardiniers du domaine. Alors que leur petit groupe s'acheminait vers la sortie, Camille remarqua que Maxine se faisait appeler comtesse Lammenais. Visiblement, elle comptait s'accrocher à ce titre qu'elle venait de perdre et auquel elle n'avait pas droit, puisque Christophe était roturier. Ce dernier semblait ne pas y prêter attention : il était sur un petit nuage. Heureux, il ne cessait d'embrasser sa femme et de serrer contre lui sa fille, qui avait le cœur gros en pensant à Joy.

Pendant toute la cérémonie, Camille avait retenu ses larmes, mais une fois dans la voiture qui les menait à Rutherford pour le déjeuner en terrasse à l'Auberge du Soleil, elle crut étouffer. Elle avait réussi à embrasser son père, à féliciter la mariée, mais le comble était de subir tout ça devant Cesare, visiblement sous le charme de la fausse aristocrate à qui il donnait de la comtesse à tout bout de champ.

Pendant le déjeuner, Christophe fut soulagé de constater la bonne entente entre Cesare et Maxine. Au moins, il n'aurait pas à arbitrer une guerre entre ces deux-là comme du temps de Joy. Maxine appréciait sincèrement le chef des cultures. Il se félicitait aussi de ce que Sam n'ait pas pu se joindre à eux – il l'avait finalement invité à la dernière minute pour le déjeuner. L'antipathie de son ami envers Maxine crevait trop les yeux. Sam n'avait jamais été doué pour dissimuler ses sentiments, et n'essayait même pas. C'était d'ailleurs pour cette raison qu'il avait décliné l'invitation : il n'aurait pas pu cacher sa peine de voir son vieil ami épouser cette habile prédatrice.

Le déjeuner tint du supplice pour Camille. Sur le chemin du retour, elle était au bord de la nausée. Heureusement que les jeunes mariés repartaient aussitôt passer la nuit à San Francisco, afin d'attraper plus facilement le vol du lendemain matin pour le Mexique. Ce fut un soulagement quand elle les vit descendre l'allée dans l'une des camionnettes du domaine, conduite par Cesare, devenu du jour au lendemain le laquais de Maxine. Son adoration était à la hauteur de sa haine d'autrefois pour Joy. Si Christophe trouvait là matière à contentement, Camille y voyait comme une ultime trahison.

Elle leur fit un signe de la main avant que le véhicule disparaisse totalement. Sa dernière vision fut son père en train d'embrasser Maxine. Encore une fois. Il semblait ne pas pouvoir s'en empêcher et Maxine était sans cesse collée à lui tel un serpent. Cela allait lui faire du bien d'être seule dans la maison pendant deux semaines ! Elle employa ce temps-là à travailler jusque tard le soir sur de nouveaux projets et un plan de marketing numérique concernant les réceptions de mariage, qu'elle soumettrait à son père quand il rentrerait. Il serait alors débordé, entre la vinification et l'arrivée de la mère de Maxine quelques jours après leur propre retour du Mexique. Entre deux dossiers, Camille appela Florence Taylor pour la remercier à nouveau de l'avoir accueillie et lui raconter le mariage. Elle exprima une fois de plus toute sa méfiance à l'encontre de Maxine et son amie ne put que l'assurer de sa compassion et de sa disponibilité : que Camille n'hésite pas à l'appeler.

Hormis ce coup de téléphone, Camille ne décrocha pas du travail. Ses journées étaient bien remplies, d'autant que, par gentillesse envers son père et sa belle-mère, elle suivait le chantier du cottage auquel travaillaient des ouvriers du domaine sous la direction de Cesare. Comme plusieurs choses manquaient, elle fit installer un fauteuil confortable, un meilleur canapé, plus de lampes, un tapis qu'ils n'avaient jamais utilisé et des radiateurs d'appoint afin d'assurer une chaleur adaptée à une personne âgée. Au bout du compte, le résultat était rustique mais chaleureux, avec un grand tapis rouge crocheté main dans la cuisine, d'autres bleus plus petits dans la chambre à coucher, à peine assez grande pour contenir le lit et une table de chevet. Elle avait également demandé aux jardiniers de nettoyer les abords du cabanon. Non loin se trouvaient un poulailler, un potager et une petite étable-écurie inemployée depuis des années.

L'ensemble faisait penser à une maison de poupée, comme sortie d'un conte de Grimm. Malgré ça, Camille ne comprenait toujours pas pourquoi Maxine préférait installer sa mère dans cet endroit plutôt que dans la chambre d'amis du château, avec eux. C'était dangereux de laisser une personne âgée toute seule. Et si elle tombait la nuit en allant aux toilettes ? Ou bien butait contre des racines dans le jardin ? Les poules allaient certainement la déranger – sauf si elle était trop sourde pour les entendre. 87 ans était un âge canonique aux yeux de Camille, qui n'avait pas l'habitude de côtoyer les seniors puisque ses grands-parents, des deux côtés, étaient morts avant sa naissance. Elle s'imaginait une personne rendue frêle par le poids des ans. Pourtant, contre toute attente, Maxine avait opté pour le cottage.

Les mariés rentrèrent de leur lune de miel. Heureux, détendus et amoureux. Cesare était allé les chercher à l'aéroport. Ils dirent avoir passé deux semaines entre la plage et la piscine, à boire des margaritas, alors qu'en fait, ils les avaient surtout passées au lit, à satisfaire l'intarissable soif qu'ils avaient l'un de l'autre. Mais cela ne regardait pas Camille.

Pendant que Maxine défaisait ses valises, Camille informa immédiatement son père des affaires courantes et de ce qui s'était passé au bureau pendant son absence, dont un petit accrochage avec Cesare. Elle lui montra ensuite le cottage et il fut touché par tout le mal qu'elle s'était donné pour une vieille dame qu'elle ne connaissait même pas. Cela lui ressemblait bien. Elle avait la gentillesse de son père et la tête bien faite de sa mère. Peu après, Maxine les rejoignit et constata avec surprise les transformations opérées par Camille. Au lieu d'être ravie, elle semblait contrariée.

— Pourquoi t'en être souciée ? Ma mère n'a pas besoin de tout ça. Elle a l'habitude de vivre dans un petit appartement parisien.

Christophe ne pouvait confirmer ou infirmer : l'histoire financière de Maxine et de sa famille demeurait un mystère pour lui. Il avait supposé que sa mère avait un pécule, sur lequel elle vivait. Il n'en remercia pas moins Camille pour le travail accompli, ce qui obligea Maxine à concéder un laconique :

— C'est très joli.

Elle ne s'attarda cependant pas et retourna au château quelques minutes plus tard, l'air mécontente. En ce qui la concernait, avoir sa mère avec eux relevait plus de l'obligation et du casse-tête que du plaisir. Elle était fille unique et sa mère n'avait pas un sou. C'était Christophe qui avait très généreusement proposé de la faire venir, afin de lui épargner à elle les allers-retours à Paris que, pensait-il, elle n'aurait pas manqué de faire. Elle avait alors déclaré que sa mère préférerait habiter de son côté : elle était d'un tempérament très indépendant, elle aimait cuisiner pour elle-même et elle détestait s'imposer. Mais ce n'est pas Christophe qu'elle aurait dérangé : pour lui, accueillir sa belle-mère faisait partie intégrante de sa vie avec Maxine, tout comme d'être attentif à ses deux beaux-fils qui seraient là pour Noël.

Ce soir-là, Camille ne revit pas sa belle-mère. Maxine s'était déjà retirée quand père et fille rentrèrent de leur promenade. Après avoir reçu un baiser plein de tendresse de Christophe, Camille monta dans sa chambre en s'interrogeant sur l'étrange réaction de Maxine devant le cottage qu'elle avait mis tant de soin à aménager pour lui faire plaisir. Son verdict avait été singulier : « C'est bien trop beau pour ma mère. »

\*\*\*

Dans trois jours, il y aurait une personne de plus au château. Tout commençait déjà à changer ! Voilà que des inconnues emménageaient chez eux, elle se retrouvait avec des quasi-frères qu'elle n'avait jamais rencontrés, son père avait été envoûté par une femme qu'elle n'aimait pas et dont elle se méfiait, et elle ne pouvait rien y faire. Jamais Camille ne s'était sentie aussi impuissante. Les vagues déferlaient à une telle vitesse qu'elle avait l'impression d'être prise dans un tourbillon.

9

Le lendemain de leur retour de lune de miel, Christophe partit tôt au travail. Camille était en train de mettre son assiette dans l'évier quand Maxine descendit prendre son petit déjeuner. La Française ne se soucia pas de la saluer ni même de répondre à son bonjour. Elle se servit une tasse de café et s'assit à la table de la cuisine, l'air maussade, le regard vrillé sur sa belle-fille.

— Je peux savoir pourquoi tu as décidé d'arranger le cottage ? attaqua-t-elle directement. C'était pour impressionner ton père ? Parce que si c'était pour moi, il ne fallait pas. Ma mère est parfaitement capable de s'occuper d'elle-même. Elle n'est pas du genre à faire des chichis, raison pour laquelle je la mets là-bas. Elle ne serait pas à l'aise dans un château.

La description interloqua Camille – l'attitude de Maxine envers sa mère n'était pas des plus gentilles ni attentionnées –, mais elle s'abstint de tout commentaire, se contentant d'expliquer :

— Je voulais m'assurer qu'elle aurait assez chaud. Les nuits sont froides. Il y aurait plus de confort ici pour elle, même si elle n'est « pas à l'aise dans un château ».

— Elle est robuste pour son âge. On gèle dans son appartement, mais ça ne la gêne pas. Elle a grandi à la campagne.

C'était le premier détail que Camille entendait à propos de la famille ou de l'enfance de Maxine – elle donnait tellement l'impression d'être venue au monde telle quelle, déjà adulte et dans des vêtements haute couture. Difficile de l'imaginer petite ou ayant une mère, surtout quand on l'entendait en parler ainsi. Ça n'avait pas l'air de déborder d'amour entre elles.

— Je voulais aussi te parler d'autre chose. Tu peux retourner à tes études quand tu veux. Christophe m'a dit que tu voulais suivre un troisième cycle en commerce. C'est quelque chose que tu pourrais envisager pour janvier, poursuivait Maxine avec froideur.

— Il est trop tard pour postuler. Rien n'est possible avant l'automne prochain et, de toute façon, je ne veux pas. J'aime travailler avec mon père, répondit Camille d'un ton calme mais ferme, consciente que Maxine voulait se débarrasser d'elle.

Maxine hocha la tête avant de préciser :

— Que les choses soient bien claires : désormais, c'est moi la maîtresse de cette maison. La châtelaine de Château Joy. Pas toi. Tu es la bienvenue ici, mais c'est moi qui mène la danse à partir de maintenant. N'espère pas manipuler ton père pour obtenir ce que tu veux, sinon tu auras affaire à moi.

Les mots comme le regard étaient un avertissement et Maxine n'avait pas perdu de temps pour le délivrer. Cela ne faisait pas une journée qu'ils étaient rentrés !

— Bien sûr que je suis la bienvenue ici. C'est chez moi, répliqua Camille. Mais qu'entendez-vous par

« manipuler » ? Dans notre famille, on ne fonctionne pas comme ça.

— Je ne suis pas dupe. Je lis très bien dans ton jeu de petite fille modèle. La petite princesse à son papa. Tu le mènes par le bout du nez, dit Maxine avec une amertume que Camille ne lui connaissait pas.

— Visiblement pas, constata la jeune femme, pensant à leur mariage éclair.

Si vraiment elle avait mené son père par le bout du nez, comme Maxine le disait, elle l'aurait convaincu de ne pas se marier. C'était Maxine qui l'avait en son pouvoir et en faisait son esclave.

— Sache seulement que tu auras affaire à moi si tu complotes dans mon dos, prévint à nouveau Maxine.

Sans un mot, Camille quitta la cuisine et retourna dans sa chambre pour se calmer. Quelques minutes plus tard, elle partait travailler.

Devait-elle rapporter cette conversation à son père ? Cette femme était un monstre ! Mais si elle lui en parlait, il trouverait une excuse à Maxine ou donnerait une interprétation plus gentille à ses propos. Son père accordait à tout le monde le bénéfice du doute, même aux menteurs et aux tricheurs – et maintenant aux manipulatrices. Pour l'instant, décida-t-elle, mieux valait faire profil bas. Lui faire part du comportement de sa femme ou s'en plaindre ne servirait à rien : il voulait croire en la perfection de Maxine. Lui soutenir le contraire ne ferait que le troubler, voire le mettre en colère. Le truc, c'est qu'elle n'avait personne à qui en parler. Elle ne voulait pas rappeler Florence, puisque celle-ci lui avait soutenu qu'elle finirait par s'entendre avec sa belle-mère. Elle ne comprenait pas sa situation ni les femmes comme Maxine. Repensant aux avertissements de cette dernière, Camille descendit la colline d'un bon pas, histoire d'évacuer sa colère. La journée commençait mal !

Quand elle arriva à son bureau, elle trouva Cesare assis dans son fauteuil, le nez dans un tiroir et pas embarrassé pour deux sous d'être pris en flagrant délit.

— Que croyez-vous faire ? demanda-t-elle d'une voix tranchante.

Sa mère l'aurait renvoyé pour moins que ça, si Christophe l'avait permis !

— Je cherche l'enveloppe de liquide, répondit-il d'un air arrogant.

— Elle est au coffre. Pourquoi ?

— La comtesse dit que je devrais disposer de plus d'argent pour les dépenses courantes. Elle a dit qu'elle en discuterait avec votre père.

— Pour commencer, elle ne travaille pas ici. Moi, si. Et c'est moi qui gère l'argent liquide. Deuzio, elle n'est pas comtesse. Même si elle a décidé de s'en donner le titre.

— Elle a été mariée à un comte. Ça fait d'elle une comtesse.

— Plus maintenant. Elle a épousé mon père, qui est roturier. Par ailleurs, elle n'a pas à vous promettre quoi que ce soit étant donné qu'elle n'a aucune responsabilité au domaine. Elle n'a pas son mot à dire ici. Maintenant, partez. Et que je ne vous revoie jamais fouiner dans mes affaires.

Camille le regarda sortir, ignorant le regard furieux qu'il lui lança au passage. Après son départ, elle sortit une clé de sa cachette et verrouilla ses tiroirs. Le fait qu'il se sente le droit de fouiller impunément son bureau en quête de liquidités, et cela sans même s'excuser, marquait indéniablement le début d'une nouvelle ère. Ce soir-là, elle en parla à son père pendant qu'ils rentraient à pied du chai. Tous deux avaient été tellement pris qu'ils ne s'étaient pas vus de la journée.

— Je parlerai à Maxine, promit-il. Elle a sans doute seulement voulu se montrer gentille envers lui. Cela dit, je crois qu'elle aimerait bien t'aider sur certaines de nos campagnes publicitaires. Et elle suggérait de commencer à recevoir au domaine : d'après elle, ce serait bon de développer les relations publiques.

Puisqu'il l'avait prévenue, Maxine savait déjà que, par principe, la vieille garde de la vallée ne se laisserait pas approcher par quelqu'un comme elle, mais elle pouvait toucher les propriétaires les plus récents, parmi ceux qui considéraient le vignoble comme un investissement ou un moyen de se faire mousser, voire les deux. Elle voulait aussi inviter certaines des nouvelles fortunes de la high-tech et des membres de la jet-set, dont elle connaissait un grand nombre maintenant. Elle avait parfaitement conscience que son mariage avec Christophe lui donnerait plus d'importance qu'avant et lui assurerait des entrées partout. L'idée était d'étoffer le carnet d'adresses du domaine. Mais Camille sentait que c'était surtout pour elle que Maxine agissait. Sa motivation profonde allait certainement au-delà des vignes.

— Elle va travailler avec nous, papa ? demanda-t-elle, redoutant la réponse.

Maxine se comportait comme si cela pouvait arriver. Or si tel était le cas, ça gâcherait tout pour Camille.

Voir sa belle-mère tous les soirs au château était suffisamment pénible comme ça. Elle ne voulait pas qu'elle interfère chez Château Joy.

— Juste pour les événements exceptionnels. Tu sais, elle excelle à organiser les réceptions et à associer les gens fortunés. Ils la trouvent charmante. Elle ajoute une énorme dose de glamour à tout ce qu'elle touche. Nous avons peut-être des choses à apprendre d'elle, dit-il simplement tandis que Camille se retenait de tout commentaire négatif. Maxine n'interviendra pas dans ta partie ni la mienne, mais on pourrait la nommer directrice des relations publiques et de l'événementiel. Elle veut en apprendre plus sur l'entreprise. C'est une affaire de famille et elle en fait partie maintenant.

Cette réalité rendait Camille malade. Mais de fait, par son mariage, Maxine faisait bel et bien partie de la famille.

— Dis-lui juste de ne faire aucune promesse à Cesare. J'ai déjà assez de mal comme ça à suivre ses dépenses. Chaque fois qu'il prend du liquide, je ne vois jamais rien revenir et il affirme toujours qu'on lui en doit plus. Or, on lui en donne déjà trop, même s'il ne le reconnaîtra jamais.

Elle n'apprenait rien à Christophe ; pendant des années, Joy lui avait rapporté la même chose.

— Les sommes qu'il se met dans la poche ne nous mettront pas sur la paille, dit-il avec un sourire.

Ils étaient arrivés devant le château. Maxine, qui les avait vus arriver, ouvrit la porte : elle s'était habillée pour le dîner, dans l'idée d'impressionner son mari sinon sa belle-fille. Dans cette magnifique robe du soir en velours lie-de-vin, on aurait dit une reine. Le cadre du château lui convenait à merveille. Elle avait l'air d'être totalement à sa place, chez elle.

— Voilà le retour du guerrier, dit-elle en embrassant Christophe et en lui tendant un verre de vin pendant qu'ils rentraient dans la maison.

Comme il avait fait frais dans la journée et que la soirée s'annonçait froide, elle avait allumé un feu. Christophe prit place dans un fauteuil devant la cheminée et admira sa femme tout en savourant son verre. Pendant ce temps, Camille monta se rafraîchir avant le dîner. Elle ne comptait pas mettre de robe du soir, elle n'en possédait de toute façon pas qui fasse aussi « grand soir ». Et même dans le cas contraire, elle se serait sentie ridicule de porter pareille tenue pour manger les tacos de Raquel à la cuisine. Quand elle redescendit, trente minutes plus tard, elle les surprit en train de s'embrasser. Assise ainsi dans un fauteuil à côté de Christophe, Maxine avait tout de la dame du manoir.

— Est-ce que le dîner est toujours à 19 heures ? demanda Camille depuis le seuil.

— C'est tellement tôt que c'en est absurde, dit Maxine avec un rire et un geste dédaigneux de la main. Et c'est tellement américain ! Pourquoi ne pas dîner vers 20 heures, 20 h 30 ? Après tout, nous sommes français, ajouta-t-elle à l'intention de son mari.

— Mais pas moi, dit Camille sans détour. Je suis à moitié américaine, et ma moitié américaine crie famine à 19 heures.

— En ce cas, prends de l'avance et dîne maintenant. Nous mangerons plus tard, suggéra Maxine.

Christophe approuva de la tête. Une lueur dans le regard de sa femme lui promettait d'autres délices que des baisers pour la soirée et l'idée de s'attarder au coin du feu avec elle avant le repas ne lui déplaisait pas.

Camille ne répondit rien et alla se réchauffer au micro-ondes deux tacos, qu'elle mangea seule à la table de la cuisine. Un quart d'heure plus tard, elle remontait à l'étage pendant que son père et sa belle-mère discutaient à voix feutrée comme s'ils partageaient de précieux secrets, parfois entrecoupés de rires. Camille referma sans bruit la porte de sa chambre et s'assit sur son lit. Leur vie de famille était visiblement finie. Maxine prenait les choses en main, ainsi qu'elle l'avait annoncé le matin même. Ce qui était arrivé ce soir en était la preuve criante, et son père ne se rendait compte de rien. Maxine refaisait de lui un Français. Avec cette femme à demeure, tous les liens qu'il avait tissés avec les traditions américaines semblaient disparaître.

Les deux soirs qui suivirent, Camille dîna seule à la cuisine et à l'horaire habituel. De leur côté, Christophe et Maxine passèrent à table un soir à 20 h 30 et le lendemain à 21 heures, car il avait travaillé tard. Maxine avait demandé à Raquel de dresser le couvert pour deux : un message clair à destination de Camille... Pour expliquer ce changement, elle dit à Christophe que sa fille avait choisi de ne pas dîner plus tard que 19 heures. Quant à lui, il appréciait leur nouvelle heure de repas. Camille décida de s'accommoder de cette mise à l'écart : c'était moins pénible que de devoir faire la conversation à sa belle-mère et prétendre l'apprécier pour faire le bonheur de son père. Son dîner s'en trouva facilité et raccourci, si bien qu'à 19 h 30, elle regardait la télé dans son lit. Bien sûr, échanger les nouvelles du jour avec son père autour d'une table lui manquait, mais pas la présence de Maxine. Celle-ci avait remporté le premier round, haut la main.

Le lendemain arrivait la mère de Maxine. Le temps qu'elle récupère ses bagages et passe la douane, elle ne serait pas au château avant 17 heures. C'était Cesare qui irait la chercher et les préviendrait quand ils seraient à proximité, afin qu'ils aient tous le temps de rallier le château pour accueillir la vieille dame. Christophe avait demandé à Camille d'être là et elle avait promis de faire partie du comité d'accueil. Quand Maxine avait grommelé que c'était bien trop d'honneur pour sa mère, elle s'était intérieurement étonnée que sa belle-mère n'aille pas elle-même à l'aéroport. Tout ça parce qu'elle trouvait le trajet trop long et l'attente trop fatigante… Camille s'était demandé ce que penserait de ce voyage et de ce trajet une vieille dame de 87 ans. Dans quel état serait-elle à l'atterrissage ? Aurait-elle besoin d'un fauteuil roulant ? Comme le chai en mettait à disposition de ses visiteurs les plus âgés, elle avait demandé à Cesare d'en emporter un.

La journée fut bien remplie pour Camille et Christophe. Ils ne s'arrêtèrent qu'au coup de téléphone de Cesare les avertissant qu'ils n'étaient plus qu'à cinq minutes de Château Joy. Camille gravit la colline en courant et put donc se trouver sur le perron au moment où la voiture de Cesare s'arrêtait au pied des marches. Une femme en chapeau était assise sur la banquette arrière. Étant donné son âge et son lien de parenté avec Maxine, Camille s'attendait à ce qu'elle arbore une immense capeline avec voilette et un tour de cou en renard, comme l'actrice Maggie Smith dans *Downtown Abbey*. Au lieu de cela, un minuscule bout de femme émergea, coiffé d'un large couvre-chef fleuri, usé jusqu'à la trame, duquel dépassaient des mèches de cheveux couleur carotte. Un long vêtement informe aux motifs floraux, en partie caché par un manteau, laissait voir des Converse montantes tandis qu'un sac à dos complétait l'ensemble. Dans ses bras, une petite boule de peluche blanche aboyait à tout-va. Sur le perron, Maxine demeurait de marbre. La silhouette se pencha et déposa par terre l'espèce de jouet animé qui fila droit sur la maîtresse de maison pour s'en prendre à ses chevilles et grogner après elle.

— Pour l'amour du ciel, mère, s'exclama en anglais l'agressée tout en repoussant l'animal du bout du pied – ce qui intensifia les grognements. Fallait-il vraiment que tu amènes le chien ?

— Bien sûr que oui, répondit sa mère avec calme.

Elle sourit à Christophe, à Camille, et elle embrassa sa fille sur les deux joues. Vive et alerte, elle avait une lueur espiègle dans le regard, des yeux verts pétillants. Le petit chien blanc reniflait maintenant Camille avec intérêt et il battit de la queue quand elle se pencha pour le caresser.

— Et qu'est-ce que tu as aux pieds, grands dieux ? poursuivait Maxine qui avait aperçu les Converse sous la robe, laquelle ressemblait plus à une toilette d'intérieur qu'à une tenue de voyage.

— Des baskets. J'ai les pieds qui gonflent en avion. Elles sont très confortables.

— Tu as l'air ridicule, marmonna sa fille pendant que Christophe accueillait sa belle-mère avec les formules les plus appropriées en français ainsi qu'un baise-main.

Jamais Camille n'avait vu son père exécuter ce geste de bienséance, même si c'était ainsi qu'un homme de son milieu saluait une dame de cet âge en France. La mère de Maxine se montra tout aussi urbaine en retour, soulignant la beauté du château et le remerciant de lui avoir permis de venir.

Christophe lui présenta Camille qui, prudemment, préféra s'adresser à elle en anglais puisque la vieille dame comprenait apparemment bien cette langue.

— Comment s'appelle votre chien ? lui demanda Camille, qui s'arrêta pour caresser à nouveau l'animal dont la queue battait frénétiquement.

Il lançait parfois des regards noirs à Maxine – ça ne semblait pas être le grand amour entre eux.

— Elle s'appelle Choupette. Et moi, Simone.
— C'est quelle race ?
— Elle est en partie maltaise et, pour le reste, peut-être poméranienne, à moins qu'elle ne descende du chihuahua de mon voisin.

La chienne ressemblait à une peluche toute cotonneuse, aussi minuscule que sa maîtresse, qui ne devait pas mesurer plus d'un mètre cinquante – l'exact opposé de sa fille qui la dominait de sa haute taille. Simone faisait penser à la bonne fée des contes pour enfants, surtout dans cette drôle de tenue dont elle paraissait se soucier comme de l'an quarante. Son allure ne semblait pas la préoccuper.

— Nous devrions peut-être vous montrer votre cottage. Vous devez être épuisée après ce voyage : il est 2 heures du matin pour vous.

— Ça va très bien : j'ai dormi dans l'avion et regardé deux films, répondit Simone tout en regardant autour d'elle, curieuse de tout – on ne lui aurait pas donné plus de 70 ans.

Pendant la conversation, elle avait plusieurs fois souri à Camille alors que, de son côté, Maxine se montrait désagréable et loin d'être enchantée par ces retrouvailles. À l'évidence, elle détestait la chienne et réprouvait sa mère. Les deux femmes n'auraient pas pu être plus différentes.

— J'adorerais me promener un peu et découvrir les environs une fois que j'aurai déposé mes valises, dit Simone tout en suivant Christophe et Camille au cottage, Maxine fermant la marche, le visage fermé.

Elle avait dû faire venir sa mère ici, pour des raisons économiques à défaut d'autre chose, mais elle n'appréciait pas du tout de l'avoir avec eux, ce qu'elle faisait bien voir.

Camille avait apporté le matin même au cottage certains produits de première nécessité dont Simone pourrait avoir besoin ou qu'elle pouvait aimer : du lait, du thé, du sucre, du miel, du café, de la confiture, du pain et des roulés à la cannelle pour le petit déjeuner, ainsi que du jus d'orange et une coupe de fruits. Elle ne doutait pas que la vieille dame prendrait ses repas au château, mais elle pourrait avoir des fringales nocturnes ou très matinales. D'où le rajout, à la dernière minute, de yaourts, d'un morceau de brie avec des biscuits salés, et d'une tablette de chocolat. Quand Christophe lui ouvrit la porte de chez elle, Simone ne cacha pas son ravissement.

— Quel bel endroit ! C'est absolument adorable, dit-elle, avec un regard reconnaissant à sa fille, qui ne répondit rien.

Simone remercia ensuite Christophe à profusion pour pareil accueil. Elle retira son chapeau et alla le poser dans la chambre avant de revenir dans le séjour, auréolée de ses cheveux carotte qui semblaient dotés d'une vie propre. Pendant ce temps, Choupette faisait le tour du propriétaire en jappant et en agitant la queue. Camille la taquina un peu puis montra la cuisine à Simone. À sa grande surprise, elle trouva le frigidaire beaucoup plus rempli que dans son souvenir.

— Ma mère préfère se faire sa cuisine. Elle ne mangera pas avec nous, dit Maxine d'un ton dédaigneux, avec un regard appuyé à sa mère qui ne parut pas outre mesure ennuyée ou étonnée. J'ai demandé à Cesare de lui acheter de quoi se préparer ses dîners.

— Il faudra venir en partager certains avec moi, proposa Simone à Camille, qui hocha la tête.

Cette femme haute comme trois pommes, si pleine de vitalité et de joie, la fascinait tant elle était l'exact opposé de sa fille, austère et artificielle – Maxine n'avait pas décroché un sourire depuis l'arrivée de sa mère, sans même parler de l'étreindre.

Christophe montra à la vieille dame tout ce qu'il fallait connaître pour la bonne marche du cottage : le nouveau chauffage central, les bûches pour le feu. Maxine et lui prirent ensuite congé pendant que Simone invitait Camille à rester. Dès que les deux autres se furent éloignés, elle lui offrit une tasse de thé.

— Votre père a l'air d'être une crème d'homme, dit-elle après avoir servi le thé dans des tasses fleuries que Camille avait apportées du château.

Elles s'installèrent à la petite table de la cuisine, là où Maxine comptait que sa mère prenne ses repas en solitaire – Camille était encore choquée de la manière dont elle avait fait passer le message. Pareille attitude était incompréhensible pour elle.

— En effet, il est très gentil, confirma-t-elle.

— Ma fille et moi ne nous entendons pas très bien, dit Simone d'un ton neutre. C'est parce que je lui dis toujours le fond de ma pensée, ce qui est sans doute une erreur. Et je ne suis pas assez élégante à ses yeux – je n'ai jamais cherché à l'être. J'ai grandi dans une ferme et n'ai pas vraiment aimé vivre en ville une fois mariée. Quand le père de Maxine est mort, elle était très jeune. Je suis retournée à la campagne avec elle, pour vivre avec ma sœur. Il y avait des vaches, des poules, des chèvres et des chevaux, mais elle a détesté tout ça et ne m'a jamais pardonné ce retour à la terre. Elle n'avait qu'une hâte : partir. Elle voulait côtoyer des gens chics, pas des paysans comme nous – c'est ainsi qu'elle a toujours appelé ma famille, à l'époque déjà. À 16 ans, elle est montée à Paris pour ne jamais revenir. Elle a fait du mannequinat, pendant une courte période, et a aussi vécu de petits boulots du genre vendeuse, puis elle s'est mariée. Elle a toujours su s'y prendre avec les hommes. Et je vois que cela continue. Toujours est-il que ma sœur est morte il y a quelques années et que ses enfants ont vendu la ferme, si bien que j'ai dû aller à Paris, mais je ne connaissais plus personne là-bas, sauf

Maxine. Et voilà que maintenant, je suis en Californie. C'est incroyablement excitant, conclut-elle, rayonnante.

Disant ces mots, elle sortit de son sac à dos un paquet de cigarettes. Camille n'en revenait pas. Cette vieille dame fumait ! Elle ne manquait décidément pas d'audace ni d'espièglerie. Elle se comportait comme quelqu'un de bien plus jeune.

— Il faudra me montrer les vignes, le chai et tout ce que vous faites, poursuivait Simone tout en recrachant la fumée. Je veux tout savoir. Cette campagne, ces vignobles… Le trajet pour venir jusqu'ici était enchanteur. Ça ressemble énormément à l'Italie. Mais vous, dites-moi, quel âge avez-vous ?

Camille sourit. Soudain, elle avait le sentiment d'avoir une vraie grand-mère, ou une amie, elle ne savait pas encore. Simone ne ressemblait en rien au portrait qu'elle s'en était fait et c'était un soulagement. Deux Maxine auraient été insupportables. Une suffisait amplement.

— Je fêterai mes 24 ans en juin, et je travaille au domaine avec mon père, dit-elle.

— Toutes mes condoléances pour votre mère, dit Simone avec sérieux et sincérité. Cela doit être très dur pour vous, le remariage de votre père et la présence de Maxine ici. Quand votre maman est-elle partie ? ajouta-t-elle d'une voix douce et compatissante tout en écrasant son mégot dans la soucoupe.

— Il y a treize mois.

Simone ne cacha pas sa surprise tandis qu'elle se penchait pour saisir Choupette et la poser sur ses genoux. La chienne scruta la table, à sa grande déception vide de toute nourriture.

— C'est tout récent ! Votre père a dû se sentir terriblement seul sans elle. Les hommes sont ainsi. Certains ne parviennent pas à vivre non accompagnés quand ils ont connu un mariage heureux, remarqua la vieille dame sur le visage de laquelle passa une étrange expression. Je ne suis pas sûre que Maxine soit celle qui lui offrira une vie et un foyer paisibles. Elle a toujours de grands projets et prend mieux soin d'elle-même que des autres. Elle n'a pas un tempérament à choyer. C'est moi qui me suis occupée de ses deux garçons quand ils étaient petits et qu'elle se trouvait entre deux maris. Ce n'était d'ailleurs pas forcément la chose à faire : ils tiennent beaucoup d'elle, l'aîné en tout cas. Son cadet adore le jeu, les études ne le passionnent pas. Je leur ai passé bien trop de choses. Quand elle s'est remariée, ils sont retournés vivre avec elle à Paris. Ils avaient 12 et 10 ans.

Camille était tout ouïe. Simone lui révélait l'histoire familiale dans une version bien éloignée, mais certainement plus fiable, que le tableau raffiné dépeint par « la comtesse ».

— C'était à l'époque de son mariage avec le comte, celui qui avait ce château dans le Périgord ? demanda-t-elle, car son père avait évoqué ce mari-là, en avouant ne rien savoir du premier.

— Non. Son premier mari était un jeune homme qu'elle a épousé quand elle était mannequin. C'est lui, le père des deux garçons. Il était issu d'une famille argentée, qui n'a jamais approuvé leur union. Ils ont très vite divorcé et elle a alors connu une passe difficile. C'est à ce moment-là qu'elle m'a confié les petits. Son deuxième mari était un homme très sympathique et très bon avec les garçons. Il était éditeur, sans le sou. Elle a demandé le divorce quand elle a rencontré Charles, le comte, qu'elle a épousé. Je ne crois pas qu'elle ait jamais revu ses deux précédents maris. Les garçons ne voient jamais leur père et j'ai l'impression qu'elle n'évoque jamais Stéphane, son deuxième mari. Avec le comte, elle a mené une vie très agréable, même si elle détestait ses beaux-enfants et a tenté de les maintenir à l'écart quand leur père est tombé malade. C'est elle qui a eu l'idée de s'installer dans le Périgord, afin de garder les coudées franches. Là-bas, ils ne pouvaient pas la surveiller constamment. Elle a fait tout ce qu'il fallait pour se les mettre à dos. Le pauvre Charles était complètement sous son emprise et la gâtait outrageusement : bijoux, vêtements haute couture... Il lui a donné des toiles de maîtres, qu'elle a vendues après sa mort pour pouvoir s'installer ici. Les enfants de Charles ont pris leur revanche du moment où leur père a rendu l'âme. Je ne connais pas les détails, mais ils lui ont donné un ou deux jours de préavis pour vider les lieux, à Paris comme dans le Périgord. Ils l'ont aussi assignée en justice pour qu'elle restitue certains biens, en particulier des tableaux très chers. Ne pouvant rester à Paris à cause de cette affaire, elle a brûlé ses vaisseaux et décidé de venir ici. Où elle se retrouve à nouveau châtelaine, grâce à un autre beau mariage avec un homme adorable. Maxine est comme les chats : elle retombe toujours sur ses pattes et elle a neuf vies.

Simone sourit à Camille. Toutes deux sentirent qu'elles avaient trouvé en l'autre une alliée. La jeune femme n'en était pas moins suffoquée par ces révélations. Elle se demandait ce que son père connaissait vraiment de l'histoire de Maxine — sans doute pas grand-chose, sauf ce qu'elle avait choisi de lui raconter. Maxine se présentait comme la victime de beaux-enfants monstrueux, mais eux-mêmes devaient probablement en dire autant, sinon pire, d'elle.

— Mon père est tombé fou amoureux.

— Comme la plupart des hommes, dit Simone en hochant la tête. Elle sait y faire et elle les ensorcelle. Les hommes adorent les femmes dangereuses dans son genre. Elle a brisé le cœur du pauvre Stéphane quand elle l'a quitté et elle ne l'a jamais autorisé à revoir les garçons, alors qu'il les adorait, même si ce n'étaient pas les siens. Quant au père biologique, il ne les a jamais revus. Il s'est remarié assez vite et a déménagé à Londres où il travaille dans la finance. Lui et sa famille ne veulent rien avoir à faire avec les garçons ou leur mère. Maxine laisse toujours derrière elle un champ de ruines, mais ça ne la touche pas. Elle se réinvente assez facilement, la preuve ici. Elle doit probablement déjà être la coqueluche de la vallée de Napa, et je suis sûre que votre père a dû lui ouvrir toutes les portes.

C'était ce que Maxine attendait et exigeait de tous les hommes.

— Pas tout à fait, nuança Camille, qui digérait toutes ces informations. Mon père n'est pas aussi mondain qu'elle. Maxine essaie en ce moment de le convaincre de donner de grandes réceptions et de rencontrer des gens importants. Mais il est heureux chez lui. Avec ma mère, ils ne sortaient pas beaucoup.

— Elle ne le laissera pas conserver cette vie-là, ça ne sert pas ses intérêts, affirma Simone. Maxine cherche toujours mieux, une ouverture, une occasion favorable. Elle fonctionne comme ça.

Cette remarque inquiéta Camille.

— Vous croyez qu'elle quitterait mon père pour un autre ? demanda-t-elle dans un murmure, de crainte que quelqu'un n'entre à l'improviste et ne surprenne leur conversation.

— C'est possible, à moins qu'elle soit plus amoureuse que d'habitude, dit Simone après un temps de réflexion. Mais elle le quittera si une occasion en or se présente, elle est incapable d'y résister. Et les hommes riches ne doivent pas manquer par ici, ajouta-t-elle avec pragmatisme – elle n'était pas née de la dernière pluie.

Camille était atterrée. Elle ne souhaitait pas voir son père le cœur brisé.

— Les hommes qui tombent amoureux d'elle le font à leurs risques et périls. Généralement, ils le savent ou le pressentent, mais ils ne peuvent pas résister au pari. Elle les amène au bord de la folie, ce qui est toujours dangereux. Jeune fille, si jamais vous rencontrez un jour un homme qui vous chamboule au point que vous soyez prête à tout pour l'avoir, fuyez ! Ça finira mal. Maxine en est la version au féminin. Elle n'apporte rien de bon aux hommes qui l'aiment, pas plus qu'à ses fils. Seulement à elle-même.

Christophe ignorait certainement qu'il était le quatrième et non le troisième mari, Camille en aurait donné sa main à couper. Maxine avait effacé le deuxième de la surface de la terre, car quantité négligeable : il était pauvre. Ceux-là, elle ne les gardait pas longtemps.

— Maxine veut toujours un homme plus important, ou plus riche. Votre père devra se montrer très généreux pour la garder, déclara Simone qui, soudain, eut l'air gênée à l'idée d'en avoir trop dit, comme toujours.

— En ce qui me concerne, je me mets à table tôt, c'est l'âge... Et je suis du genre matinal. Alors vous pouvez passer quand bon vous semble.

Camille la remercia d'un sourire et elles retournèrent vers le cottage.

— Si vous voulez, je peux aller au château chercher de quoi dîner pour ce soir.

— Merci beaucoup, mais j'ai mangé plus que de raison pendant le vol. Les plateaux-repas étaient excellents. Cela faisait longtemps que je n'avais pas pris l'avion.

Elles étaient arrivées devant le cabanon.

— Alors c'est entendu ? Nous nous voyons demain ? Beaucoup de choses passionnantes nous attendent. Ce sera un échange de bons procédés : cuisine et langue françaises contre initiation à la vigne et au vin. C'est d'accord ? Et on se dira « tu » à partir de maintenant, décréta Simone en passant au français.

Elle regardait Camille avec des yeux pétillants de malice. La jeune femme éclata de rire.

— D'accord.

— Au fait, ne fais pas attention si Maxine t'annonce que je suis sénile. Elle doit être terrifiée à l'idée que je t'en dise trop. Elle n'a pas besoin de savoir de quoi nous parlons. Et je ne suis pas encore gâteuse, précisa Simone dans un rire, évoquant à nouveau la bonne marraine des contes de fées à Camille.

Quel drôle de petit bout de femme ! C'est du vif-argent, se dit la jeune femme qui, en un après-midi, en avait plus appris sur sa belle-mère qu'en plusieurs semaines, mais malheureusement rien qui la rassurât. Elle n'en toucherait pas un mot à son père, pour ne pas le blesser. En revanche, cela lui donnait matière à réfléchir.

— Si elle me demande, je lui dirai que nous avons joué avec la chienne et que nous nous sommes promenées, répondit-elle. Au fait, pourquoi Choupette ne l'aime pas ? Elle lui grogne dessus dès qu'elle l'aperçoit.

— Maxine lui a botté l'arrière-train une fois. Or Choupette non plus n'est pas gâteuse. Elle n'oublie jamais rien, expliqua Simone, dont l'hilarité gagna Camille.

Sur cette bonne humeur partagée, la vieille dame étreignit Camille, qui reprit le chemin du château d'un pas plus léger.

Peu après, Camille se préparait son dîner à la cuisine quand Maxine arriva pour ouvrir une bouteille de vin. Sa belle-mère ne dit rien pendant une minute, mais quand la jeune femme s'attabla avec son assiette, la voix qui s'éleva fut catégorique :
— Ne fais pas trop attention à ma mère. Elle a un début d'Alzheimer.

Camille hocha la tête comme pour approuver et raconta qu'elles s'étaient promenées du côté du poulailler, à la plus grande joie de Simone.

— Pas étonnant, dit Maxine d'un air méprisant, c'est une paysanne dans l'âme. Il n'y a qu'à voir son accoutrement de cet après-midi.

Son dégoût arracha un sourire à Camille, qui se contenta d'avaler son dîner sans plus de commentaires. Simone était une vieille dame à l'esprit affûté, qui connaissait sa fille sur le bout des doigts. Et désormais, c'était son amie. Elle avait une alliée contre sa belle-mère ! Pour la première fois depuis l'annonce du remariage de son père, Camille ne se sentait plus seule ni effrayée par l'avenir. Ce qu'elle avait appris sur Maxine n'avait pas de prix. Chaque mot de leur conversation était dorénavant gravé en elle. Juste au cas où.

## 10

Après son arrivée quelque peu étonnante, Simone prit très vite ses marques dans sa nouvelle maison. Jamais elle ne se plaignait de ne pas être au château. Elle n'aurait de toute façon pas voulu vivre dans une telle proximité avec sa fille. Le cottage lui offrait la liberté et l'autonomie.

Elle aimait partir pour de longues promenades dans le vignoble avec Choupette qui la précédait d'un pas sautillant, quand elle ne coursait pas les lapins. La vieille dame avait confié à sa jeune amie qu'elle trouvait ces paysages de vignes magnifiques et le pays fascinant – elle n'était jamais venue en Amérique et voilà qu'elle vivait dans l'une de ses plus belles régions ! Elle entretenait également le potager, dont elle avait complété les plantations, et Cesare l'avait emmenée choisir trois poules, de bonnes pondeuses, si bien que chaque jour Camille avait des œufs frais à rapporter au château.

Car contrairement à Maxine, qui vivait dans la splendeur à seulement quelques mètres, la jeune femme passait tous les jours au cottage après le travail. Elles prenaient une tasse de thé pendant que Simone fumait.

— Tu ne devrais pas, la grondait Camille, même si c'était elle qui lui avait fourni les cendriers, puisque Simone en avait besoin et qu'elle ne comptait visiblement pas s'arrêter – les cendriers étaient toujours à moitié pleins de mégots quand elle arrivait en fin d'après-midi.

— À mon âge, ça n'a plus d'importance. J'y gagnerais quoi ? Six ans d'existence, quand je peux très bien mourir de vieillesse demain ? répondait l'intéressée avec bonne humeur, tout en s'en grillant une autre.

Camille ne pouvait pas s'empêcher de sourire. Simone était vraiment craquante. Il n'y avait pas une once de méchanceté en elle, contrairement à sa fille qui n'était que calcul et égocentrisme.

— Je me demande d'où ça lui vient, s'étonnait Simone. Son père était le meilleur des hommes. Absolument adorable, gentil avec tout le monde. Nous nous connaissions et nous aimions depuis l'enfance, mais je n'étais plus toute jeune quand je suis tombée enceinte. Nous étions tous les deux si excités ! Seulement voilà, Maxine est née en colère, méchante et envieuse. Elle n'en a jamais assez et cela lui est égal de blesser quelqu'un si cela lui permet d'obtenir ce dont elle croit avoir besoin. Personne ne m'a jamais rien dit de positif sur elle. C'est triste. Peut-être qu'elle a hérité ces traits de caractère d'une lointaine ancêtre, qui empoisonnait ses amants et même ses proches, qui sait ?

On pouvait en effet se poser la question tant il était difficile de croire les deux femmes apparentées. Elles ne se ressemblaient même pas physiquement, entre les cheveux ébène de Maxine et la crinière flamboyante de Simone – qu'elle teignait maintenant. La vieille dame avait aussi des yeux d'un vert proche de celui des vignobles au printemps.

Quelques jours après son arrivée, Simone avait déballé quelques couleurs et de petits châssis entoilés qu'elle avait apportés, expliquant qu'elle peignait des paysages et les animaux. Camille évoqua alors sa mère, artiste, et lui promit de lui montrer les magnifiques fresques de Joy à l'intérieur du château.

— J'adorerais les voir, dit Simone avec chaleur.

Sous le feu de ses questions, Camille lui expliqua également au fil de ses visites la viticulture et ce que son père lui avait appris.

— Je le vois beaucoup moins maintenant. Il passe tous ses moments libres avec Maxine, confia-t-elle une fois.

— Il finira par se lasser d'elle : elle prend beaucoup d'énergie, avait répondu Simone.

Aucune des deux n'avait cependant anticipé ce que Camille découvrit un jour en rentrant du travail. Une peinture jaune pâle immaculée recouvrait les fresques de Joy. Maxine avait fait repeindre les murs en une journée ! Camille en eut le souffle coupé. Elle se précipita à la recherche de sa belle-mère et la trouva dans le bureau de sa mère, en train d'envoyer des mails.

— Comment avez-vous pu ? l'apostropha-t-elle, les larmes aux yeux.

— Pu quoi ? interrogea Maxine sans même tourner la tête.

— Repeindre les fresques de ma mère.

— Ton père a dit que cela lui était égal et c'est bien plus gai comme ça. Les fresques étaient déprimantes, sans compter qu'elles dataient, presque un quart de siècle.

— Je sais quel âge elles avaient, répliqua Camille dans un souffle – à peine quelques mois de plus qu'elle, puisque sa mère les avait réalisées tout en l'attendant. Mon père vous a vraiment dit que vous pouviez faire ça ?

— Quand je lui ai dit que je voulais mettre un peu de couleurs dans la maison, il a répondu qu'il n'y voyait pas d'inconvénient.

À l'évidence, Christophe n'avait pas bien compris son intention, car il fut aussi choqué que sa fille en rentrant à la maison. Maxine eut l'air blessée qu'il n'apprécie pas et lui enjoignit de ne pas en faire tout un plat.

— Tu traites cette maison comme un sanctuaire, lui reprocha-t-elle. Je vis ici désormais.

C'était vrai. Il n'ajouta rien. Plus tard, il monta voir Camille dans sa chambre.

— J'ai des photographies des fresques. Nous pourrons les faire repeindre, lui dit-il.

— Ce n'est pas la même chose, lâcha Camille, infiniment triste – sa mère avait réalisé les originales de ses propres mains et Maxine avait tout détruit.

Lorsqu'elle raconta l'incident à Simone, le lendemain matin, tout en prenant le petit déjeuner avec elle – on était samedi –, la vieille dame ne fut pas surprise.

— Cela ressemble bien à Maxine. Je suis sûre qu'elle ressent la présence de ta mère partout ici. Et chaque fois qu'elle te regarde. Elle peut être très méchante, tu sais. Méfie-toi d'elle.

Et c'était une mère qui disait cela de sa propre fille…

— Enfant déjà, elle pouvait être cruelle envers les autres et le jour où elle a donné un coup de pied à Choupette, c'était pour me blesser. Choupette ne lui a jamais pardonné, et moi non plus. Elle déteste les animaux, en particulier les chiens.

Pour ne pas ajouter davantage à la détresse de sa jeune amie, elle changea de sujet :

— Ce soir, il est prévu du hachis parmentier. Tu vas te régaler !

Jusqu'ici, Camille avait eu droit à de la cervelle et à des tripes, et ces plats ne l'avaient pas encore convaincue de la suprématie culinaire française.

— Ce sont quels abats, cette fois ? demanda-t-elle d'une voix peu enthousiaste, qui arracha un gloussement à Simone.

— Allons, un peu de courage ! Il ne s'agit que de canard servi avec de la purée et de la truffe noire.

Elle en avait trouvé à Yountville, puisque c'était la saison. Le magasin importait aussi de la truffe blanche d'Italie. Maxine et Christophe s'en étaient régalés lors d'un dîner gastronomique à la French Laundry et comme Maxine avait dit qu'elle adorait ça, Christophe en avait commandé pour elle. Comme l'avait prédit Simone, il ferait tout pour la contenter. Or il en fallait beaucoup pour satisfaire Maxine et lui rendre justice à la mesure de ce qu'elle pensait mériter. Christophe lui achetait souvent du caviar et il rapportait du crabe frais de San Francisco – Maxine adorait ces petits plaisirs, tout en gardant une ligne de mannequin.

Ce jour-là, Camille se rendit à Saint Helena afin de faire entre autres de menus achats pour Simone – elle était bien volontiers devenue son garçon de courses, puisque Maxine ne faisait jamais rien pour elle et que Christophe avait été très pris avec les prochaines vacances de Noël et l'événementiel au domaine. Marchant dans la rue, elle s'entendit soudain hélée du trottoir d'en face : c'était Phillip Marshall, qu'elle n'avait pas revu depuis l'été. Son père lui avait appris ses fiançailles, mais il était seul, en route pour la quincaillerie. Cette rencontre inopinée la réjouit.

— Alors, ta nouvelle belle-mère ? lui demanda Phillip quand il l'eut rejointe.

— Ça demande un petit temps d'adaptation, dit-elle en tâchant de conserver un ton neutre – elle ne voulait pas se plaindre, pour ne pas trahir son père, mais le jeune homme lut la vérité dans son regard.

Il était cependant loin de tout deviner, par exemple le fait que Camille devait s'adapter à un environnement francophone. Christophe et Maxine parlaient en effet tout le temps français, même devant elle, sa belle-mère refusant catégoriquement d'utiliser l'anglais. Elle reprenait même Christophe quand il l'employait. Ils étaient tous les deux français, alors pourquoi parlait-il anglais ? disait-elle. Lorsqu'il lui rappelait que Camille ne maîtrisait pas totalement la langue de Molière et qu'ils étaient en Amérique, elle se fâchait et continuait de s'adresser à lui en français, si bien qu'il finissait par faire la même chose.

— En revanche, j'ai une super nouvelle grand-mère française : la mère de Maxine, dit-elle avec un large sourire. C'est un sacré personnage. Il faut que tu la rencontres. Elle fume comme un pompier, boit du vin et me prépare de drôles de plats français. Elle a 87 ans, des cheveux rouges, une drôle de petite boule de poils en guise de chien et c'est une artiste.

— Eh bien ! C'est déjà ça. Que faites-vous pour Noël ? Vous venez à notre fête ?

— J'espère. Les deux fils de Maxine seront là. Ça va être intéressant, dit-elle d'un ton qui contredisait ses propos – il voyait bien qu'elle n'était pas heureuse et elle avait l'air vidée.

— Amène ta nouvelle grand-mère, suggéra-t-il.

— Maxine et sa mère ne s'entendent pas. Je ne suis pas sûre que ce sera possible, dit-elle, hésitante.

— Assure-toi juste de venir toi. Francesca, ma fiancée, sera là. Je voudrais te la présenter. Tu vois quelqu'un en ce moment ? lui demanda-t-il, soudain frappé par sa beauté et sa maturité – lui qui la voyait encore il y a peu comme la petite fille de toujours.

C'était une adulte à présent.

— Je n'ai pas le temps. Il y a trop à faire au domaine, répondit-elle. Notamment convertir mon père aux réseaux sociaux. Je voudrais aussi développer le secteur des mariages. C'est lucratif, mais lui trouve que c'est une prise de tête.

La vallée de Napa était très courue pour ce genre d'occasions. Les Japonais venaient de la découvrir et débarquaient en horde pour s'y marier – une manne pour le Meadowood aussi, car cette clientèle adorait jouer au golf.

— Ce n'est pas une prise de tête, si c'est bien fait. Nous-mêmes, ça nous rapporte une fortune. Nous avons délégué la chose à quelqu'un qui s'occupe de tout. Elle est zinzin, mais c'est une pro, dit Phillip, impressionné que Camille tente de moderniser l'entreprise et l'image du domaine. Au début, papa et moi n'étions pas d'accord sur le concept, mais il a reconsidéré sa position quand il a vu ce que ça nous rapportait ! J'imagine que les vieux n'aiment pas l'idée, parce que ce sont des puristes pour qui tout ce qui n'est pas du vin pue, mais aujourd'hui, c'est un secteur en pleine expansion et une source importante de revenus à côté de laquelle on ne peut pas passer.

Elle hocha la tête, contente d'avoir son approbation. Ils discutèrent encore quelques minutes et il la quitta, non sans lui lancer :

— J'espère que tu pourras venir à la fête !

Camille alla à la pharmacie prendre du dentifrice pour Simone, tout en se demandant à quoi pouvait ressembler la fiancée de Phillip. Une demi-heure plus tard, elle était de retour au château. Maxine et son père étaient partis pour la journée à Calistoga, où un déjeuner se tenait dans un domaine viticole. Maxine continuait d'insister pour que Christophe organise des mondanités. Résultat : une semaine avant Noël, il y aurait une réception au chai et Maxine était parvenue à le convaincre de donner un petit dîner au château, pour quelques-uns des milliardaires qui avaient récemment acheté des maisons dans le coin. Elle avait retenu les traiteurs les plus chers de la vallée et invité les plus gros patrons de la haute technologie ainsi que leurs épouses. L'événement la mobilisait entièrement. Christophe avait accepté l'idée pour lui faire plaisir, car à titre personnel il s'en moquait éperdument. Lui-même aurait nettement préféré un dîner informel avec d'autres producteurs et ses bons amis. Mais Maxine nourrissait des ambitions sociales bien plus élevées.

Lorsque arriva le soir du dîner, tout était parfaitement apprêté : la table de la salle à manger resplendissait de leur plus belle argenterie et de leur plus fin cristal, dressés sur une nappe en dentelle héritée de la grand-mère de Joy et habituellement réservée à Thanksgiving et Noël. Quand Christophe mentionna ce fait, l'air inquiet, Maxine répliqua qu'elle l'ignorait. Elle avait rédigé à l'encre marron les cartons de chacun des invités et, quand Christophe fit le tour de la table pour en admirer les orchidées miniatures disposées dans une série de petits vases, il s'aperçut tout à coup qu'il n'y avait aucun carton au nom de sa fille.

— Pourquoi Camille ne dîne-t-elle pas avec nous ?

— Mais, chéri, elle est si jeune, dit Maxine, les yeux écarquillés d'une surprise feinte. Je ne croyais pas que tu la voudrais parmi nous. Et il s'agit de gens très importants.

Certains des plus grands créateurs d'entreprise high-tech avaient dit oui.

— Camille participe toujours à toutes les réceptions que nous donnons ici, la contra Christophe.

Pour lui, sa présence tombait sous le sens – elle occupait une part si importante dans sa vie. Cela semblait tellement évident qu'il n'avait pas pensé à le préciser à Maxine. Cela n'arriverait plus.

— Mets donc une assiette pour elle. Je monte tout de suite la prévenir, dit-il, mais Maxine l'arrêta immédiatement par une main posée sur son bras.

— Impossible ! Nous serions treize à table. Tu peux être certain que quelqu'un refusera de s'asseoir, voire partira. On ne peut pas faire ça. Elle se joindra à nous la prochaine fois.

Se sentant infiniment coupable pour cette exclusion, Christophe alla trouver Camille afin de s'en excuser.

— Ma chérie, je suis désolé. C'est ma faute si Maxine ne t'a pas comptée ce soir. Je ne lui avais pas dit que tu étais de tous les événements ici. Et puis, elle a pensé que les invités te raseraient. Ils risquent fort de me soûler moi aussi, confia-t-il d'un air sombre.

Tous les deux éclatèrent de rire à cette vérité et elle le rassura, sans lui dire que cette mise à l'écart n'était pas surprenante venant de Maxine et que cela faisait des semaines qu'elle-même était au courant. Elle avait d'ailleurs supposé qu'il l'était aussi. Maintenant, ne connaissant aucun des invités et rien sur eux excepté ce qu'elle avait lu sur Internet, être exclue était loin de la chagriner !

Quelques minutes plus tard, elle sortit rejoindre Simone au cottage. Choupette se tortilla de joie en la voyant et Camille lui donna une friandise qu'elle sortit de sa poche. Elle raconta ensuite sa mise à l'écart à Simone, qui ne marqua aucune surprise avant d'enchaîner :

— Ma chérie, je t'ai mitonné quelque chose de spécial ce soir, dit-elle, la cigarette au bec, tout en retirant une cocotte du four.

— Qu'est-ce que c'est ? demanda Camille, dont la confiance en la cuisine française avait été rétablie par le hachis parmentier.

— Des rognons, annonça la vieille dame avec l'emphase qui s'imposait. D'après une recette de ma mère, ajouta-t-elle, rayonnante, en lui en servant une généreuse portion.

Depuis l'arrivée de Simone, Camille se nourrissait exclusivement de plats traditionnels français. Si, au départ, elle avait dîné avec elle davantage pour sa compagnie que pour sa cuisine, au fil des repas et à sa grande surprise, elle avait pris goût aux recettes campagnardes que Simone affectionnait et qu'elle surnommait « cuisine de grand-mère ».

— La prochaine fois, je te ferai des pieds de porc, ou alors des cuisses de grenouille. Je verrai, reprit Simone d'un ton songeur, alors qu'elles prenaient place à table.

— Les cuisses de grenouille, je préférerais éviter si ça ne te fait rien : j'en ai mangé une fois et c'était vraiment mauvais.

— Mais ça a le même goût que le poulet !

— Sauf que ça n'en est pas. Et les Chinois disent la même chose du serpent.

— Très bien. Alors puisque tu fais la difficile, on se rabattra sur des escargots.

— Non. La semaine prochaine, nous aurons de la dinde et ce sera mon père qui la préparera. Parce que c'est Thanksgiving, dit Camille d'un ton catégorique.

— Quésako ?

— Thanksgiving est une fête par laquelle on rend grâce de tous les bienfaits reçus dans l'année.

— Ah, voilà une idée qui me plaît ! C'est très touchant.

— En Amérique, c'est la fête de famille par excellence. Elle est presque aussi importante que Noël.

— Maxine va adorer, commenta Simone.

Ce constat laconique les fit rire de bon cœur. Simone poursuivit :

— Elle a de quoi rendre grâce, en effet : elle a rencontré ton père. Sans lui, c'était le Secours populaire. Elle était presque sans le sou quand elle l'a croisé. J'avais trois mois de loyer en retard à cause d'elle. J'ai bien cru qu'ils allaient m'expulser – heureusement, on ne fait pas ce genre de chose aussi facilement en France. Mais ça aurait pu arriver. Maxine a dépensé presque tout ce qu'elle a pu extorquer aux enfants de Charles par son chantage.

— Quel chantage ? demanda Camille, d'autant plus spontanément que Simone, véritable mine d'informations accablantes sur Maxine, semblait en veine de confidences ce soir-là.

— Elle a menacé de les traîner en justice et de leur contester le château. Elle n'aurait pas gagné, évidemment, puisqu'ils en possédaient les trois quarts selon la loi. En France, le droit des successions privilégie toujours les enfants. Mais le dossier se serait embourbé pendant cinq, dix ans, or elle savait qu'ils ne voulaient pas de ce scénario et qu'ils souhaitaient disposer du château. Pour faire pression sur eux, elle a menacé en plus de révéler leurs secrets de famille à la presse. Rien n'arrête Maxine quand elle se met en campagne. Ils ont cédé, juste pour qu'elle leur fiche la paix, et ils ont même dû racheter certaines des toiles qui leur revenaient de droit. Tout cela est assez infâme. Pour couronner le tout, elle a quand même parlé à la presse. Autant te dire qu'ils étaient furieux. Et heureux de s'en débarrasser à n'importe quel prix. J'avoue qu'il est assez pénible d'avoir une fille dont tout le monde pense tant de mal. Quand elle était petite, je n'arrêtais pas de m'excuser pour elle. Aujourd'hui, je suis sûre que je n'en connais pas la moitié, et c'est sans doute mieux ainsi. J'espère juste qu'ici elle se conduit bien.

Maxine n'avait aucune raison de mal se comporter, Christophe lui accordant tout ce qu'elle demandait. Elle disposait grâce à lui de cartes de paiement chez Neiman Marcus, Barneys et Saks à San Francisco, donc elle pouvait faire du shopping, et il lui avait donné une carte de crédit pour les autres types de dépenses. Par ailleurs, il ne lui posait aucune question sur les débits constatés sur ses comptes à lui – le dîner qu'ils donnaient ce soir-là valait une fortune. Même constat pour la fête de Noël au chai, habituellement chapeautée par Camille, mais que Christophe avait confiée cette année à Maxine, pour qu'elle ait un projet. Elle en avait déjà triplé les coûts. À lui seul, l'arbre de sept mètres dressé dans la cour allait leur coûter dix mille dollars et les décorations, cinq mille de plus. Heureusement, Christophe pouvait se le permettre, et Camille lui rappelait qu'ils pourraient déduire tout cela de leurs charges professionnelles, mais dépenser autant d'argent quand ce n'était pas nécessaire n'en allait pas moins à l'encontre de ses principes. Ils avaient jusqu'alors toujours réussi à donner des fêtes extraordinaires avec des budgets plus réduits. Avec Maxine, tout prenait des proportions extravagantes et somptuaires. Elle adorait paraître. Son objectif assumé était que Christophe donne les plus belles réceptions de la vallée et devienne célèbre pour ça. Lui-même se disait heureux de laisser cette distinction à Sam Marshall, mais pas elle, loin de là ! Elle voulait être la maîtresse de maison la plus en vue du comté de Napa. Rien de tout cela ne surprenait Simone.

Deux jours plus tard, Camille lut sur un blog consacré aux nouvelles de la vallée une description dithyrambique de leur dîner. L'auteur en rajoutait tellement sur le côté élitiste, intime et privilégié que Camille eut la très nette impression que c'était Maxine elle-même qui l'avait rédigé.

Cette année-là, leur repas de Thanksgiving fut beaucoup plus chic que d'ordinaire, car Maxine avait tenu à engager un traiteur malgré les protestations de Christophe qui adorait préparer la dinde lui-même. Elle avait insisté pour faire appel à un traiteur français et avait invité deux couples que ni Camille ni Christophe ne connaissaient. Comme leurs hôtes étaient italiens et français, la conversation au dîner se déroula entièrement dans ces deux langues. Camille était la seule Américaine à table. Simone était présente, bien sûr, prête à vivre un repas tel que décrit par sa jeune amie. Quelle ne fut pas la surprise de celle-ci, comme de son père, quand des blinis et du caviar furent servis en entrée ! Arriva ensuite du faisan au lieu de la dinde en plat de résistance. Lorsque le dîner toucha à sa fin, Camille refoulait ses larmes. Aucun des plats traditionnels qu'elle avait détaillés pour Simone n'avait été posé sur la table. Il ne s'agissait que d'un dîner chic de plus au milieu d'étrangers. Une fois Simone partie, Camille monta dans sa chambre en pleurant. Christophe la trouva allongée sur son lit en train de sangloter. Sa mère lui manquait tant ! Plus rien dans leur maison n'était familier.

— Pourquoi est-ce que tu l'as laissée faire ça ? accusa-t-elle cette fois. Thanksgiving est spécial. C'est sacré ! Il s'agit de nos traditions et elle passe allègrement par-dessus.

— Je ne savais pas qu'elle allait faire ça. Elle ne m'en avait pas parlé. Elle avait juste dit qu'elle voulait nous faire une surprise. Maxine n'a pas conscience de ce que représente Thanksgiving pour nous.

— Pourquoi est-ce que tout doit être différent maintenant ? Et surtout chic, histoire qu'elle puisse se distinguer !

Quand il la prit contre lui, elle ressemblait à une petite fille. Il avait mal pour elle. Joy lui manquait à lui aussi. Bien sûr que Maxine était complètement différente, mais il ne doutait pas qu'elle voulait juste lui plaire. Il n'y voyait pas de malice.

— On aura de la dinde à Noël, je te le promets.

— C'était un Thanksgiving de cauchemar, dit Camille avec tristesse.

Leur deuxième sans sa mère, et ce repas ridiculement sophistiqué et étranger ne faisait que rendre la perte plus prégnante encore. Elle était fatiguée de Maxine et des constants changements dans leur quotidien – jamais pour le mieux. Et son père changeait lui aussi. En essayant de faire le bonheur de Maxine, il perdait de vue sa fille et ce dont elle avait besoin. Maxine lui répétait que Camille devait grandir et s'habituer à vivre sans sa mère. Mais elle allait trop vite, il le voyait bien. En six semaines, elle avait déjà procédé à des changements radicaux, dont les fresques de Joy avaient fait les frais, ce qui les avait tous les deux secoués. Il lui demanderait de ralentir un peu.

— On ne parle même plus anglais ici, reprocha Camille, et il ne put le nier.

Maxine était plus à l'aise en français. Elle se plaignait aussi constamment de Raquel, qui était avec eux depuis treize ans. Christophe voyait bien où cela pouvait les mener. Mais il comptait la prévenir que Raquel faisait partie de la famille et qu'il ne changerait pas de gouvernante. Elle ne lui en laissa pas le temps.

Le lundi suivant, il rentra à la maison pour trouver une inconnue en train de préparer le dîner, une Française du nom d'Arlette, engagée par Maxine. Celle-ci l'informa qu'elle avait surpris Raquel en train de voler un sac Hermès Birkin et qu'elle l'avait renvoyée sur-le-champ – au grand dam de Camille qui sanglotait dans sa chambre. Maxine refusa tout net de reprendre Raquel. Elle fit même une scène. Christophe céda : il envoya à leur ancienne gouvernante un mot d'excuse accompagné d'un chèque correspondant à trois mois de gages. Camille était dévastée de perdre quelqu'un de si important dans sa vie – Raquel avait été engagée pour prendre soin d'elle quand elle était petite. Comme Maxine continuait à soutenir que c'était une voleuse et qu'elle avait de la chance de ne pas avoir été livrée à la police, Camille finit par déclarer qu'elle ne lui pardonnerait jamais et elle trouva refuge au cottage encore plus souvent.

Deux jours plus tard, les deux fils de Maxine arrivaient. À partir de ce moment, tout ne tourna plus qu'autour d'eux. Maxine les traitait comme des princes. Alexandre avait 26 ans et Gabriel, 24. C'étaient de beaux jeunes gens, mais trop gâtés. Quand ils voulaient quelque chose, ils se servaient sans demander.

Camille faillit tourner de l'œil en voyant Gabriel au volant de l'Aston Martin, objet sacré aux yeux de son père. Maxine l'avait autorisé à la prendre.

— Je ne crois pas que ce soit une bonne idée, l'interpella Camille au moment où Gabriel démarrait à vive allure.

Une heure plus tard, il éraflait une aile et la portière dans le parking du chai. Entendant le bruit, Christophe sortit immédiatement voir de quoi il retournait. L'air ennuyé, Gabriel affirma que quelqu'un s'était garé trop près et que ce n'était pas sa faute. Il ne présenta aucune excuse. Que Christophe garde son calme fut une grande preuve de son amour pour la mère du jeune homme, mais il fulminait lorsqu'il regagna son bureau. Pour Maxine, ses garçons étaient des saints qui ne faisaient jamais rien de mal.

Les deux « garçons » prirent possession du château, jusqu'à piocher dans les meilleurs vins de Christophe sans l'avertir. Ils allèrent plusieurs fois en boîte de nuit à San Francisco. Soudain, la maison semblait déborder de testostérone. Christophe ayant demandé à Maxine de prévoir un dîner avec Camille, elle s'exécuta. Tous les quatre ne parlèrent que français, et Alexandre se permit de faire des remarques salaces à Camille en anglais – il la trouvait visiblement à son goût. Gabriel se contenta de l'ignorer, quand il ne se montrait pas grossier.

Depuis leur arrivée, aucun des deux n'avait daigné rendre visite une seule fois à leur grand-mère, qu'ils appelaient « la vieille » sans que Maxine les reprenne. Elle les trouvait charmants et très amusants. Camille pensait tout le contraire. Quant à Christophe, il essayait de ne pas critiquer ses beaux-fils pour ne pas causer de problèmes, mais ils étaient si mal élevés, arrogants, grossiers et insolents, qu'il prenait vraiment sur lui pour ne pas exploser.

Camille trouvait asile chez Simone, qui elle non plus n'avait pas l'air pressée de voir ses petits-fils. Elle savait quel genre de ravages ils pouvaient causer, surtout en duo. Or ils étaient là pour un mois ! Alexandre se trouvait en effet entre deux boulots et Gabriel avait sept semaines de vacances universitaires. Ni l'un ni l'autre n'était vraiment pressé de retourner en France, et ils parlaient plutôt d'aller skier à Squaw Valley. Venus en Amérique apparemment sans un sou, tous deux empruntaient constamment à leur mère l'argent de Christophe. De l'avis de Camille, tout ça tenait du cauchemar. Elle ne savait pas ce que son père en pensait, et ne voulait pas le lui demander, mais quand il rentrait le soir, il avait l'air stressé à l'idée de découvrir le dernier désastre provoqué par les jeunes gens.

Un soir à table, Maxine mentionna au détour de la conversation qu'Alexandre cherchait du travail : Christophe ne pourrait-il pas lui trouver quelque chose au domaine ? Cette fois, Camille répondit avant que son père puisse ouvrir la bouche :

— Il n'a pas de carte verte, dit-elle, insensible au regard noir de sa belle-mère.

— Je suis mariée à ton père désormais, je suis sûre que cela fait une différence.

— Pas pour l'immigration, répliqua Camille. Seul un mineur pourrait obtenir une carte verte, si vous en aviez une vous-même. En tant qu'adulte, ça n'est possible que par mariage ou par tirage au sort, sur demande, et il faut l'attendre dans son pays d'origine. Ça prend des années.

Avec le nombre d'ouvriers agricoles mexicains qui travaillaient pour eux, Camille connaissait toutes les règles et les politiques d'immigration, à l'instar de son père.

— Enfin, Château Joy n'embauche pas d'étrangers en situation irrégulière, conclut Camille pour achever de lui brosser le tableau et faire en sorte qu'il n'y ait aucun doute possible quant aux chances d'emploi chez eux pour Alexandre.

— Je crains qu'elle n'ait raison, renchérit Christophe.

De toute façon, Alexandre ne connaissait rien au secteur viticole et ne semblait pas passionné. Il n'avait montré aucun intérêt pour le domaine ni fait savoir qu'il souhaitait y travailler, même s'il pouvait dire que ça rapportait, vu les cadeaux somptueux reçus par sa mère ou encore le grand pied sur lequel ils vivaient. En apprendre davantage sur l'entreprise ne l'intéressait pas, il ne comptait pas chercher un emploi aux États-Unis. Vivre aux crochets de son beau-père, sans aucune honte ni gratitude, lui suffisait amplement. Cette attitude contrevenait à toutes les valeurs de Christophe et de Camille.

En plus de trouver ses quasi-frères artificiels, dépravés et mal élevés, elle les soupçonnait de falsifier la vérité sur leur parcours. Dans la version officielle d'Alexandre, il était question d'un poste dans une banque parisienne. Le jeune homme avait annoncé en arrivant qu'il en avait eu assez et avait démissionné juste avant son départ pour la Californie, afin de pouvoir saisir de meilleures occasions. L'interprétation de Simone était tout autre. Pour elle, on l'avait sans doute remercié. Il n'avait jamais pu conserver un emploi depuis la fin de ses études et, plus jeune, il avait été renvoyé de toutes les écoles où on l'avait inscrit. Enfant, il voulait être play-boy – mais jusqu'à maintenant, personne ne s'était présenté pour subventionner cette ambition. Ses précédents emplois lui avaient été trouvés par le dernier mari de Maxine. Alexandre sortait systématiquement avec des filles nanties, dont les parents l'invitaient à partager leurs vacances de luxe. Il n'était jamais réinvité. Il trompait par ailleurs allègrement toutes ses petites amies. Pas vraiment le gentil garçon, donc. Simone avait prévenu Camille que c'était la copie conforme de Maxine. Quoique aussi beau que son frère, Gabriel était moins brillant et beaucoup moins séduisant. Lui aussi avait été renvoyé des meilleurs établissements malgré toute la fortune du défunt comte. On l'avait expulsé pour tricherie et trafic de drogue. Ils formaient une belle paire d'enfants terribles.

— Il n'y en a pas un pour rattraper l'autre, disait leur grand-mère.

Simone n'était fière ni d'eux ni de sa fille sur les traces de laquelle ils marchaient. À la différence près que Maxine était beaucoup plus enjôleuse, déjà à leur âge. Elle usait de son charme et de son esprit pour parvenir à ses fins.

— J'ai entendu dire que Gabriel avait abîmé la voiture de ton père, dit-elle avec regret, désolée que son nouveau gendre ait à supporter ses petits-fils.

— Comment l'as-tu appris ? s'étonna Camille, qui ne lui avait pas encore parlé de cet incident tout récent.

— C'est Cesare qui me l'a dit quand il est passé me déposer des fruits et quelques bouteilles de château-joy – au passage, les vins de ton père sont excellents, aussi bons que les meilleurs crus français. Bref, je ne sais pas pourquoi, mais je n'aime pas le bonhomme, même s'il se montre très courtois, dit-elle tout en s'allumant une cigarette, l'œil à moitié fermé pour se protéger de la fumée.

— Ah bon ? s'enquit Camille, intriguée par cette remarque.

— Oui. C'est sans doute idiot, puisque j'ai cru comprendre qu'il est là depuis toujours, mais il ne m'inspire pas confiance. Il a quelque chose de sournois, on dirait un serpent qui se faufile dans les herbes.

La comparaison amusa Camille par sa justesse. Simone était vraiment observatrice et intuitive.

— Je ressens la même chose, et ma mère ne l'a jamais apprécié non plus. Mes parents se disputaient toujours à son propos. Mais mon père aime beaucoup Cesare, il dit que c'est un brillant vigneron, alors il tolère ses écarts.

— Maxine l'adore et il fait tout pour être dans ses bonnes grâces. Pour moi, c'est le signe qu'il y a un os.

Simone possédait l'art de mettre à nu le cœur des gens en traversant toutes les couches de protection et de fausseté qui l'enrobaient, comme le ferait un scalpel ou comme si elle avait des rayons X à la place des yeux. Elle était loin d'être sénile. Au contraire, son esprit était aussi affûté qu'une lame de rasoir et elle voyait tout, même chez les siens.

Ses petits-enfants multipliaient les exploits : quelques dégâts mineurs par-ci par-là, une course de voitures à travers la vallée dans une Ferrari que Maxine avait louée pour eux aux frais de Christophe. Ce dernier laissait faire pour ne pas donner lieu à une escalade de critiques réciproques entre Maxine et lui à propos de leurs enfants respectifs. Mais la vie au château s'en trouvait quelque peu tendue, et Camille était heureuse de s'échapper dès qu'elle le pouvait dans sa chambre ou au cottage.

Les garçons avaient fini par passer prendre le thé avec leur grand-mère. Une fois. Ils lui manquaient ouvertement de respect et avaient rapporté à leur mère qu'elle avait l'air plus folle que jamais avec ses cheveux en bataille, son roquet et ses poulets. Les bottes en caoutchouc qu'elle s'était achetées à Saint Helena pour travailler dans le jardin n'arrangeaient pas les choses et ils convenaient volontiers avec leur mère si élégante que Simone ne ressemblait à rien. Eux-mêmes possédaient une garde-robe aussi onéreuse que celle de Maxine – ils ne portaient que du Hermès – et, comme elle, ils étaient en complet décalage avec l'environnement de la vallée de Napa. Au prisme de leur grille de lecture, ils n'étaient guère impressionnés par Christophe qui, malgré sa fortune et sa réussite, n'avait à leurs yeux aucun style. Il s'habillait comme un paysan pour aller travailler et sa fille ne valait pas mieux, même si Alex lui reconnaissait une certaine joliesse. Il affirma un jour que ses tenues insipides cachaient de jolies formes et que passer la nuit avec elle ne lui déplairait pas. Ce fut la seule fois où sa mère le rappela à l'ordre. Elle ne voulait pas de problème avec Christophe sur ce sujet : pour lui, sa petite chérie était une sainte. Si Alexandre voulait coucher avec quelqu'un, ce n'étaient pas les filles qui manquaient.

À la fête de Noël au chai, les garçons se distinguèrent à nouveau. Ils étaient ivres et firent des avances à plusieurs femmes, émoustillées par ces Français très sexy. La réception n'en fut pas moins un succès. Maxine était aux anges et tous les invités, ravis. Seule Camille s'inquiétait encore du budget pharaonique que cela avait représenté. Son père lui dit de ne pas s'en soucier. Ils pourraient toujours revenir à un coût plus raisonnable l'année suivante. D'ailleurs, leur vendange ayant été exceptionnelle, ils pouvaient se permettre ce dépassement somptuaire, qui avait en plus contribué à préserver la bonne humeur de Maxine.

Pour Noël, Simone se joignit à eux. Elle portait une robe de velours noir à col de dentelle et boutons de perle, avec aux pieds des Mary Jane en cuir. On aurait dit une petite fille.

— Tu n'avais rien de mieux à te mettre, maman ? lui demanda Maxine.

Avec sa longue jupe de velours rouge, son pull angora noir et ses diamants aux oreilles, elle-même semblait comme d'habitude sortie d'une couverture de *Vogue*. Les trois hommes étaient en blazer, et Camille avait opté pour une robe de velours vert sapin qui lui allait à la perfection et que Joy portait chaque Noël. Elle l'avait choisie pour rappeler sa mère à son père. De fait, il eut les larmes aux yeux en la voyant et il lui fit un petit signe de la tête. Joy était avec eux en cette occasion, malgré la présence envahissante de Maxine.

Au repas, celle-ci se joua à nouveau d'eux sous le prétexte d'une autre « surprise » : elle avait commandé de l'oie au lieu de la dinde. La volaille était grasse et mal préparée, car inconnue de la cuisinière. Camille ne put en avaler une bouchée et les autres n'essayèrent même pas. Cette fois cependant, elle ne pleura pas. Noël se révélait décevant, mais elle s'était faite à l'idée que tout désormais serait différent. C'était ainsi.

Tout en sachant que ce ne serait pas un moment de plaisir, elle avait tenu à jouer le jeu et avait cherché un cadeau pour chacun. Pour Maxine, elle avait trouvé un pull en cachemire à Saint Helena. Sa belle-mère ne cacha pas le peu de cas qu'elle en faisait en le lançant négligemment de côté sitôt le paquet ouvert – par la suite, elle l'offrit à la femme de ménage. Pour son père, elle avait acheté une doudoune à porter dans les vignes. Il s'en montra ravi. Enfin, elle avait remué ciel et terre pour dénicher à Simone un briquet en or et émail rouge, dont la vieille dame tomba instantanément amoureuse – d'après elle, on ne lui avait jamais fait de cadeau aussi beau. Camille avait ajouté un petit pull rouge pour Choupette, avec une laisse et un collier assortis. Ultime élégance de sa part : à chacun de ses frères par alliance, elle offrait une bouteille de champagne Cristal. Eux n'avaient rien prévu pour elle. Simone lui offrit une petite peinture du château, qu'elle avait réalisée elle-même. De Maxine, elle reçut une pochette de soirée en sequins rouges que sa belle-mère avait choisie parmi sa collection de sacs et dont elle savait que Camille ne ferait rien. Et de son côté, Christophe avait sorti du coffre l'un des bracelets en or de Joy pour le lui offrir, en plus d'un magnifique manteau noir de chez Neiman. Pour Maxine, il avait choisi un bracelet en diamants de chez Cartier, qu'elle passa immédiatement à son poignet, visiblement enchantée. Elle n'avait rien prévu pour sa mère et réciproquement. En revanche, elle tendit un paquet à Christophe : une Rolex. Il parut très heureux de ce choix et l'enfila aussitôt par politesse, non sans retirer l'ancienne avant – un cadeau de Joy.

Camille ressentit un énorme pincement au cœur en voyant l'objet disparaître dans la poche de son père.

La soirée se termina tôt. Tout le monde était fatigué et les deux garçons partaient de bonne heure le lendemain au lac Tahoe. Noël était derrière eux et ils avaient survécu. Que demander de plus ?

Les fils de Maxine seraient partis jusqu'au nouvel an inclus. Tous deux étaient des skieurs émérites et avaient hâte de dévaler les pistes. Il ne leur avait toutefois même pas traversé l'esprit de proposer à Camille de les accompagner. En toute honnêteté, elle s'en félicitait, car elle préférait de loin profiter de leur absence pendant dix jours, sans compter qu'elle avait déjà prévu de réveillonner avec trois amis d'école, dont Florence Taylor.

Pour le nouvel an, Maxine aurait bien voulu organiser un dîner mais comme Christophe partait tôt le lendemain pour la France, il avait clairement fait savoir qu'il souhaitait passer une soirée tranquille à la maison avec sa femme. Elle avait eu beau insister, il avait cette fois tenu bon, contrairement à d'autres occasions comme la grande fête de Noël des Marshall, une tradition qu'il adorait, mais qu'il avait sacrifiée pour se rendre en smoking à la réception donnée le même soir par les amis suisses de Maxine. Soutenir une vie sociale au rythme de sa femme n'était pas facile pour lui, qui jonglait avec le travail et les voyages. Maxine, elle, n'avait rien d'autre à faire. Mais Christophe était prêt à tout pour la satisfaire.

Vivre avec Maxine qui imposait ses quatre volontés et sa façon de faire était déprimant pour Camille et parfois épuisant pour Christophe. Lui qui avait caressé l'espoir de conserver leurs vieilles traditions familiales pour les fêtes en avait été pour ses frais. Cette période s'était révélée extrêmement tendue pour lui, tiraillé qu'il était entre le souci de bien faire et celui de contenter tout le monde. Il voulait respecter les besoins de Maxine, ceux de sa fille, accueillir correctement ses beaux-fils... Résultat, en cette nuit de Noël, il avait l'air vidé.

Comme Maxine le relançait à propos du réveillon qu'il refusait qu'elle organise, il la réduisit au silence par un baiser et l'attira au lit. Non, ce n'était pas le genre de Noël qu'il avait espéré. Tout en la serrant dans ses bras, il prit conscience que le quotidien avec elle s'apparentait aux montagnes russes : à la fois excitant et stressant. Elle était merveilleuse, mais indéniablement pénible. L'aimer, c'était comme essayer de tenir un ouragan en laisse sans être emporté.

11

Contrairement à la folie de Noël, la semaine entre les deux fêtes se déroula sans histoires. Il plut la plupart du temps et, sans Gabriel ni Alexandre, la maison avait retrouvé son calme. Les deux frères s'amusaient apparemment comme des fous et multipliaient les conquêtes. Quand ils demandèrent à leur mère s'ils pourraient revenir avec deux d'entre elles au château, elle les en dissuada aussitôt : même si Christophe serait parti en voyage, Camille pourrait toujours lui en toucher un mot et il ne fallait pas pousser le bouchon trop loin. Leur beau-père s'était montré très accueillant et généreux jusque-là, payant toutes leurs dépenses depuis leur arrivée, billets d'avion compris et séjour au lac Tahoe en sus. Maxine sentait que les incidents provoqués par ses fils, les dégâts sur ses voitures et autres biens, et le fait d'avoir constamment du monde chez lui commençaient à entamer la patience de Christophe. Il se maîtrisait parfaitement mais avait l'air épuisé et ne trouvait plus aucune paix au château. Pas plus que Camille. Maxine et ses fils avaient pris possession de chaque centimètre carré de leur foyer.

Au bout du compte, le soir du réveillon, le temps fut si dantesque, rendant les routes presque impraticables, que Camille décida de ne pas se rendre à la soirée chez Florence Taylor. À la place, elle fêta le changement d'année avec Simone. Au programme : cassoulet maison, qu'elle savoura jusqu'à la dernière miette, ensuite, partie de poker acharnée jusqu'à minuit, où elles débouchèrent le champagne que la jeune femme avait apporté. Camille regagna le château à 2 heures du matin sous une pluie battante.

Toute la maison était endormie. Son père partait un peu plus tard, à 6 heures, pour un vol qui décollait à 10 heures. Atterrissage prévu à Paris onze heures plus tard, soit 6 heures du matin là-bas. Il arriverait donc à son hôtel à 7 h 30 ou 8 heures, pour prendre une douche et se changer avant de commencer une journée entière de rendez-vous. En fin de semaine, il descendrait à Bordeaux. Maxine aurait pu l'accompagner dans ce voyage d'affaires, mais il n'aurait pas eu de temps à lui consacrer et elle voulait accueillir ses fils à leur retour du lac Tahoe – ils ne resteraient que deux semaines encore en Californie.

Réveillée tôt par l'intensité de la pluie, Camille entendit son père dans l'escalier. Elle sortit en chemise de nuit sur la pointe des pieds pour l'embrasser. Il sourit en l'apercevant, heureux de pouvoir l'étreindre avant de partir.

— Occupe-toi bien de tout en mon absence, dit-il, en sachant très bien qu'elle était fidèle au poste de toute façon. On se voit dans deux semaines.

Elle le serra fort, il descendit enfiler son imperméable, mit son chapeau et il s'arrêta sur le seuil pour lui adresser un petit signe de la main avant de refermer la porte d'entrée. Dehors, elle entendit le claquement de portière d'un SUV de l'exploitation – c'était un de leurs employés qui le conduisait à l'aéroport. Le véhicule s'engagea dans l'allée et elle retourna se coucher. Quand elle ouvrit les yeux, il était 10 heures. La pluie avait cessé, mais le jour demeurait morne. À cette heure, son père devait être dans les airs. Il lui avait envoyé un texto avant d'embarquer, pour lui dire qu'il l'aimait.

On était le 1$^{er}$ janvier et elle n'avait rien à faire. Elle paressa au lit jusqu'à midi, puis s'habilla pour aller voir Simone, qu'elle trouva dans le jardin, bottes aux pieds, en train de s'occuper de ses poules. La vieille dame l'invita à déjeuner. Elles dégustèrent des œufs en cocotte, cuits avec de petits morceaux de saucisse et des tomates. Délicieux ! Camille s'attarda encore un peu, le temps de lancer une flambée, et elle rentra vers 15 heures au château, où elle lut pendant un moment sur son lit avant de s'endormir. Elle ne rouvrit un œil qu'à 18 heures. C'était une vraie journée de farniente !

Comme elle envisageait de descendre se chercher quelque chose à manger, elle entendit la télé dans l'ancien bureau de sa mère. Elle sortit de sa chambre sans se presser et aperçut sa belle-mère, la télécommande à la main, qui regardait la chaîne d'information CNN. Lorsque Maxine tourna la tête, son expression figea Camille sur place.

— Quelque chose ne va pas ? demanda-t-elle.

— L'avion de ton père a disparu au-dessus de l'Atlantique il y a une heure, dit Maxine d'une voix d'outre-tombe.

La scène avait l'air irréelle. Le cœur battant à tout rompre, Camille vint s'asseoir à côté d'elle pour regarder le flash info. Pris dans la tempête, le vol d'Air France avait envoyé un signal de détresse avant de disparaître des radars vingt minutes plus tard. On n'avait pour l'instant aucune idée de ce qui était arrivé, personne ne connaissait l'origine du problème, humaine ou météorologique, mais pour l'instant, l'avion restait introuvable. Des tankers et des navires de la marine faisaient route vers la zone, mais aucun ne se trouvait aux abords immédiats du lieu supposé de l'accident. Tout en écoutant, Camille se sentait défaillir. Ce n'était pas possible ! Son père se rendait simplement à Paris et à Bordeaux. Il rentrerait dans deux semaines. C'était ce qu'il avait dit et il ne lui mentait jamais. S'il l'avait dit, c'est qu'il reviendrait ! Les deux femmes restèrent assises en silence pendant l'heure qui suivit, à regarder et écouter les reportages qui s'enchaînaient. Le présentateur expliquait que, dans le cas d'un problème mécanique, l'appareil n'aurait de toute façon pas eu le temps d'atteindre une quelconque terre où atterrir d'urgence, vu sa position au-dessus de l'océan.

Dans son cottage, Simone avait entendu la nouvelle. Elle se précipita au château et suivit le son de la télé jusqu'à l'étage, où elle les trouva toutes les deux assommées devant l'écran. Elle s'assit sur le canapé à côté de Camille, dont elle prit la main. Une demi-heure plus tard, toutes trois pleuraient à chaudes larmes. La nouvelle était confirmée : l'avion s'était abîmé en mer. Un tanker avait aperçu une explosion dans les airs et une boule de feu tomber dans l'eau. Les navires faisaient route vers le lieu de l'impact, mais l'on n'espérait aucun survivant étant donné la description de l'accident rapportée par les témoins. Le présentateur annonça d'une voix grave que deux cent quatre-vingt-dix personnes se trouvaient normalement à bord, dont l'équipage. Ils donnèrent le numéro du vol : c'était celui de Christophe. Camille se balançait d'avant en arrière dans les bras de Simone, qui la serrait fort contre elle. Maxine les regardait comme si elle ne comprenait pas ce qui venait d'être dit ou ce qu'elles faisaient. Elle finit par quitter la pièce. Une demi-heure plus tard, elle réapparut avec les yeux rouges. Elle dit d'une voix rauque qu'elle avait appelé les garçons pour leur annoncer la nouvelle : ils seraient là le lendemain matin – les routes étaient trop enneigées ce soir. Maxine regarda alors Camille et les deux femmes se contemplèrent pendant un long moment.

— Ton père est mort, dit Maxine d'une voix chevrotante. Qu'est-ce que je vais devenir ?

Camille n'avait pas la réponse. Et elle ne pouvait pas parler. Le monde sans lui était inconcevable. Qu'allait-il advenir d'elles ? Comment était-ce possible ? Des choses pareilles n'arrivaient que dans les journaux, pas à des proches. Pas à son père. Lui qui voyageait tout le temps ! On ne savait toujours pas ce qui avait provoqué l'explosion, mais cela importait peu désormais. L'avion et tous ses passagers s'étaient désintégrés. Des plongeurs recherchaient déjà les débris et les corps. Des appareils de plongée seraient envoyés pour trouver la boîte noire qui avait enregistré leurs derniers instants.

Simone descendit leur chercher à toutes les deux de l'eau et du thé à la cuisine. Que faire d'autre ? Elle s'inquiétait surtout pour Camille, dont l'existence s'organisait autour de son père. Maxine, elle, était une dure à cuire. Elle trouverait toujours un moyen de rebondir, mais pas cette enfant. La nouvelle semblait l'avoir anéantie. En l'espace de quinze mois, elle avait perdu ses deux parents.

Une demi-heure plus tard, le téléphone sonna. C'était Sam, qui cherchait à joindre Camille. La jeune femme prit le combiné d'une main tremblante.

— Il était sur ce vol ? demanda aussitôt Sam d'une voix brisée.

Les deux hommes s'étaient vus deux jours plus tôt et il était au courant de ce voyage à Paris. Quand il avait entendu la nouvelle sur CNN, il avait paniqué.

— Oui, souffla Camille.

À l'autre bout de la ligne, Sam laissa éclater son chagrin. Il se reprit toutefois assez pour lui proposer de venir la soutenir. Mais Camille ne voulait pas le voir. Elle ne voulait voir personne. Elle voulait son père, et non l'ami de son père – même si son appel la touchait.

— Non. Ça va aller, dit-elle d'une petite voix semblable à celle d'un enfant.

Il promit de passer le lendemain.

La compagnie aérienne les appela à son tour, pour leur annoncer la nouvelle qu'elles connaissaient déjà. Ils n'avaient toujours aucune idée du type de défaillance en jeu, mécanique ou terroriste. Parmi les premiers rapports, certains parlaient de missile, mais cela semblait peu probable. La recherche des débris se poursuivrait à la lumière du jour, ainsi que celle de la boîte noire, même si la carcasse de l'avion avait coulé à des profondeurs importantes. Camille entendit leurs explications de très loin. Ce fut ensuite Phillip qui se manifesta. Il était à Aspen où il skiait avec Francesca et des amis.

— Comment ça va ? lui demanda-t-il, plus protecteur que jamais et presque aussi choqué qu'elle.

Conscient également de la futilité de sa question : comment ça pouvait aller ? Elle venait de perdre le seul et unique parent qui lui restait et Christophe était non seulement quelqu'un de bien, mais un père fantastique. Sam était en pleurs quand il avait appelé Phillip pour le mettre au courant. Christophe était comme un frère pour lui.

— Je ne sais pas, répondit Camille, hébétée.

— Je reviens demain. N'hésite pas à me dire ce que je peux faire pour t'aider. Je suis tellement désolé, Camille.

Aucun d'eux ne savait quoi dire, rien ne changerait l'horreur de ce qui s'était produit. Elle n'était pas prête à se retrouver seule à son âge. Jamais elle n'aurait pensé perdre son père.

— Ça va aller, ajouta Phillip, autant pour la rassurer que pour se convaincre.

Lui-même, malgré son âge, n'imaginait pas se retrouver orphelin et encaisser pareille perte une deuxième fois, alors qu'il avait encore du mal à accepter celle de sa mère quatre ans plus tôt.

— Papa et moi serons là pour toi, à tout moment. J'espère que Maxine est correcte avec toi.

Même une femme aussi calculatrice et manipulatrice que celle décrite par Sam devait se montrer compatissante dans de telles circonstances, non ? Après tout, c'était aussi un coup dur pour elle.

Phillip promit de passer voir Camille sitôt rentré et ils raccrochèrent. Après ça, Simone mena gentiment Camille à sa chambre et la coucha, lui proposant même de rester avec elle cette nuit-là. Camille accepta de la tête. Quand elle finit par s'endormir, la vieille dame alla voir sa fille allongée sur son lit, le regard dans le vague.

— Pourquoi es-tu aussi gentille avec elle ? demanda Maxine d'un ton accusateur.

— Il faut bien que quelqu'un le soit. Elle vient de perdre son père. Toi, tu as perdu un homme avec qui tu étais mariée depuis seulement trois mois et que tu connaissais à peine.

— Je viens juste de perdre mon avenir et ma sécurité. Que crois-tu qu'il va nous arriver maintenant ? répliqua sèchement Maxine, d'un ton qui trahissait sa peur – ce qui était rare chez elle.

Christophe avait été la solution à un problème. Maintenant que la solution s'était volatilisée, le problème réapparaissait dans son entier. En plus de sa propre personne, elle avait à sa charge sa mère, deux garçons adultes qui coûtaient cher, et aucune ressource pour faire face. Cela faisait des années qu'elle n'avait pas travaillé. Elle vivait d'expédients et grâce aux hommes qu'elle épousait, en tout cas, les deux derniers. Mais la sécurité offerte par Charles s'était envolée après sa mort. Et elle n'était pas restée mariée à Christophe assez longtemps pour avoir amassé de quoi subvenir à ses besoins. Avec lui pourtant, tout s'annonçait si bien !

— Allons, tu trouveras bien. Tu y arrives toujours, lui dit sa mère. Pour l'instant, il faut nous occuper de Camille.

— Elle n'a aucune raison de s'inquiéter : elle hérite de tout ici. Je suis sûre qu'il lui a tout laissé, dit Maxine avec froideur, presque avec colère.

— Peut-être pas tout, suggéra Simone, habituée au mode de fonctionnement de sa fille et à son manque de compassion – tout tournait toujours autour d'elle.

— Ça m'étonnerait. Et dans le cas contraire, ce ne serait de toute façon pas grand-chose. Il n'était pas stupide et il l'adorait, fit Maxine avec un signe de tête vers la chambre de Camille, avant d'ajouter : Il était toujours amoureux de sa précédente femme.

— Cela fait à peine un an qu'elle est morte et ils ont été mariés longtemps.

— Dire que maintenant c'est Camille qui possède tout ça... Alex pourrait l'épouser.

Simone se demanda comment elle avait pu engendrer un être aussi insensible. Sa fille avait une calculatrice à la place du cœur !

— Tu as besoin de quelque chose ? lui demanda-t-elle.

Comme Maxine secouait la tête, la vieille dame retourna auprès de Camille. Elle savait qu'à un moment donné de la nuit sa jeune amie se réveillerait et que la réalité la frapperait alors de plein fouet. Elle voulait être là pour elle quand cela arriverait. Les prochains jours allaient être très durs. C'était le moins qu'elle pouvait faire pour cette enfant. Certes, et à sa grande tristesse, elle était apparentée à la nuée de vautours qui s'était abattue sur Christophe, mais au moins pouvait-elle veiller sur sa fille à partir de maintenant.

Ainsi qu'elle l'avait anticipé, Camille s'éveilla à 6 heures et sanglota presque aussitôt dans ses bras.

Elles retournèrent ensuite dans le bureau de Joy pour regarder à nouveau CNN. La marine avait retrouvé des débris de l'appareil et la boîte noire avait été localisée. Même si cela restait incertain, on croyait savoir d'après les premiers indices qu'une défaillance technique était à l'origine du problème : une fuite de carburant dans l'un des moteurs aurait apparemment provoqué l'explosion. Aucun des experts aéronautiques ne croyait à la thèse du terrorisme. C'était donc l'œuvre du destin.

Camille était toujours en chemise de nuit et en état de choc quand Sam Marshall se présenta, à 9 heures. Il s'assit à côté d'elle et mêla ses larmes aux siennes pendant un bon moment. Il n'y avait rien qu'ils puissent faire, aucun corps à réclamer. Certaines personnes devaient cependant être prévenues : le personnel du domaine et l'homme de loi de Christophe. Sam proposa à Camille de l'aider avec toutes ces démarches.

Quand elle descendit à son tour, Maxine fut interloquée de trouver Sam Marshall attablé à la cuisine avec Camille et sa mère. Immédiatement tout sourires, elle lui proposa du café et un petit déjeuner, enchaînant les propos convenus sur le terrible accident et le choc que cela représentait pour eux tous.

— S'il vous plaît, l'interrompit Sam avec un regard de dégoût. Je viens de perdre mon meilleur ami. Et Camille, son père. Je ne veux ni café ni petit déjeuner et les banalités ne m'intéressent pas.

Maxine en resta sans voix, comme s'il l'avait giflée – ce qu'il aurait bien aimé faire.

Sam partit vers midi, en promettant de repasser plus tard si Camille le souhaitait. En chemin, il s'arrêta au chai pour parler au personnel des ressources humaines et à Cesare. Tous avaient entendu parler de l'accident et la plupart des employés savaient que Christophe se trouvait dans l'avion. Le domaine était en deuil. Sam leur donna son numéro de portable en cas de besoin. Il y aurait une cérémonie à organiser pour les funérailles, mais plus tard.

En fin d'après-midi, après avoir récupéré la boîte noire, la compagnie aérienne annonça qu'il était peu probable qu'une malveillance soit à l'origine du crash et que l'enquête s'orientait de plus en plus vers un problème mécanique, une fuite dans le moteur, dont le pilote n'aurait pris conscience qu'au dernier moment. Une fois encore, pour les proches, les causes ne changeaient rien à la conséquence : l'être aimé était mort.

Camille avait erré comme un zombie dans la maison toute la journée, Simone la suivant comme son ombre, pendant que Maxine restait dans sa chambre la plupart du temps – elle n'avait rien à leur dire. Les garçons arrivèrent du lac Tahoe à 20 heures. Ils avaient mis huit heures au lieu de quatre tant les routes étaient enneigées. Tous deux saluèrent brièvement Camille et lui présentèrent leurs condoléances. Elle se contenta de hocher la tête et monta à l'étage avec Simone : ils n'avaient rien à se dire. Alexandre et Gabriel n'avaient connu son père que quelques jours et ils se fichaient bien de lui.

Les garçons dînèrent à la cuisine avec leur mère et la conversation porta essentiellement sur ce qu'il convenait de faire pour la suite. Maxine était persuadée que Camille, une fois le choc passé, lui demanderait de partir, comme les enfants de Charles l'avaient fait. Certes, ils étaient plus âgés que Camille et deux d'entre eux étaient avocats, donc ils avaient très bien su défendre leurs intérêts, mais sa belle-fille était loin d'être bête et elle voudrait à un moment donné que sa belle-mère quitte le domaine. C'était évident.

Quand ses fils lui demandèrent s'ils devaient repartir pour Paris tout de suite, Maxine déclara qu'elle les voulait auprès d'elle en soutien, surtout si les choses tournaient mal. En ce cas, ils repartiraient tous les quatre, avec Simone. Dans l'immédiat, c'était Camille qui avait les cartes en main. La guerre était finie, mais elle n'était pas prête à se rendre pour autant, et elle voulait Alex et Gabriel à ses côtés pour une démonstration de force. Tous ensemble, ils formaient comme une petite armée d'occupation.

Maxine comptait rester pour la lecture du testament, juste au cas où Christophe lui aurait laissé de quoi vivre quelque temps. Il ne servait à rien de partir avant ça. Mieux valait rester au château jusqu'à ce que Camille les jette dehors – la Française lui en voulait par avance, alors que l'idée n'avait même pas encore effleuré la jeune femme. Celle-ci était trop brisée par son deuil pour même penser à Maxine et à ses fils ou à ce qui arriverait ensuite.

\*\*\*

Ce soir-là, Phillip vint la voir et ils s'assirent dans le bureau de l'étage, porte close. Il la serra contre lui comme lorsqu'ils étaient petits et qu'elle s'était fait mal. Malgré son chagrin, son amie recouvrait déjà ses esprits et commençait à s'inquiéter pour le domaine – signe de sa grande maturité. Il lui jura de l'aider de toutes les manières possibles : il restait le grand frère qu'il avait toujours été pour elle et cela ne changerait jamais. Ils passèrent une heure ensemble puis elle le raccompagna à sa voiture. Quand ils passèrent devant Maxine et ses fils, Phillip leur jeta un regard noir avant de dire à Camille, une fois dehors :

— Tu dois te débarrasser de ces parasites au plus vite.

Il était sérieux et Camille hocha la tête. Ce serait certainement un soulagement, même si ça ne lui ramènerait pas son père.

Le lendemain, au plus grand étonnement de tous ou presque, Camille se rendit au chai pour travailler. C'était son devoir et elle devait bien ça à son père. Toute la journée, elle reçut les larmes aux yeux les condoléances de leurs employés. Quant à Cesare, c'était le chagrin incarné. Camille appela Sam pour le remercier de sa visite de la veille et lui dire qu'elle essayait d'organiser les choses. Ensuite, elle contacta l'homme de loi de Christophe.

— Mademoiselle, j'avais prévu de vous appeler, mais je voulais vous laisser le temps de reprendre votre souffle. Si cela vous convient, je pourrai passer demain matin au domaine. J'apporterai le testament de votre père. Pourrez-vous vous assurer que votre belle-mère sera présente ?

Cette demande indiquait que Christophe avait laissé quelque chose à Maxine. C'était tout lui : généreux, responsable et gentil. Il avait aimé sa femme, même si cela n'avait été que pour une courte durée.

Camille rentra à la maison à 17 heures avec l'impression d'avoir été passée à tabac toute la journée. Maxine et ses enfants étaient dans le salon.

— Nous avons rendez-vous à 10 heures demain avec le notaire, annonça-t-elle à sa belle-mère.

— Tu n'as pas perdu de temps, hein ? lança Maxine d'un ton cinglant – ils buvaient depuis midi et elle semblait passablement ivre.

— C'est lui qui a demandé à ce que vous soyez présente, se contenta de répondre Camille.

Maxine hocha la tête et vida son verre de vin. Camille lui tourna le dos et se dirigea vers l'escalier. Elle n'avait rien mangé de la journée et s'en fichait : elle était incapable d'avaler quoi que ce soit. Elle voulait juste se coucher et mourir, comme ses parents. Voilà que, comme eux, elle se retrouvait orpheline plus tôt que prévu. À 23 ans. Qu'y avait-il de pire ?

Le lendemain matin, la jeune femme se rendit à pied au chai. Elle ne s'était pas encore occupée de l'enterrement, ni même de la notice nécrologique, mais il le faudrait. Il y avait tant de choses auxquelles il fallait penser. Elle se trouvait dans son bureau quand l'homme de loi arriva, l'air sérieux et respectable. Pour l'occasion, il avait enfilé un costume sombre.

Tous deux discutèrent tranquillement en attendant Maxine, qui se présenta avec dix minutes de retard. Égale à elle-même, elle portait une petite robe noire qui dévoilait ses jambes, alors que Camille était en jean et vieux pull noir – elle ne se souciait pas de son apparence. Tout ce qu'elle voulait, c'était son père. Sans lui, rien n'avait de sens. La lumière la plus importante de sa vie s'était définitivement éteinte.

L'homme tendit à chacune un exemplaire du testament et les informa qu'elles étaient les seules héritières. Il leur lut l'acte, en précisant qu'il leur en expliquerait ensuite le contenu. Une partie du texte correspondait aux formules standard propres à ce type de document et en rapport avec les impôts – le notaire en profita pour rappeler à Camille que Christophe avait mis de côté ce qu'il fallait pour les taxes foncières, si bien que l'argent serait disponible le moment venu.

— Votre père était un homme très avisé.

La date du testament indiquait qu'il avait été rédigé quelques jours avant le mariage en octobre et il commençait d'ailleurs par Maxine.

Évoquant la possibilité d'un document ultérieur si leur union se révélait solide et durable, Christophe établissait que, dans l'immédiat et puisqu'il n'avait pas encore épousé Maxine de Pantin, il lui laissait cent mille dollars dans le cas où il viendrait à disparaître prématurément après leur mariage. S'il mourait avant, ce legs serait nul et non avenu. Vu la date de rédaction de l'acte, le montant était raisonnable, mais il n'eut pas l'air de satisfaire Maxine, qui tâcha de le cacher.

La suite du testament déclarait que le reste de ses biens, fonciers, immobiliers ou mobiliers, le château et ce qu'il contenait, ses œuvres d'art, le chai, ses placements et l'argent qu'il possédait au moment de sa mort reviendraient à sa fille, Camille. Dans les faits, celle-ci héritait donc de tout, ce qui représentait une fortune considérable. Christophe avait en plus fait en sorte de réduire les frais d'héritage au maximum. Du jour au lendemain, Camille se voyait ainsi propulsée à la tête d'un énorme capital et devenue la propriétaire d'un important domaine viticole. L'information avait du mal à se frayer un chemin dans son esprit. Mais pas dans celui de Maxine, qui la regardait avec envie – le contrat prénuptial qu'elle avait signé avec Christophe stipulait qu'elle n'hériterait que de ce qui figurerait dans le testament, et ils n'avaient aucun bien en commun. Elle devait donc se contenter de cent mille dollars.

L'homme de loi expliqua ensuite que Christophe avait ajouté une clause à laquelle il avait longuement réfléchi, souhaitant se montrer le plus juste possible envers sa future épouse et sa fille. Au cas où il décéderait avant les 25 ans de Camille et afin d'offrir à cette dernière un soutien dans cette épreuve et l'aider à prendre les bonnes décisions, sa femme Maxine pourrait continuer à résider au château jusqu'aux 25 ans de Camille. Quand elle aurait atteint cet âge, sa fille déciderait si elle souhaitait que sa belle-mère reste avec elle ou non. Si, dans l'intervalle, Maxine se remariait ou si elle souhaitait vivre avec un homme, elle devrait quitter le château. Elle devrait également partir si Camille venait à se marier avant ses 25 ans, la présence et le soutien de sa belle-mère n'étant plus nécessaires.

Par cette clause, Christophe offrait avant tout à Maxine le temps de se retourner et, faisant d'une pierre deux coups, il protégeait Camille de la solitude absolue qu'il craignait pour elle. Il avait veillé à ce que la présence d'un étranger dans la vie de Maxine ne s'impose pas à Camille sous son propre toit, ou que la présence de sa belle-mère ne soit de trop si Camille se mariait. Il avait pensé à tout.

Le document répétait que Camille était la seule propriétaire du domaine et de tous ses biens, mais qu'en raison de son âge elle aurait besoin de soutien et d'un guide au départ, le temps de s'adapter à toutes ses responsabilités. Voilà pourquoi il nommait Maxine de Pantin cogérante du chai jusqu'aux 25 ans de Camille, afin d'aider sa fille à prendre les bonnes décisions dans les défis auxquels elle serait confrontée. Camille reprendrait seule les rênes de l'entreprise à son vingt-cinquième anniversaire. Maxine n'aurait alors plus rien à voir avec Château Joy. En attendant ce moment, il demandait instamment à son épouse d'aider Camille dans ses responsabilités. Il avait toute confiance en elle pour soutenir sa fille au mieux.

Était également précisé que, dans le cas où Camille aurait une descendance ou se trouverait enceinte au moment de sa mort, ses enfants hériteraient alors d'un tiers du domaine, les deux autres tiers lui revenant toujours, de même que la totalité de ses placements financiers tels que déclarés au moment de son décès. Cette clause ne s'appliquait pas puisque Camille n'avait pas et n'attendait pas d'enfant.

Christophe avait enfin envisagé la possibilité que Camille disparaisse avant lui, ou bien avant de fêter ses 25 ans, et cela sans descendance. Dans ce cas de figure, au moment de sa mort à lui, la moitié de ses biens reviendrait à Maxine, à la condition que le mariage ait eu lieu, et l'autre moitié serait équitablement répartie entre les membres de sa famille dans le Bordelais. Si Camille venait à mourir après ses 25 ans, le testament qu'elle aurait rédigé prévaudrait sur tout autre et Maxine n'aurait rien. Il était ainsi établi que sa veuve, Maxine Lammenais, n'hériterait de quelque chose que si Camille mourait avant ses 25 ans et sans enfant. À cette date butoir, il supposait néanmoins, et espérait, que Maxine aurait commencé une nouvelle vie et que Camille aurait de son côté établi un testament. Il la poussait urgemment à le faire, étant donné la fortune dont elle héritait.

— C'est une drôle de façon de diviser ses biens, mais votre âge, mademoiselle, a fortement joué sur la décision de votre père, expliqua l'homme de loi. Il vous pensait tout à fait capable de diriger l'entreprise toute seule, mais il savait quel fardeau cela représentait et il se disait qu'avoir l'aide de votre belle-mère pour gérer les finances et le quotidien pendant un court laps de temps allégerait le poids de la charge.

Christophe s'était donc organisé pour tout laisser à sa fille, mais en permettant à Maxine de vivre avec elle et d'intervenir pendant les dix-sept mois à venir ! Les deux femmes n'en revenaient pas. Les cent mille dollars qu'il laissait à sa veuve étaient à ses yeux un simple geste, une petite preuve d'amour, puisqu'elle n'en avait pas besoin – à la demande de Maxine, ils avaient renoncé à toute divulgation financière dans leur contrat prénuptial, si bien qu'il lui avait supposé des finances plus solides qu'elles ne l'étaient.

— Votre père a vraiment abordé tous les scénarios possibles. Il avait même songé à créer un trust, qui aurait été plus avantageux fiscalement dans une succession, mais plus contraignant à modifier s'il avait voulu refaire son testament – il ne s'attendait pas à partir tout de suite. Comme ça ne s'est pas fait et que nous en sommes restés au testament, vous allez devoir régler des droits de succession assez élevés, mais que vos avoirs couvrent largement.

Ils en avaient fini. Camille remercia l'homme de loi et il partit peu après, en présentant à nouveau toutes ses condoléances aux deux femmes. Camille glissa sa copie du testament dans son sac afin de le relire plus tard, à tête reposée. Maxine, debout dans sa petite robe noire, son exemplaire à la main, la regardait faire.

— Eh bien, tu en sors grande gagnante. Mais ce n'est pas surprenant, n'est-ce pas ? dit-elle d'un ton amer, déçue par le montant de la somme léguée, qu'elle jugeait dérisoire.

Dans ses rêves les plus fous, elle recevait un million au moins ou encore la moitié du domaine. Mais après seulement trois mois de mariage et un testament rédigé avant leur union, que pouvait-elle espérer d'autre ? De son point de vue, elle avait une fois de plus perdu au loto de la vie. Il y avait toujours un grain de sable qui venait perturber la bonne marche des événements. En France, ses beaux-enfants. Ici, c'était le destin qui avait abruptement raccourci son mariage, ne laissant pas le temps à son mari de rédiger un autre testament qui lui soit plus favorable. Pour cela, il aurait fallu des années – car même s'il l'aimait, Christophe n'était pas imprudent. Tout ça était vraiment injuste.

— Tu rêves de me flanquer dehors, hein ? reprit-elle, cette fois ouvertement agressive puisqu'il n'y avait plus personne dans la pièce.

— Je ne sais pas ce que je veux, répondit Camille, qui avait espéré ne pas entrer si vite en conflit avec sa belle-mère – elle était épuisée, lessivée par les émotions de ces deux derniers jours. Mais oui, ce serait plus facile si vous partiez maintenant. Je peux me débrouiller toute seule, et Sam Marshall peut m'aider en cas de problème.

— Eh bien, que ça te plaise ou non, tu vas m'avoir sur le dos les dix-sept prochains mois, répliqua Maxine, le regard méchant. Et je dirigerai le domaine avec toi. Ça me surprend d'ailleurs qu'il ait fait ça, ajouta-t-elle.

— Moi aussi. Il avait confiance en vous, Maxine, et croyait que vous vous intéressiez à son entreprise. Pour ma part, je n'ai jamais été dupe, mais lui le croyait sincèrement, dit Camille, songeant que son père était mort convaincu de la sincérité de sa femme.

— C'est vrai, ça ne m'intéresse pas. Mais c'est une entreprise florissante. Alors laisse-moi t'expliquer une chose : tu veux que je parte ? Ça tombe bien, parce que je ne veux pas rester. Mais pour te débarrasser de moi, ça va te coûter un max. Si tu le veux, nous pouvons conclure un marché dès maintenant et régler ça rapidement. Simplement, on ne parle pas d'une centaine de milliers de dollars : ça se chiffrera en millions ! Il me faudra une estimation précise et que l'opération soit juteuse, si tu veux que je disparaisse avant ton vingt-cinquième anniversaire. Dans le cas contraire, Camille chérie, je peux faire de ta vie un véritable enfer pour les dix-sept prochains mois. Et crois-moi, je ne m'en priverai pas. La somme doit être conséquente. La moitié de la valeur du domaine, et je m'en irai bien gentiment. Sans ça, je m'assois ici et je te sucerai le sang jusqu'à la dernière goutte. Tu n'auras plus ton père pour te protéger. Alors réfléchis bien. La méchante marâtre est toute prête à partir vers de nouveaux horizons, tout ce que tu as à faire, c'est de payer. Et nous en sortirons toutes les deux gagnantes.

Elle lança un regard implacable à Camille, le temps que ses propos soient digérés, ce qu'ils furent rapidement.

— C'est du chantage, voire de l'extorsion, répondit Camille avec froideur.

Maxine montrait enfin son vrai visage. Celui dont lui avait parlé Simone et qu'elle-même avait toujours soupçonné. Seul son père n'y avait pas cru. Il aurait été anéanti de l'entendre en cet instant. Pour cette femme, tout tournait autour de l'argent et elle n'avait plus à s'en cacher.

— Tu ne peux rien prouver, contra sa belle-mère. Il n'y a aucun enregistrement de ce que je viens de dire. Mais tu m'as bien comprise. Prends le temps d'y réfléchir. Tu sais où me trouver : je serai dans la chambre de ton père. Et sous tes yeux à chaque minute de chaque journée, jusqu'à ce que tu lâches ton fric. C'est assez clair, il me semble.

Sur ces mots, Maxine tourna les talons et se dirigea vers la porte, qu'elle claqua derrière elle.

Camille s'interrogeait sur la suite à donner. Elle n'était sûre que d'une chose : jamais elle ne céderait au chantage. Il était hors de question de débourser un seul dollar pour voir cette femme partir ! S'il le fallait, elle tolérerait Maxine pendant un an et demi. Elle n'avait de toute façon pas le choix si l'on s'en tenait au testament. Face à Maxine qui brandissait sa vengeance comme une arme, elle n'avait plus son père ni personne pour la protéger. Elle ne pouvait compter que sur elle-même. Avec la morale et la vérité comme boucliers, elle résisterait à Maxine, quel qu'en soit le prix. Dix-sept mois, ce n'était pas l'éternité. Ensuite, Maxine partirait, enfin.

## 12

Après le départ de Maxine, Camille essaya de se calmer et de se concentrer sur les funérailles à organiser. Elle appela Sam pour lui demander conseil, car elle ne voulait pas transformer les obsèques en un cirque mondain, avec la moitié du comté présente simplement parce que c'était une figure de la vallée qu'on enterrait. Son père avait vécu sa vie en toute discrétion, elle voulait que la cérémonie en sa mémoire ait du sens et respecte l'homme qu'il avait été, et que seuls y assistent ceux qui l'aimaient et qu'il avait aimés. Elle avait déjà prévenu les membres de leur famille en France, dont aucun ne pourrait malheureusement être présent, en raison de l'âge, de la maladie ou de problèmes personnels.

Son père possédait une part appréciable du domaine familial dans le Bordelais, très rentable, mais cela faisait des années qu'il n'avait pas participé activement à sa gestion – chaque fois qu'il y avait un vote, il donnait sa procuration, car il faisait entièrement confiance à sa famille pour diriger la propriété au mieux des intérêts de tous. Désormais, Camille avait bien l'intention de faire de même, d'autant qu'elle avait dans l'immédiat des problèmes plus urgents et géographiquement plus proches à régler : elle devait piloter Château Joy comme son père l'aurait voulu et comme il le lui avait appris avec sa mère, en comptant avec Maxine et tous les bâtons qu'elle allait lui mettre dans les roues. Car elle ne la paierait pas pour débarrasser le plancher !

De son côté, Sam était partagé au sujet de l'enterrement. Connaissant son ami, Christophe aurait certainement préféré une cérémonie modeste.

— Dans le même temps, il serait normal de lui rendre un hommage à la mesure de son importance dans le monde du vin et dans la vallée de Napa, dit-il.

— Je sais. Aujourd'hui, je vais commander une pierre tombale à placer à côté de celle de maman.

Elle songea que tout ça serait d'une certaine façon moins pénible que pour sa mère, dont il avait fallu suivre le cercueil jusqu'au cimetière, en haut de la colline. Dans le cas présent, il n'y avait pas de corps.

Alors qu'ils débattaient de la meilleure façon d'honorer Christophe, Sam fit un commentaire sur Maxine.

— J'imagine qu'elle partira, avant ou après la cérémonie, dit-il, soulagé pour la jeune femme.

Pendant une minute, Camille ne répondit rien. Jusque-là, elle n'avait pas évoqué le testament, pour ne pas faire étalage de ses histoires de famille ni révéler l'erreur de jugement de son père sur Maxine. Mais puisqu'il abordait la question…

— En fait, pas vraiment. Papa s'est arrangé pour qu'elle reste au château et dirige avec moi le domaine jusqu'à mes 25 ans. Pour l'instant, elle ne va donc nulle part, dit-elle, encore sous le choc de ces décisions testamentaires.

Elle ne lui avoua pas que Maxine avait déjà essayé le chantage et exigé une somme rondelette.

— Ne t'inquiète pas, elle ne restera pas longtemps : ce qu'elle veut, c'est un mari plein aux as, pas un domaine viticole à diriger. Elle n'y connaît rien. Le temps de dire « ouf » et elle sera partie, affirma-t-il avec confiance, sous-estimant Maxine pour la première fois.

— Ça peut ne pas suffire à l'arrêter, mais j'espère que tu as raison.

Ils en revinrent à l'enterrement et décidèrent qu'une cérémonie sur invitation, dans les bâtiments du chai, avec buffet sur place à l'issue de la célébration, serait la plus adéquate. Camille ne voulait personne au château. Ce format répondait à tous leurs critères : l'événement aurait de la tenue et l'assistance se composerait de personnes avec qui Christophe travaillait ou faisait des affaires depuis longtemps. Ils recevaient déjà une myriade d'appels demandant quand auraient lieu les funérailles. Ces dernières seraient parfaites et Camille disposait de tout le personnel voulu au domaine pour les organiser.

— N'hésite pas si je peux t'aider en quoi que ce soit, dit gentiment Sam, avant d'ajouter : Et ne te laisse pas atteindre par cette femme. L'une des choses que j'adorais chez ton père, c'était sa foi en autrui et son innocence. Dans ce cas précis, ça ne lui a pas réussi. Mais courage ! Bientôt, elle sera partie.

Sam savait Camille capable de diriger le domaine. Elle avait été formée par le meilleur et avait un excellent sens des affaires, comme sa mère. Pour son âge, elle était aussi d'une maturité peu commune, même si elle avait parfois l'allure d'une adolescente. Elle était brillante. Mais elle ne possédait pas le machiavélisme de la belle-mère que son père lui avait mise dans les pattes depuis trois mois. Ce mariage, vraiment, quel dommage !

Cet après-midi-là, le dossier de l'enterrement avança à grands pas. Lorsque Camille prit le chemin du château, le jour de la cérémonie était arrêté et elle avait appelé le pasteur d'une église locale que son père appréciait. En repensant à lui, elle eut les larmes aux yeux. Dire que, quelques jours plus tôt, elle l'embrassait et le serrait fort dans ses bras ! Elle ne parvenait toujours pas à y croire.

Quand elle entra dans la cuisine, elle trouva Maxine et ses fils en train de papoter autour d'une bouteille de vin. À sa vue, ils s'interrompirent net. Elle ne releva pas et se contenta de leur indiquer la date de l'enterrement avant de ressortir rejoindre Simone.

Une fois la porte refermée sur elle, la conversation reprit de plus belle. Cela faisait des heures que tous les trois analysaient le testament sous toutes ses coutures pour trouver comment le tourner à leur avantage. Maxine récapitula :

— C'est très simple. Nous avons jusqu'aux 25 ans de cette petite oie blanche, soit dix-sept mois, pour nous faire un maximum d'argent. Et cette fois, je n'ai pas l'intention de perdre. D'ici là, poursuivit-elle à l'intention de son aîné, soit tu l'épouses, soit tu la mets en cloque. Dans le premier cas de figure, tu pourras divorcer si tu le veux et en tirer une énorme prestation compensatoire que nous nous partagerons. Tu n'auras plus jamais besoin de travailler. Dans le second cas, un enfant te donnera à vie un certain pouvoir sur elle, sans compter qu'il héritera un jour de sa fortune. Tout dépend de toi. Il va falloir te mettre au travail si tu veux obtenir une grosse part du gâteau dont elle vient d'hériter. Songe au pactole. Mais attention, elle n'est pas aussi naïve que son père ! Ce qui joue en ta faveur, c'est que tu es beau garçon et qu'elle est seule. Elle n'a plus personne désormais, presque pas d'amis, pas de petit ami et pas de parents proches. Tu as le champ libre. Alors épouse-la, fais-lui un enfant, convaincs-la de ton amour. Fais en sorte qu'elle te veuille, tu possèdes l'art et la manière. Ce n'est pas bien difficile de séduire une fille de son âge. Dieu sait que tu le fais assez souvent et pour rien. Ici, nous parlons d'une vie entière de luxe si tu t'y prends bien. Et si elle est enceinte de tes œuvres, elle t'épousera tout de suite, pour ne pas déshonorer le nom de son père.

Maxine avait tout prévu ! Alexandre eut un sourire diabolique : la perspective de séduire Camille n'était pas pour lui déplaire, il y avait songé une fois ou deux depuis qu'il était là. Mais si on y ajoutait un énorme paquet d'argent et un avenir doré à la clé… Il n'y avait rien de tel pour fouetter sa motivation.

— Et moi ? Pourquoi est-ce que c'est toujours lui qui a tout ? Pourquoi moi, je ne pourrais pas l'épouser ? intervint Gabriel d'un ton boudeur, son regard passant de l'un à l'autre.

— Vous avez quasiment le même âge, lui rappela Maxine. Elle s'intéressera certainement plus facilement à quelqu'un de plus âgé.

Elle n'ajouta pas qu'il était capable de tout faire capoter, comme chaque fois. Gabriel était un nigaud, plus intéressé par les drogues et l'alcool que par les femmes. Alors qu'Alexandre était plus intelligent et avait les dents plus longues. Il voulait de l'argent, ce qui servirait bien leurs intérêts dans ce projet.

— Ne t'inquiète pas, tu auras ta part, quelle que soit la récolte, lui promit-elle.

— Ça n'a pas été le cas après la mort de Charles.

— Ces salauds de radins m'avaient à peine laissé de quoi vivre, alors pour vous deux... Mais je t'ai fait venir ici, non ?

Gabriel reconnut le bien-fondé de cette remarque et se resservit un verre de vin tout en écoutant la suite du plan.

— Donc, l'objectif est qu'Alexandre l'épouse et lui fasse un enfant, peu importe dans quel ordre. L'autre option est qu'elle nous paye l'équivalent de la moitié de la valeur du domaine pour se débarrasser de nous immédiatement. De vous à moi, je ne pense pas qu'elle acceptera. Elle croit sans doute qu'elle pourra nous supporter longtemps. Pour la convaincre du contraire, il va falloir lui rendre la vie impossible. Et quand je dis impossible, ça signifie par n'importe quel moyen : physique, psychologique et financier. Je vais commencer à mettre la pression dès aujourd'hui. Alex, tu sais ce que tu as à faire. Ton rôle est facile et pas désagréable. Ensuite, tu divorceras et tu vivras *ad vitam aeternam* sur son argent.

— Et s'ils restent mariés ? demanda Gabriel.

Ils ne prirent pas la peine de répondre à une question aussi ridicule. Pourquoi rester marié si ce n'était pas nécessaire pour s'arroger une fortune ? Tous les trois pensaient de la même façon. Ils étaient faits du même bois, motivés par la cupidité.

— Tu sais, maman, tu te trompes du tout au tout, dit soudain Alexandre en plissant les yeux. Pourquoi lui demander de payer pour que tu partes ? Son père t'a donné carte blanche ici pour les prochains mois. Ce domaine est une vraie mine d'or. Reste et siphonne tout ce que tu pourras. J'imagine que tu auras accès aux comptes. On peut se faire de l'argent. Tire d'abord partie de ce qui est à ta portée, et vois ensuite ce qu'elle est prête à te payer. Mais empoche déjà ce que tu peux. Ne fais pas tes bagages tout de suite.

Maxine prit le temps d'y penser et se demanda s'il n'avait pas raison. Après tout, Christophe l'avait nommée cogérante pour un an et demi. Cela laissait amplement le temps d'accumuler un beau pactole si elle s'y prenait bien. Alexandre l'aiderait, il était assez habile pour ça.

— J'y réfléchirai, concéda-t-elle avant d'éclater de rire tout en se servant un autre verre. Quel dommage qu'on ne puisse pas simplement la tuer ! La moitié de la fortune de Christophe me reviendrait. Mais même pour nous, ce serait aller trop loin. Donc, mon cher Alexandre, il dépend de toi de la séduire et de l'épouser. Pendant ce temps, nous pomperons autant d'argent que possible de ses poches et du domaine. Nous avons le temps. Privilégions l'amour et non le meurtre, même si, je dois l'admettre, je l'étranglerais avec plaisir. Elle vient d'hériter d'une fortune qu'elle ne mérite pas. Elle a simplement eu la chance d'avoir ce père-là. Il nous revient de l'amener à partager cette chance avec nous.

Elle rit à nouveau, arrachant un sourire à ses fils.

— Si elle accepte de mettre la main au porte-monnaie et de me donner la moitié de ce que vaut le domaine, alors nous partirons gentiment. Mais sinon, nous resterons et Alexandre pourra user de ses charmes sur elle.

— Je suis censé rentrer en France pour mes partiels, moi, se plaignit Gabriel.

— Tu les raterais de toute façon. On a mieux à faire ici, répliqua son frère.

Maxine avait l'air satisfaite. Aussi intelligente et courageuse soit-elle, Camille n'était pas de taille contre eux et c'était une proie facile. Quant à Alexandre, il avait le sourire. Enfin, ça devenait amusant !

Quand Camille pénétra dans le cottage, Simone lisait tranquillement, une cigarette à la main.

— Alors, cette journée ? s'enquit la vieille dame, inquiète, car elle savait que Maxine et Camille rencontraient le notaire. Pas de mauvaises surprises ?

Son grand âge lui avait appris qu'on ne savait jamais ce que renfermait un testament : maîtresses cachées, enfants illégitimes, parents lointains perdus de vue depuis longtemps par le défunt. Mais Christophe ne lui semblait pas le genre d'homme à avoir des secrets, il était trop confiant et même peut-être sentimental. Elle doutait qu'il ait mené une double vie.

— Quelques-unes, répondit Camille tout en se laissant tomber dans un vieux fauteuil de cuir à côté de Simone – Choupette en profita pour lui sauter sur les genoux, la queue battante. Mon père a décrété que Maxine pouvait rester au château pendant dix-sept mois, jusqu'à mes 25 ans, et il a voulu qu'elle dirige le domaine avec moi pour, dixit, « m'aider à prendre les bonnes décisions » et m'« offrir un soutien dans cette épreuve ». Elle a déjà proposé que j'achète son départ. Pour ça, elle veut beaucoup d'argent : la moitié de la valeur du domaine, c'est-à-dire des millions. Je ne compte pas lui donner un *cent*. Je ne vois pas pourquoi je le ferais. Simplement pour m'en débarrasser un an et cinq mois avant le terme ?

Simone contemplait la jeune femme d'un air songeur. Elle avait déjà entendu cet air-là, au moment de la mort de Charles de Pantin.

— Tu sais, Camille, Maxine a procédé de la même manière avec ses beaux-enfants en France, même si le résultat n'a pas été à la hauteur de ses espérances. Elle les a fait chanter avec cette menace de procès. Certes, ici, elle n'aura sans doute pas le même pouvoir de nuisance, légalement, après seulement trois mois de mariage. Tu es l'héritière incontestable de ton père. Mais elle peut devenir terriblement pénible pour obtenir ce qu'elle veut. Ton père lui a-t-il laissé quelque chose ?

Une question cruciale dans ce dossier. Simone connaissait bien sa fille… Personnellement, elle ne voyait pas pourquoi Christophe aurait eu ce geste après seulement quelques mois de relation, mais c'était un homme généreux.

— Il lui a légué cent mille dollars. Ce qui n'est pas énorme par rapport à la valeur du domaine. Elle le sait. Papa a rédigé ce testament avant leur mariage et il ne pensait pas qu'elle était dans le besoin, si bien que, pour lui, c'était juste une petite attention.

— Il se trompait, constata Simone, qui écrasa sa cigarette sans prêter attention à la cendre tombée sur le devant de sa robe.

Elle ne s'était pas coiffée ce matin-là et n'avait pas ôté ses bottes. Camille en était venue à adorer son allure, et même l'effluve familier de tabac qui flottait autour d'elle.

— Maxine a toujours veillé à donner une impression d'opulence et elle avait laissé supposer à papa que l'accord avec ses beaux-enfants avait été correct, même si elle aurait mérité plus.

— Ne crois pas toutes les histoires qui circulent. Je te l'ai dit : elle pouvait à peine payer mon loyer. J'étais en retard de trois mois quand je suis partie. Et les garçons ne sont pas mieux lotis. Gabriel a laissé entendre l'autre jour que son frère est lourdement endetté. Ça ne me surprend pas. Ne te laisse pas avoir, ma petite fille ! Maxine te soutirera tout ce qu'elle peut, légalement si possible, et dans le cas contraire elle essaiera de t'intimider pour l'obtenir. C'est d'ailleurs plus dans son style. Il va te falloir être forte, conclut Simone d'une voix ferme.

Elle alla à la cuisinière vérifier une cocotte sur le feu. Quand elle souleva le couvercle, un savoureux fumet envahit la pièce : un coq au vin, préparé avec du château-joy.

— C'est un peu une hérésie d'utiliser un vin comme celui-là en cuisine, mais ça rehausse tellement le plat, dit la vieille dame avec un sourire à Camille, trop fatiguée pour penser à manger.

Cela n'empêcha pas Simone de servir deux assiettes généreuses, qu'elle posa sur la table.

— Tiens, assieds-toi et goûte-moi ça. Tu auras besoin de toutes tes forces pour affronter Maxine, lui rappela-t-elle.

Camille savait que Simone parlait d'or. Maxine ne reculerait devant rien pour arriver à ses fins. Personne ne savait cela mieux que la propre mère de celle-ci, et maintenant elle-même.

— Une autre clause du testament prévoit que si je viens à mourir avant mes 25 ans et sans descendance, la moitié de tout ce que papa m'aura laissé reviendra à Maxine. L'autre ira à notre famille française du Bordelais. Après mes 25 ans, Maxine sort de ma vie et n'aura plus droit à rien, même après ma mort. En attendant, elle peut vivre ici, diriger le domaine avec moi et me rendre folle. En clair, il y a deux moyens pour elle d'avoir de l'argent dans cette affaire : que je cède à son chantage ou que je meure dans les dix-sept mois, dit Camille d'une voix détachée tout en mangeant.

Elle pouvait adopter ce ton-là, elle y avait pensé toute la journée, mais Simone, en entendant cette clause, fronça les sourcils. Aucun de ces deux scénarios ne lui plaisait. Christophe pouvait bien avoir signé sans le vouloir l'arrêt de mort de sa fille. Elle ne croyait cependant pas la sienne assez diabolique ou audacieuse pour aller jusqu'à tuer. Maître-chanteur et escroc, oui ; assassin, non. Maxine était rapace, mais pas folle. Cette pensée la rasséréna un peu tandis que Camille donnait en douce un morceau de pain à Choupette.

— Et si elle se marie, peut-elle rester ? demanda encore Simone, curieuse.

— Non. Si elle se remarie ou veut vivre avec un homme, elle doit partir sur-le-champ.

— Ton père a bien fait de spécifier ce point. Elle ne va pas tarder à se mettre en quête d'un mari.

Cela n'empêchait pas Simone de s'inquiéter. Cette fameuse clause constituait une tentation importante pour des gens comme Maxine et ses fils. Elle y repensa encore longtemps après le départ de Camille. Qui savait jusqu'à quelles extrémités la cupidité pouvait pousser une personne acculée par le besoin d'argent ? L'avenir doré de Maxine avait sombré avec l'avion. Elle ne disposait plus que de dix-sept mois de confort et après, plus rien. À moins de soutirer assez à Camille.

Simone ne ferma quasiment pas l'œil de la nuit. Elle la passa à s'interroger sur les intentions de sa fille et penser à ce dont elle serait capable pour atteindre ses objectifs.

Le lendemain matin au chai, Camille eut la surprise d'entendre que Maxine se trouvait dans les murs, dans l'une des salles au bout du couloir. Intriguée, elle se dirigea vers le bureau en question, tout en remarquant dans le sien l'absence d'un gros dossier qu'elle gardait généralement derrière sa table. Elle accéléra le pas, curieuse de savoir ce que cela signifiait et pourquoi Maxine était là. Elle la trouva assise à une table avec Cesare et Alexandre. Le chef des cultures leur expliquait les règles comptables.

— Que faites-vous ici ? demanda Camille d'une voix ferme, tout en lançant un regard de dédain à l'Italien – celui-là n'avait pas perdu de temps pour se rallier à l'ennemi.

— Je suis venue travailler selon le vœu de ton père, afin de codiriger le domaine avec toi, répondit Maxine avec innocence.

Dans sa jupe bleu marine, sa blouse en soie blanche et ses hauts talons, elle avait l'air très professionnelle.

— Cesare m'explique les bases de la comptabilité, ajouta-t-elle.

— Tout est informatisé. Les dossiers étaient là juste pour faire plaisir à mon père, une façon de perpétuer les pratiques françaises. Vous n'avez pas besoin d'y consacrer du temps. Et pourquoi Alex est ici ? s'enquit Camille d'un ton neutre.

— Je viens de l'engager pour me seconder. Il a travaillé dans une banque, les chiffres n'ont aucun secret pour lui.

— Je n'en doute pas, dit Camille avec froideur, sachant qu'elle ne pouvait se permettre de montrer la moindre faiblesse ni de baisser la garde un seul instant, car Maxine mettait sa menace à exécution : elle commençait à faire de sa vie un enfer. Vous ne pouvez engager personne, à moins que ce soit sur vos propres deniers. Vous êtes ici en « soutien » et pour « m'aider à prendre les bonnes décisions », pas pour diriger l'entreprise. Cela, je peux le faire moi-même. Par ailleurs, si vous insistiez tout de même pour le recruter, ce ne serait pas possible : il ne possède aucun visa de travail pour les États-Unis et, comme je vous l'ai déjà dit, nous n'embauchons pas de travailleurs illégaux.

— J'ai fait une demande de visa étudiant pour lui. Il va suivre des cours d'œnologie à Sonoma, répondit Maxine d'un air suffisant.

L'information surprit Camille. Elle ne pouvait savoir que cette astuce leur avait été soufflée par Cesare quelques minutes plus tôt. Ce stratagème était le moyen le plus efficace d'intégrer Alexandre à l'entreprise car, à la rentrée suivante, il pourrait postuler comme stagiaire pour un an voire plus, et même valider ainsi une partie de sa formation. Maxine avait applaudi à l'idée. Maintenant que Christophe n'était plus là, le conflit qui couvait depuis longtemps entre Camille et Cesare éclatait au grand jour. L'homme avait été loyal au père, mais jamais à sa fille ni à Joy, qui toutes deux lui menaient la vie dure à propos de ses comptes. Il avait choisi son nouveau champion : ce serait Maxine, elle voyait loin.

Camille ne fit aucun commentaire et demanda à Cesare de la rejoindre immédiatement dans son bureau. Ils avaient gagné le premier round. Le visa étudiant et l'inscription à des cours étaient une idée brillante.

Le chef des cultures se présenta tranquillement une demi-heure plus tard et s'installa confortablement dans un fauteuil sans attendre un geste de Camille. Toute son attitude respirait le défi et son regard n'était que mépris.

— Il ne vous aura pas fallu bien longtemps pour trahir mon père, dites-moi, constata-t-elle d'un ton tranchant, ses yeux lançant des éclairs. Que faites-vous avec ces gens ? Si vous les aidez à me duper ou à m'escroquer, c'est le domaine que vous aimez qui en pâtira. Pensez-y.

— J'adorais votre père. Elle est sa veuve et lui n'est plus là, dit-il d'un air buté.

— Eux non plus ne seront bientôt plus là. Si vous me doublez d'une quelconque façon, ça se passera mal entre nous. C'est moi qui possède le domaine. Pas elle.

— Mensonges ! Il lui en a laissé la moitié, s'exclama-t-il, loyal envers ceux avec qui il avait choisi de s'associer – ce n'était pas le bon camp, mais cela, jamais il ne l'admettrait.

— C'est elle qui vous a dit ça ? s'étrangla Camille, choquée que Maxine se fasse passer pour la copropriétaire. Sachez qu'elle n'occupe qu'un poste temporaire ici, jusqu'à mes 25 ans. Après, elle partira. Vous voulez vraiment détruire tout ce que mon père a construit ? Quant à son fils, il n'a aucun rôle ici, rien du tout. Vous faites une grossière erreur, Cesare.

Sauf que Maxine lui avait promis une belle somme s'il l'aidait à prendre le contrôle du domaine. Elle lui avait donné le matin même un chèque de vingt-cinq mille dollars, pris sur son compte personnel crédité du legs de Christophe. Cela valait le coup, si Cesare pouvait être son agent infiltré, sa taupe. Il avait gobé tout ce qu'elle lui avait expliqué – elle savait se montrer très convaincante quand elle le voulait, tout comme elle l'avait été avec Christophe, qui était bien plus subtil que Cesare.

— Je ne vous crois pas, dit-il en se levant pour rejoindre la porte. Cela fait des années que votre mère et vous m'accusez à tort, et votre père ne vous a jamais crues. Sa nouvelle femme est intelligente, elle sait ce qu'elle fait.

— Mais elle n'y connaît rien en production viticole, répliqua Camille, horrifiée de voir à quel point Maxine et Alex l'avaient mystifié – il était de leur bord désormais.

— Vous non plus ! lança-t-il méchamment, avant de sortir rejoindre Maxine.

Il alla déjeuner avec elle et Alexandre chez Don Giovanni, pendant que Camille se contentait d'une banane et d'un yaourt à son bureau. Elle n'avait pas le temps de s'accorder une pause déjeuner, elle avait un domaine à faire tourner pendant que Maxine et ses larbins complotaient. Au moins, maintenant, elle savait qu'il lui faudrait surveiller Cesare encore plus étroitement. Il avait ouvertement choisi de s'opposer à elle. Son père en aurait été bouleversé.

Le service commémoratif organisé par Camille fut à l'image de ce que son père aurait souhaité. Ceux à qui il tenait étaient là : de vieux amis, des exploitants qu'il respectait, des employés et des associés, et même quelques clients de toujours. Tant de gens l'admiraient que presque tout le monde avait répondu présent. Six cents personnes s'étaient déplacées, soit deux cents de plus qu'escompté. Ils avaient été nombreux à appeler pour demander à venir.

Camille avait fait imprimer un magnifique livret, avec des photos de ce que ses parents avaient accompli main dans la main : le château, le domaine, leur famille. Elle avait inséré des clichés de son père jeune, dans les vignes et sur la propriété familiale en France. Figurait aussi une liste des récompenses reçues depuis la création de Château Joy. En couverture se détachait une magnifique photo de Christophe, l'air heureux sur son tracteur pendant la vendange, un moment qu'il appréciait entre tous. Aucune image de Maxine, Camille estimant que la présence de celle-ci dans la vie de Christophe était trop récente. En revanche, il y en avait plusieurs de ses parents ensemble. Ils s'étaient aimés profondément et étaient à nouveau réunis. Maxine n'avait été qu'une aberration, une terrible erreur. L'intéressée devint livide quand elle réalisa qu'elle ne figurait pas dans le livret. Quelle blessure narcissique pour elle ! Être ignorée et exclue était un coup plus rude encore que la mort de Christophe. Son nom avait été mentionné dans la notice nécrologique parue dans les journaux, mais nulle part ailleurs.

Le pasteur choisi par Camille fit un discours émouvant sur Christophe. Il rappela son intégrité exceptionnelle, l'homme d'honneur et de valeur, grandement aimé et admiré de ses pairs, mais surtout, l'homme attaché à son foyer et le père merveilleux qu'il avait été.

Ils passèrent son morceau de musique classique préféré avant que Sam Marshall prenne la parole, plusieurs fois rattrapé par l'émotion. Il regagna ensuite sa place à côté de Camille, au premier rang, où étaient également assis Maxine et ses fils. Phillip était plus loin derrière, avec Francesca, sa fiancée. Quant à Simone, qui avait ressorti sa robe de velours noir à col de dentelle, elle s'était glissée tout au fond de la salle. Raquel aussi était venue, avec ses enfants. Camille pleura en l'apercevant.

Après la cérémonie, les gens s'assemblèrent autour des buffets et ils partagèrent pendant un long moment leurs souvenirs de Christophe, de Joy. Flanquée de ses deux fils, Maxine était une étrangère parmi eux. Beaucoup d'ailleurs ne savaient pas qui elle était ni même que le défunt s'était remarié. Très digne dans son tailleur Chanel noir, elle n'en jouait pas moins la veuve éplorée, mais en faisait trop avec son chapeau noir orné d'une voilette assortie. Personne ne semblait la remarquer de toute façon. Elle n'avait plus sa place à Château Joy maintenant qu'il était mort.

Camille évoluait dans cette foule, l'air perdu. Elle s'arrêta pour échanger quelques mots avec Phillip et Francesca, mais ne conserva aucun autre souvenir de ceux avec qui elle avait discuté. D'un coin de la salle où elle s'était discrètement installée, Simone ne la lâchait pas du regard, au cas où sa jeune amie aurait eu besoin de soutien. Après la réception, ce fut elle qui la raccompagna au château. Ni l'une ni l'autre ne souhaitant prendre la voiture, elles gravirent la colline à pied. Au lieu de rentrer dans la maison, Camille en fit le tour par un sentier étroit à travers bois avant de trouver refuge au cottage, chez Simone, la seule famille qui lui restait désormais, avait-elle l'impression. Elle se jeta dans l'un des deux grands fauteuils en cuir et caressa Choupette qui avait sauté sur ses genoux.

— Tu as organisé une très belle cérémonie pour ton père, lui dit doucement Simone tout en lui tendant une tasse de camomille pour l'apaiser.

Camille en prit une gorgée et ferma les yeux. Tout ça lui donnait le vertige. En une journée, son père lui avait été arraché. Le matin, elle l'avait embrassé – et heureusement ! –, le soir même, elle l'avait perdu. Et voilà qu'elle se retrouvait coincée avec Maxine et ses fils pour dix-sept mois. La perspective ressemblait à un cauchemar digne de Dante.

\*\*\*

Le lendemain, alors qu'elle rentrait à pied du chai, Camille vit Cesare descendre l'allée du château dans l'une des camionnettes du domaine. Elle lui fit un signe de la main, sans toutefois sourire – elle n'oubliait pas sa soudaine allégeance au camp adverse à laquelle s'ajoutaient tous ses griefs antérieurs. Elle se demanda ce qu'il était allé faire à la maison, mais ne s'appesantit pas sur la question, d'autant qu'elle dînait chez Simone. Tous les soirs, celle-ci lui concoctait un plat différent, pioché parmi ses meilleures recettes traditionnelles. Un vrai festival de découvertes culinaires pour Camille, qui avait l'impression de manger dans le meilleur restaurant français au monde – elle ne se privait pas de le dire à la cheffe.

Le jour suivant, en revenant du travail, Camille aperçut à nouveau Cesare qui s'éloignait du château. Parfois, il supervisait les réparations sur la propriété, mais à sa connaissance, il n'y avait aucun chantier en cours ou programmé sur le domaine ni chez elle. Pour quelle raison avait-il donc rendu visite à Maxine deux fois de suite ?

Il lui fallut deux semaines entières avant de découvrir le pot aux roses, quand elle vit passer devant le château un chargement de vieux meubles. Ils conservaient dans une réserve du chai beaucoup de mobilier usé qui leur servait parfois à meubler en appoint les cabanes ou les dortoirs d'été de leurs travailleurs immigrés. C'était une ressource utile, mais ils n'en avaient pas l'usage au château. Cela lui mit la puce à l'oreille et elle questionna le chef des cultures à ce propos. Ce dernier commença par rester vague, quoique légèrement embarrassé, mais comme elle insistait, voire le passait presque au gril, et qu'elle était la patronne, il finit par lui révéler le dernier projet de Maxine :

— Elle remet en état la petite écurie derrière le château. Je crois qu'elle veut en faire un studio ou quelque chose dans ce goût-là pour l'un des garçons, lâcha-t-il avant de s'éclipser.

Cela n'avait aucun sens ! Alexandre et Gabriel disposaient de la meilleure chambre d'amis du château et ne s'en plaignaient pas. La petite écurie servait de remise et n'avait pas été utilisée depuis des années.

Ce soir-là, elle interrogea Maxine :

— Que faites-vous dans la petite étable ? Vous vous en servez comme garde-meuble ? Si c'est le cas, vous auriez dû m'en parler avant.

Camille ne voulait pas que sa belle-mère y entrepose des vieilleries.

— Je me disais que cela pourrait faire une jolie maison d'hôtes, répondit Maxine en se servant un verre de vin – Camille avait remarqué que sa belle-mère buvait pas mal ces derniers temps.

Elle avait toujours un verre à la main quand elle l'apercevait le soir. Maxine avait même demandé à Cesare de lui apporter des caisses entières de leurs meilleurs crus, qu'elle descendait avec ses garçons à bonne allure. Malgré cela, elle avait toujours les idées parfaitement claires.

— Une chambre d'hôtes ? Ça me paraît difficile, avec les stalles. Et je ne veux pas de saisonniers par ici, si c'cst à ça que vous songicz. Ils ont lcurs quartiers plus bas, dans la vallée.

Maxine s'ennuyait-elle donc tant au bureau qu'elle se rabattait sur la décoration ? Le lieu choisi était cependant bizarre. Qui pourrait vouloir y passer une nuit ? La configuration ne s'y prêtait pas et les sanitaires étaient rudimentaires.

— Personne ne peut y loger. C'est plein de courants d'air, sauf en été, et on ne peut pas y installer l'air conditionné en raison de tous les trous dans les murs. Elle sert de remise, et encore, assez branlante.

On devrait probablement la raser, dit Camille avec bon sens.

— Je continue de penser que c'est une adorable maisonnette, persista Maxine.

Camille n'insista pas. Si Maxine tenait à embellir un débarras, soit. Au moins, pendant ce temps-là, elle ne faisait rien de pire.

Juste pour en avoir le cœur net, elle passa toutefois voir de quoi il retournait le lendemain, avant de retrouver Simone. L'écurie se trouvait un peu plus loin que le cottage, dans la clairière, au-delà du potager et du poulailler. Camille fut surprise de trouver une structure fraîchement repeinte, dont les vitres cassées avaient été remplacées, après des années d'abandon – le dernier occupant avait été son poney, quand elle était petite, et ils n'avaient plus eu de chevaux par la suite.

Comme la porte était ouverte, elle franchit le seuil, incertaine de ce qu'elle allait trouver. La construction serait-elle encore assez solide ? Allait-elle déranger une chauve-souris dans son refuge poussiéreux ? Au lieu de cela, elle découvrit des murs récemment passés à la peinture blanche et les meubles assignés à leurs saisonniers répartis au petit bonheur. Le sol était nu et il n'y avait aucun rideau aux fenêtres. La petite salle de bains était propre mais vieillotte et, en guise de cuisine, il y avait un évier avec un petit comptoir et un micro-ondes. Cela donnait l'impression que quelqu'un allait camper là. Mais qui ? L'endroit faisait penser à une cabane ou un fortin bricolé par des enfants pour échapper à leurs parents. Une sorte de club-house pour garçons perdus. Il y avait encore des fétus de paille par terre, ce qui la fit éternuer. Cela aurait convenu pour leurs ouvriers agricoles le temps d'une vendange, mais c'était trop loin des vignes et son père ne souhaitait pas les voir près du château. En revanche, c'était à deux pas du cottage de Simone – l'une de ses poules passa en caquetant pendant que Camille refermait la porte. Son inspection finie, la jeune femme alla voir son amie.

— Est-ce que tu as vu des gens travailler à l'écurie ? lui demanda-t-elle.

— Oui. Ça fait deux semaines que des gens vont et viennent, avec des meubles et du matériel. Ils ont peint la semaine dernière. Je croyais que tu étais au courant.

— Non. Ce doit être l'un des projets de Maxine.

— Sans doute. C'est elle qui leur indiquait où placer les meubles. C'est bien aménagé ? J'ai essayé de jeter un coup d'œil par la fenêtre, mais je suis trop petite, dit Simone avec un grand sourire.

— Ce n'est pas fermé, si tu veux aller voir. Côté décoration, c'est juste un amas de vieux mobilier qu'on garde pour nos saisonniers. Remettre l'écurie en état demanderait de vrais travaux, mais ça n'en vaut pas la peine, nous n'en avons pas l'usage. Cela dit, ça ferait un parfait atelier d'artiste, c'est très lumineux. Tu pourrais y peindre, suggéra Camille.

Puisque Simone peignait de petits formats dans sa cuisine, laquelle lui suffisait amplement, un espace de cette taille pourrait lui plaire.

— J'irai y jeter un œil en allant au poulailler, répondit néanmoins la vieille dame.

Et elles passèrent à autre chose. Le mystère resta en suspens jusqu'au week-end suivant, lorsque Maxine annonça à Camille qu'elle avait une surprise pour elle.

— Si tu veux, c'est moi qui prends le volant, ajouta-t-elle avec une amabilité suspecte.

La jeune femme accepta avec prudence et monta dans la voiture de Maxine. Une minute plus tard, le véhicule s'arrêtait devant la petite écurie, qui avait un accès à la route.

— Je l'ai visitée l'autre jour, dit Camille tout en claquant la portière. Vous l'avez rafraîchie. Pour y faire quoi ?

Elle suivit Maxine à l'intérieur. Dans les deux derniers jours, on y avait ajouté un canapé fatigué et un bureau, ainsi que des tables de chevet branlantes et des lampes dépareillées.

— Je me suis dit que tu aimerais avoir un lieu pour toi toute seule. Tu dois être tellement fatiguée de partager le château avec nous, dit Maxine d'une voix faussement compatissante, qui frisait la moquerie.

— Qu'est-ce que ça signifie ?

— Mes pauvres garçons sont tellement à l'étroit dans leur chambre. Ils n'ont plus l'habitude de cohabiter et se disputent pour des broutilles. Gabriel rêve de ta chambre. Juste le temps de son séjour ici. Ils ont vraiment besoin d'espace pour eux et, crois-moi, tu ne veux pas partager le tien avec deux hommes.

Quand elle était arrivée au château, Maxine avait transformé la seconde chambre d'amis en bureau pour elle, et elle n'avait aucunement l'intention de le céder.

— Je me suis dit que ce serait amusant pour toi de t'installer ici provisoirement. Nous allons ajouter de quoi chauffer, bien sûr. Il y fera aussi chaud que dans un four, ajouta sa belle-mère, l'air ravi, avec un grand sourire.

— Vous n'y songez pas ! s'insurgea Camille. Pourquoi n'est-ce pas Gabriel qui dormirait ici ?

Il était tellement ivre quand il rentrait le soir qu'il pourrait coucher n'importe où.

— Il est allergique aux graminées. Une heure passée ici et il terminerait aux urgences à cause de son asthme.

— Moi aussi. Maxine, mon père a dit que vous pourriez rester au château avec moi, ce qui était généreux de sa part : il aurait pu exiger que vous partiez immédiatement. Mais il n'a pas dit que vous pouviez me mettre dehors, donner ma chambre à vos fils et me faire déménager dans l'écurie à l'arrière du château.

— C'est juste provisoire. Ils ne seront pas là pour l'éternité, dit Maxine d'une voix apaisante.

Elle non plus, heureusement, songea Camille. Mais dix-sept mois dans ce nid à courants d'air, ce serait long, chauffage ou non.

— Et puis, ma mère dort bien dans le cottage. Pourquoi toi, tu ne pourrais pas te contenter de celui-ci ? poursuivit Maxine, transformant l'insulte en question très sensée.

— Parce que vous dormez tous les trois chez moi. Dans la demeure qui m'appartient. Et ce n'était pas ainsi que mon père voyait les choses, répliqua Camille, l'air déterminé.

— Dis-moi un peu, où est-il à cet instant ? contra Maxine, avec un regard en acier trempé. Moi, en revanche, je suis là. Mes fils sont des hommes adultes. Contrairement à eux, tu n'as pas besoin d'une chambre de cette taille-là. Le moins que tu puisses faire est de te montrer accueillante envers tes frères par alliance. Ce sont tes invités.

— Ce ne sont plus mes frères par alliance, et vous n'êtes plus ma belle-mère. Mon père est mort.

— En effet. Tu apportes de l'eau à mon moulin : il n'est plus et je suis là. Donc à partir de maintenant, tu dormiras ici. Réjouis-toi : puisque tu sembles t'être tant attachée à ma mère, ce sera l'occasion de passer plus de temps avec elle. Elle n'est pas loin. Maintenant, va faire tes valises et vide ta chambre. Je veux que, demain, tu aies emménagé ici.

Maxine était sérieuse : elle la jetait littéralement hors de chez elle ! Quand Camille prit toute la mesure de cette décision, elle en eut les larmes aux yeux. Elle se sentait à nouveau très jeune et vulnérable, totalement à la merci de cette femme diabolique et sournoise qui œuvrait à la briser. Et une fois encore, Cesare avait fait le jeu de l'ennemie en se liguant avec elle pour la chasser de sa propre maison.

— Maxine, soyez raisonnable, tenta-t-elle, consciente de la futilité d'un appel au bon sens face à cette femme inflexible, prête à tout pour atteindre son but.

— Mais je suis raisonnable, répondit Maxine en lui jetant un regard mauvais. Et tu le serais aussi en acceptant de passer un accord avec moi. Je serai alors plus que ravie de partir avec mes fils. En attendant, tu dormiras ici. J'espère que tu apprécieras. L'air frais te fera du bien.

Sur ce, avant que Camille puisse ajouter un mot, elle remonta en voiture. Abasourdie, Camille regarda le véhicule s'éloigner et se précipita, aveuglée par les larmes, chez Simone qu'elle trouva la cigarette au bec, un œil plissé pour éviter la fumée, en train de peindre un bouquet de fleurs sauvages disposées dans un vase.

Dès qu'elle vit la figure dévastée de la jeune femme, la vieille dame s'arrêta net pour la consoler.

— Elle me jette dehors ! s'exclama Camille, partagée entre la rage et le désespoir, l'impuissance et le chagrin. Jusqu'à ce que je la paye, elle me fait dormir à l'écurie.

Simone fut assommée par la nouvelle. Il n'y avait donc pas de limite à ce que sa fille était prête à faire et pouvait faire ? Avec embarras, Camille avoua qu'elle n'avait en effet aucun recours ni allié contre Maxine.

— Mais c'est insensé ! C'est toi qui possèdes tout l'endroit, pour l'amour du ciel ! explosa Simone.

Malheureusement, ni les lois ni la propriété n'arrêtaient Maxine, elle l'avait déjà démontré par le passé.

— C'est ce que je lui ai dit, mais elle ne me laissera pas rester dans la maison. Elle affirme que les garçons sont trop à l'étroit dans leur chambre, ce qui est faux, et que Gabriel veut la mienne. Comme elle n'a aucune intention de retransformer son bureau en chambre d'amis, c'est la seule solution. Gabriel récupère donc ma chambre. Il a besoin d'espace, d'après elle.

— Ça, j'en doute, dit Simone. Il est tellement ivre quand il se couche qu'il pourrait partager une cabine téléphonique avec un élan.

L'image arracha un rire à Camille, malgré une situation qui ne s'y prêtait guère. Elle était bel et bien mise à la porte de chez elle par le monstre que son père avait bêtement épousé, sans aucune idée sur la façon de l'arrêter. Maxine semblait même prête à employer la force physique si elle refusait de plier. D'autre part, peut-être serait-elle plus en sécurité hors de la maison et hors de portée de ses deux ivrognes de fils. C'était un aspect à prendre en compte.

— Elle veut juste t'exiler pour te punir. C'est une façon supplémentaire de te torturer. Et elle est très bonne à ce jeu-là ! analysa Simone, furieuse contre sa fille et contre sa propre impuissance à protéger Camille.

— J'ai l'impression de vivre un cauchemar ou un horrible conte de fées. C'est comme dans *Cendrillon* : je suis chassée de chez moi par la méchante marâtre, pour que mes quasi-frères récupèrent mes affaires. Il ne manque que la citrouille et les souris, dit Camille d'un ton sinistre.

— Tu oublies la marraine la fée et le prince charmant. Et les pantoufles de vair, plaisanta Simone, saisissant la balle au bond histoire d'alléger l'atmosphère.

— Ce qui compte, c'est la marâtre, contra Camille. Qu'est-ce qu'elle devient à la fin de l'histoire, déjà ?

— Je ne sais plus. Je crois qu'elle disparaît. Quelqu'un la jette dans la rivière ou dans un liquide quelconque et elle se dissout.

— Ça, c'est dans *Le Magicien d'Oz*. La méchante sorcière aux souliers de rubis et au visage vert.

— Que dirais-tu si je lui jetais un sort en plein dans sa sale trogne verte ? lança Simone avant de serrer Camille contre elle. J'imagine que tu pourrais refuser d'aller à l'écurie.

— Et ensuite, quoi ? M'enfermer chez moi le soir ? Simone, je ne veux pas céder. Maxine ne mérite pas cet argent. C'est mon père qui a travaillé dur pour avoir tout ça. Il est hors de question de tout dilapider en la payant une fortune pour en être débarrassée. Elle demande la moitié du domaine ! Je ne peux pas faire ça, décréta Camille.

— Tu as raison, elle ne le mérite pas. Mais elle procède ainsi. Comme elle a fait avec les enfants de Charles. Elle te fera tourner en bourrique jusqu'à ce que tu craques. C'est du harcèlement. Et dix-sept mois à ce régime, c'est long.

— Je suis plus forte que je n'en ai l'air. Il le faut, pour mon père. Il ne voudrait pas que je cède et c'est nous qui aurons le dernier mot. Mais en attendant, l'idée de laisser ma chambre à ce salopard m'horripile. Tout comme l'idée de plier devant la force – parce que je la crois capable de me faire physiquement jeter dehors si je ne m'exécute pas.

— Le seul avantage que tu as à déménager est que ça te mettra hors de portée de mes petits-fils dépravés. Je t'aiderai demain, si tu choisis de le faire, dit Simone avec tristesse, inquiète pour la jeune femme.

Elle non plus ne voyait pas comment Camille pouvait imposer de rester dans la maison. Les garçons étaient plus massifs et plus forts qu'elle, s'ils en venaient à l'expulsion physique. Et qui pourrait s'interposer ? Sûrement pas Simone, vu son grand âge.

— Je le ferai. Mais on doit trouver un moyen de reprendre la main, dit Camille tout en caressant Choupette.

Cette nuit-là dans sa chambre, la rage au cœur, elle fit ses bagages et enferma les affaires qu'elle ne prenait pas dans ses placards. Elle emportait seulement ses livres préférés et ses photos – pour la plupart des clichés de ses parents – qu'elle disposa le lendemain dans la petite écurie, avec l'aide de Simone. Elles allèrent ensuite à

Saint Helena acheter des fleurs et elle trouva là-bas un tapis dans une brocante, qui égayerait à merveille son intérieur – elle était résolue à tirer le meilleur parti des lieux. Dans l'après-midi, son aménagement était terminé. Voilà. Elle habitait une remise, sur son propre domaine, pendant que sa belle-mère et ses frères par alliance étaient confortablement installés dans son château. Qui aurait pu croire ça ?

Simone ouvrit la porte, une poule sur ses talons, tandis que Choupette se précipitait dans la pièce. L'endroit était finalement assez joli avec les objets qu'elles avaient dénichés, mais quand même : tout ça était fou. Maxine avait à nouveau gagné. Pour l'instant. Car si elles avaient perdu une bataille, elles n'avaient pas perdu la guerre et les jours de Maxine au pouvoir étaient comptés. C'était la seule consolation de Camille tandis qu'elle contemplait son nouvel habitat. Si son père avait vu ça, il ne l'aurait pas cru.

## 13

Étant donné ce qu'elle vivait, Camille se montra plus dure avec tout le monde au bureau. Là-bas, elle avait le contrôle. Peu importaient les conditions testamentaires. C'était elle, l'experte en gestion d'entreprise, et non Maxine à qui son titre ne servait à rien en la matière. Camille gardait un œil sur tout et surveillait de près les comptes de Cesare. Comme elle avait justement remarqué une irrégularité dans ses relevés, une somme importante non justifiée, elle alla le voir pour en discuter. Arrivée devant son bureau, elle frappa et ouvrit la porte sans attendre la réponse. Ce qu'elle vit alors la pétrifia : Cesare était en train de répartir entre Maxine, Alexandre et lui des liasses de billets étalées sur sa table de travail. Les trois avaient l'air d'enfants pris en faute. Le chef des cultures fit rapidement glisser les liasses dans un tiroir, pendant qu'Alexandre fourrait un rouleau de billets dans sa poche et que sa mère refermait son sac à main avec une expression hautaine.

— Vous ne vous en tirerez pas comme ça ! leur lança Camille d'une voix vibrante, avant de demander à Cesare de la suivre.

Maxine et Alexandre quittèrent la pièce sans un mot. Nul besoin d'explication, ce qui se passait était limpide : Cesare piochait dans la caisse du chai et partageait l'argent avec eux. Même si ce n'étaient pas de très grosses sommes, l'idée même qu'il volât ouvertement rendait Camille malade, notamment parce que son père l'avait défendu pendant des années. Que Maxine et Alexandre y soient mêlés était la cerise sur le gâteau, mais un gâteau difficile à avaler. Elle vivait et travaillait au milieu de voleurs ! Ces trois-là ne valaient pas mieux que des criminels de droit commun.

L'air furieux, Cesare la suivit dans son bureau où il explosa immédiatement :

— De quel droit entrez-vous comme ça dans mon bureau ? Vous vous croyez de la police ? Parce que votre père vous a laissé ce domaine, vous vous croyez tout permis. Mais vous n'y connaissez rien et vous courez à la ruine, fulmina-t-il.

— Vous êtes viré, lui jeta-t-elle, le regard implacable.

— Vous ne pouvez pas faire ça. Il vous faut désormais l'autorisation de Maxine pour la moindre chose, dit-il, sûr de lui.

— Non. Elle a un rôle de conseil. Je la consulte si je veux. Et dans le cas présent, c'est inutile. Vous êtes viré. Pour vol et falsification de comptes. Mon père serait écœuré s'il vous voyait à cette minute.

Christophe n'aurait jamais toléré de personne un vol de cette importance, qui plus est constaté en flagrant délit.

— Je travaillerai pour elle. C'est elle qui possédera cet endroit un jour, menaça-t-il.

— Dans seize mois, elle ne sera plus ici. Et vous feriez mieux d'avoir décampé dans seize minutes, sinon j'appelle la police. Je vais demander un audit financier de nos comptes pour chercher un détournement de fonds et s'ils trouvent quoi que ce soit, Cesare, je vous poursuis en justice. Si j'étais vous, je partirais loin.

Il hésita un long moment et elle vit toute son assurance disparaître. Il savait reconnaître une défaite. Intérieurement, Camille frémissait à l'idée des sommes qu'il avait détournées au fil des ans, aussi minimes soient-elles. Il avait gagné en audace depuis la mort de son père et sous la protection de Maxine. Le trio infernal s'était entendu à merveille pour la dépouiller. Quant à la mère et son fils, ils n'auraient pu trouver meilleure source pour s'approvisionner en argent liquide, tout cela sans se salir les mains. Camille jeta un coup d'œil à sa montre.

— Si vous n'êtes pas parti d'ici cinq minutes, j'appelle la sécurité. Dans dix minutes, ce sera la police. Vous êtes allé trop loin, Cesare. C'est fini. Prenez vos affaires et fichez-moi le camp.

À ces mots, il eut les larmes aux yeux et il tenta de faire appel à son bon cœur.

— Vous me feriez ça ? Moi qui ai aimé votre père pendant tant d'années ? Ça lui briserait le cœur de voir ce que vous faites.

— Non, lui rétorqua-t-elle aussitôt. Ce qui lui aurait brisé le cœur, ç'aurait été de découvrir quel escroc vous êtes. Vous n'avez plus votre place ici. Et ne vous tournez pas vers Maxine pour vous sauver. Elle ne possède pas ce domaine, moi si. Officiellement, je vous autorise à démissionner, et c'est déjà plus que ce que vous méritez.

Cesare ouvrit la bouche, mais la referma immédiatement en voyant l'expression de Camille. Il tourna les talons et sortit du bureau. Cinq minutes plus tard, elle vit sa vieille Jeep s'éloigner. Elle se rendit alors dans son bureau et vit qu'il l'avait débarrassé en urgence, laissant les photos de lui et de son père sur la table. Au diable les sentiments ! Elle ouvrit les tiroirs de sa table de travail et, dans le dernier, trouva l'argent qu'il était en train de partager. Après comptage, elle découvrit qu'il y en avait pour sept mille dollars ! Elle les prit pour les confier à la comptabilité et retourna dans son bureau, en se demandant quelle somme il y avait avant que la répartition commence.

Elle appela tout de suite le bureau du personnel pour leur dire que Cesare venait de démissionner et n'était plus le bienvenu dans les bâtiments. La nouvelle se répandit à la vitesse de l'éclair dans le chai si bien qu'une demi-heure plus tard, Maxine déboula dans son bureau, absolument furieuse.

— Comment oses-tu ! hurla-t-elle.

— Et vous ? Comment osez-vous voler ? répliqua Camille avec calme – nul besoin de crier, le vent avait tourné en sa faveur.

— Nous faisions juste les comptes de petites dépenses qu'il avait faites pour nous.

— Où sont les reçus ? demanda froidement Camille.

— Tu ne peux pas renvoyer un employé sans mon autorisation.

Maxine enrageait, ce qui confirmait bien que Cesare était une source d'approvisionnement financier pour eux. Au moins, elle avait mis un terme à cela. Une chance qu'elle soit entrée et les ait surpris avec ces billets en main.

— Ce n'est pas ce que dit le testament. D'après le document, vous êtes là pour m'aider à prendre les bonnes décisions. Je viens d'en prendre une. Et sans votre aide. Par ailleurs, si Alex ou vous volez à nouveau ce domaine, j'appelle la police. C'est clair ?

Maxine tremblait littéralement de rage et de frustration. Elle sortit comme une furie du bureau et croisa son fils dans le couloir.

— Elle a renvoyé Cesare, lui murmura-t-elle.

— Ça ne m'étonne pas. Je m'en suis douté dès l'instant où elle a vu l'argent.

Alexandre n'était pas aussi contrarié que Maxine. Pour lui, le chef des cultures était un vieil idiot et sa mère, encore plus sotte de lui avoir donné vingt-cinq mille dollars pour qu'il l'aide à trafiquer les comptes. Ils n'avaient réussi à détourner que dix mille dollars jusqu'à présent.

— Ne t'inquiète pas, maman. La source de cet argent existe toujours. Rien ne presse.

— Mais il dit qu'elle a l'œil sur tout, pire qu'un aigle.

— Évidemment, elle n'est pas bête, mais le temps joue pour toi. Il n'y a pas d'urgence. Tôt ou tard, elle te paiera peut-être ce que tu demandes. Ou bien l'un de nos autres plans fonctionnera.

Il sourit d'un air entendu. Le fait que sa mère ait évincé Camille du château rendait les manœuvres d'approche plus compliquées, mais le problème n'était cependant pas insurmontable : elle n'était pas loin.

— Je ne vais pas rester dans ce trou paumé pendant deux ans ! fulmina Maxine.

Alors qu'elle retournait au château au volant de sa voiture, elle en arriva à la conclusion qu'il lui fallait se mettre en quête d'un autre mari. Elle n'avait pas misé sur le bon cheval avec Christophe. En oubliant les événements récents, qui sait s'il aurait été aussi généreux qu'espéré ? Elle passait en revue les célibataires de la vallée qu'elle connaissait quand Alexandre rentra à son tour et la rejoignit dans la cuisine. Il se servit un verre de vin, qu'il vida d'un trait, s'en versa un second et sourit à sa mère.

— Qu'est-ce qui t'enchante comme ça ? demanda-t-elle, certaine qu'il avait une idée derrière la tête.

— Toi, tu te concentres sur le fait de détourner ce que tu peux du chai et de me trouver un nouveau beau-père. Moi, je m'occupe du reste.

Et là-dessus, il monta s'allonger. Le vin le faisait somnoler.

Ce soir-là au dîner, Camille raconta à Simone ce qui s'était passé avec Cesare. Rien de tout cela ne surprit la vieille dame.

— Déjà enfant, Alexandre piquait dans les portefeuilles. Quand il vivait chez moi, j'avais pris l'habitude de mettre mon sac sous clé afin qu'il ne prenne pas l'argent des courses. Il vole aussi ses amis et ça l'a rattrapé à la banque où il travaillait. Ils lui ont permis de démissionner plutôt que d'être traîné en justice, mais cela s'est ébruité et il n'a pas retrouvé de travail depuis.

— En attendant, j'ai appelé notre société comptable pour leur demander un audit, dit Camille. Je ne pense pas que Cesare ait détourné d'énormes montants, je l'aurais vu, mais même un flux régulier de petits montants peut finir par représenter une somme, surtout s'il donnait de l'argent à Alexandre et à Maxine.

Ces trois-là la dégoûtaient. Elle se demandait si elle ne devrait pas en parler à Sam, qui serait de bon conseil. D'un autre côté, elle ne voulait pas qu'il la pense incapable de diriger le chai ou le personnel. Elle y réfléchissait tout en retournant vers sa petite écurie. La nuit était fraîche, mais les chauffages d'appoint avaient joué leur rôle et il faisait bon à l'intérieur. Elle veillerait à les couper avant de se coucher afin d'éviter un incendie, car après tout, c'était à peine plus qu'une vieille cahute en bois.

Quand elle entra dans la pièce, il faisait sombre. Elle alluma et sursauta à la vue d'Alexandre avachi sur le canapé. Il l'attendait.

— Que fais-tu ici ? demanda-t-elle, la peur au ventre mais soucieuse de ne pas le montrer.

Le jeune homme se leva et tangua un peu. Il avait l'air ivre. Aux yeux de Camille, son allure et sa beauté ne compensaient pas son côté mielleux. Pas plus chez lui que chez sa mère. Il n'y avait que Christophe qui s'y était laissé prendre.

— Je t'attendais, dit Alexandre en avançant d'un pas légèrement chancelant.

Arrivé près d'elle, il plaqua la main sur un de ses seins sans autre forme de procès. Camille recula d'un pas, effrayée par la perspective d'un viol ou pire encore. Cette fameuse clause testamentaire donnant la moitié de son héritage à Maxine si elle venait à mourir était comme une épée de Damoclès au-dessus de sa tête ! Le potentiel arrêt de mort qu'elle représentait prenait en cette minute toute sa réalité. Jusqu'où étaient-ils prêts à aller ?

— Rentre au château, dit-elle durement, en espérant lui faire peur.

Cela parut au contraire l'amuser et l'encourager, au point qu'il essaya de l'embrasser. Alexandre adorait les phases préliminaires, surtout quand cela impliquait une contrainte sur la victime. Il s'était repassé cette scène en esprit pendant toute la soirée, avait bu en conséquence, sans se soucier de dîner, et là était son erreur. Le vin lui était monté à la tête plus qu'il l'avait anticipé. Mais il restait conscient de ses actes, et sûr de ce qu'il comptait lui faire à elle. Il était fort. Rien ne le dissuaderait. Il y avait trop d'argent en jeu. La porte de l'écurie n'ayant pas de serrure, il avait été facile d'y entrer. Au lieu de céder à Camille qui essayait de le pousser vers la sortie, il l'entraîna vers le lit où il la fit basculer sans effort pour l'immobiliser ensuite. Les pires craintes de Camille se réalisaient. Elle se débattit, le repoussa de toutes ses forces et se réfugia dans le coin opposé du lit. Elle était coincée. Il la contemplait d'un regard victorieux.

— Allez, Camille. Tu sais que tu me désires. Prenons du bon temps. Je m'ennuie tellement ici, c'est insupportable. On ferait un joli couple, toi et moi.

Centimètre après centimètre, il réduisait progressivement l'espace qui les séparait tout en essayant de la convaincre. C'est alors que Camille sauta sur une chaise et parvint d'une poussée à ouvrir une fenêtre branlante par laquelle elle sauta pour atterrir dans l'herbe mouillée. Aussitôt, elle se mit à courir aussi vite que possible vers le cottage de Simone, tout proche. Derrière elle,

Alexandre lui criait de revenir. Comme elle continuait sa course, un retentissant « Salope » se fit entendre dans la nuit. Camille déboula chez Simone sans frapper, ouvrant la porte à toute volée. La vieille dame la fixa avec effarement pendant que Choupette aboyait de joie. La jeune femme avait le souffle court, une déchirure dans son jean qui s'était accroché au bord de la fenêtre quand elle avait sauté, et son genou saignait. Elle tremblait de tous ses membres.

— Par tous les dieux, que t'est-il arrivé ?

— Alex, souffla Camille, qui se laissa tomber dans un fauteuil. Il m'attendait à l'écurie, dans le noir. Ivre. Il m'a saisie et jetée sur le lit. Il allait me violer. J'ai grimpé sur une chaise pour atteindre une fenêtre – tu sais qu'elles sont hautes, là-bas – et j'ai sauté.

— Ces gens-là sont de vrais sauvages ! s'exclama Simone d'un ton sans appel. Quelle honte de leur être apparentée ! Tu peux rester ici ce soir, ma toute belle, et pour aussi longtemps que tu le souhaites. À mon avis, le plus sage serait de te procurer une arme.

La suggestion et le sérieux de Simone firent sourire Camille. Elle n'avait aucune intention de tirer sur qui que ce soit, même si, dans le cas présent, c'était tentant.

— Pas besoin, dit-elle. Je vais me trouver un sifflet et tu pourras appeler de l'aide si jamais tu l'entends.

Camille avait bien songé à faire appel à la police, mais elle ne voulait pas de scandale, d'autant qu'au bout du compte, Alexandre ne lui avait pas fait de mal, quelles qu'aient été ses intentions. Elle s'en tirait avec une grosse frayeur.

— Le temps que tu siffles et que la police arrive, il sera peut-être trop tard, s'inquiéta Simone. Mais qu'est-ce qui cloche chez lui ?

La vieille dame semblait sincèrement affligée de ce que son petit-fils avait fait ou aurait pu faire si sa jeune amie n'avait pas eu la présence d'esprit de se sauver à cette vitesse.

— Il a dit que nous formerions un joli couple, dit Camille qui retrouvait progressivement son calme.

— Et pour le prouver, il était prêt à te violer ? réagit Simone, qui était allée chercher du désinfectant et un pansement pour le genou de la jeune femme.

— Il était ivre, argua Camille, persuadée cependant qu'il serait allé jusqu'au bout s'il l'avait pu.

— Ce n'est pas une excuse.

Le comportement d'Alexandre indiquait en tout cas que Maxine et les garçons étaient vraiment aux abois et prêts à tout pour faire main basse sur l'argent que Christophe ne leur avait pas laissé. Entre Cesare et Alexandre, quelle journée pour Camille !

— C'est finalement peut-être une bonne chose que tu ne vives pas avec eux au château, décréta la vieille dame.

Elle alla chercher une chemise de nuit fleurie qu'elle lui tendit et elle prépara une camomille, son remède universel à tous les maux, pendant que sa jeune amie l'enfilait. Une fois Camille au lit, elle la borda – ce que personne n'avait plus fait pour elle depuis la mort de sa mère. Elle l'embrassa doucement sur le front et éteignit.

— C'est l'heure de dormir maintenant, murmura-t-elle.

Rassérénée et bien au chaud dans le lit de Simone, Camille sourit.

— Tu es ma bonne marraine la fée, dit-elle d'une voix ensommeillée.

Simone sourit à son tour et alla au salon, où elle s'assit avec un doigt de porto et une cigarette, ses petits plaisirs préférés. Tout en caressant la tête de Choupette, elle repensait à la sournoiserie de son petit-fils. La pomme ne tombait jamais loin de l'arbre. Il était peut-être même pire que sa mère. Bien malin qui pouvait dire quel serait leur prochain coup.

## 14

Le lendemain de cette affaire, Maxine entra dans le bureau de Camille et s'assit comme și de rien n'était. Camille se demanda si elle était au courant de la tentative d'Alexandre, mais le visage de la Française ne trahissait rien.

— J'ai une idée, commença Maxine sur le ton qu'elle aurait employé avec sa meilleure amie – ce qu'elles n'étaient pas, loin de là. Il te faut un nouveau chef des cultures, or la viticulture intéresse Alexandre au plus haut point et il veut en apprendre le plus possible. Je connais ta position sur les travailleurs clandestins, mais avec son visa d'étudiant, il pourrait être engagé comme chef des cultures stagiaire, puis en titre une fois sa carte verte obtenue. J'ai entendu dire qu'ils l'octroyaient plus facilement pour les professionnels de l'agriculture.

À l'évidence, elle gardait un atout dans sa manche. Camille commençait à bien la connaître : ses actes obéissaient toujours à une stratégie servant ses intérêts. La jeune femme n'avait simplement pas encore cerné où se trouvait le profit dans cette histoire.

— Je ne peux pas l'embaucher comme chef des cultures, même stagiaire, répondit-elle d'une voix lasse, au diapason de la fatigue qu'elle ressentait.

Elle avait tant à apprendre sur les responsabilités qui lui incombaient et elle devait en parallèle se défendre des intrigues de Maxine et de ses fils. Encore que Gabriel ne posât pas de problème : soit il était ivre, soit il conduisait trop vite ou bien était au lit avec une fille. Le danger venait surtout d'Alex, aux ordres de sa mère.

— Il n'a pas l'expérience voulue, poursuivit-elle. Or je ne peux pas placer un stagiaire à l'un des postes les plus stratégiques de l'exploitation. Il faut des années d'expérience sur le terrain pour savoir prendre soin de la vigne. Pour malhonnête qu'il ait été, Cesare connaissait son métier, c'est pourquoi mon père l'a gardé si longtemps. Mais comment comptez-vous vous y prendre pour obtenir une carte verte pour Alex ?

Camille était curieuse de savoir comment sa belle-mère pensait pouvoir réussir cela. Décrocher ce sésame demandait des années et le seul moyen rapide de l'avoir était le mariage, or il ne fréquentait aucune Américaine à sa connaissance. Elle frémit en repensant à ses avances d'ivrogne. Que se passerait-il s'il la coinçait et réussissait ? Cette perspective lui faisait froid dans le dos.

— Vous vous rapprocherez peut-être un jour, tous les deux, dit Maxine. Vous avez presque le même âge et c'est un très beau jeune homme. Il te faut un mari pour t'aider dans ta tâche et il a besoin d'une épouse américaine pour rester aux États-Unis, et l'aider à réussir.

Elle avait pensé à tout, sauf au fait que son fils était un escroc et un salaud, et qu'il avait presque violé Camille. Celle-ci avait encore le genou endolori. Simone avait changé son pansement le matin même avant qu'elle parte travailler.

— Je ne crois pas que ce soit une bonne idée. Mais vous, qu'en retireriez-vous ? demanda Camille avec calme.

— Oh, je suis sûre que nous serions capables de nous entendre sur un petit cadeau pour la mère de ton mari.

En résumé, Maxine aurait de l'argent, Alex une carte verte et une épouse fortunée, plus tout ce que celle-ci serait prête à lui donner. Et Camille se retrouverait avec un escroc pour mari – lequel l'aurait épousée pour l'argent de son père – et en prime une belle-mère tout droit sortie de l'enfer. Quelle proposition !

— Mélanger famille et affaires ne me semble pas une très bonne idée. Cela ne se fera pas, Maxine. Quand est-ce que vos fils repartent pour la France ? Je pourrais raconter à la police ce qui est arrivé hier soir.

— Les garçons ne sont pas pressés, répondit Maxine, en ignorant totalement cette dernière réflexion. Alex a son visa étudiant et je suis là pour t'aider jusqu'en juin de l'année prochaine. Les choses vont avoir le temps de se caler, poursuivit-elle d'un ton jovial. Pour ma part, je vais reprendre l'organisation de réceptions, comme j'avais commencé à le faire du temps de Christophe. Juste des petits dîners au château, avec des gens rencontrés dans la vallée.

Si Maxine avait un tant soit peu aimé son père, recevoir si vite après son décès aurait été inenvisageable. Mais dans sa logique, elle se trouvait au chômage et devait se donner les moyens de ferrer le prochain mari. Sam l'avait parfaitement cernée : c'était une croqueuse de diamants. Elle cherchait un gros poisson. Christophe avait été une belle prise, moitié plus jeune que le précédent titulaire, mais la malchance avait encore frappé.

La Française n'évoquait pas la possibilité de la convier à ces dîners. Elle l'informait juste qu'ils auraient lieu.

— Et, bien entendu, je m'occuperai de la réception donnée par le domaine pour la fête nationale, le 4 Juillet.

Camille voyait d'ici ce que cela coûterait, dans la droite ligne de l'extravagante fête de Noël au chai. Néanmoins, si cela permettait de maintenir la paix entre elles, elle était prête à cette concession. Elle ferait fi de son agacement à voir dépenser autant pour une réception, juste pour que cette femme puisse briller et se faire valoir ensuite.

— J'ai déjà commencé à plancher dessus, poursuivait Maxine tout en se levant. Je pense que nous devrions avoir des feux d'artifice comme ceux des Marshall à leur bal masqué. Sam Marshall vient à toutes vos fêtes, bien sûr, puisque ton père et lui étaient très proches.

En entendant cette remarque, Camille identifia enfin l'objectif final de Maxine : elle visait Sam Marshall. Et cela sans doute depuis le début ! C'était le producteur le plus important, le plus riche de toute la vallée, celui qui avait le mieux réussi, mieux même que Christophe. Sam Marshall était le Graal. Camille savait que les choses n'en arriveraient pas là, mais libre à Maxine d'essayer. En plus, se concentrer sur sa carrière de femme fatale la détournerait peut-être d'elle. Camille y pensait encore une fois Maxine partie.

Bien qu'elle n'ait pas relevé sur le moment, celle-ci avait retenu l'allusion à la police et, sitôt arrivée au château, elle se mit en quête d'Alexandre. Elle le trouva au garage en train de bricoler l'Aston Martin de Christophe.

— Que s'est-il passé hier soir ? Que lui as-tu fait ? hurla-t-elle puisqu'il n'y avait personne pour l'entendre.

— Rien. Je lui ai rendu une petite visite, mais j'avais trop bu. Elle s'est enfuie, répondit-il en haussant les épaules, l'air de s'en fiche.

— Tu l'as violée ?

— Ça aurait pu, dit-il avec un grand sourire. Mais je n'ai pas eu le temps : elle court plus vite que moi.

— Pour l'amour de Dieu, tu ne peux pas la séduire en douceur ?

Il haussa à nouveau les épaules et retourna à son moteur tandis que Maxine sortait en trombe du garage.

Trois semaines plus tard, Maxine donnait son premier dîner au château, pour seize personnes, avec cette fois encore Gary Danko aux fourneaux. Camille vit les voituriers et les Bentley, les Rolls et les Ferrari défiler alors qu'elle se rendait chez Simone. Son père était mort depuis moins de trois mois et sa vie avait changé du tout au tout. Elle se retrouvait paria dans sa propre maison, cantonnée à la vieille écurie. Mais elle s'y était presque habituée désormais et cela lui importait peu, car elle savait qu'au bout d'un peu plus d'un an le château lui reviendrait. Et quant à vivre sous le même toit qu'eux : non, merci ! Elle avait fait installer des serrures à toutes les portes et fenêtres de son cabanon et gardait un sifflet sous son oreiller ainsi qu'une batte de base-ball près de son lit, au cas où.

Les réceptions s'enchaînèrent ensuite au rythme d'une toutes les deux semaines. Les fils de Maxine y assistaient, mais jamais Camille, qui aurait de toute façon décliné si on l'avait conviée. Comme les invités ne la connaissaient pas, ils ne s'étonnaient pas de son absence. Ils connaissaient déjà à peine Maxine... Cette dernière possédait vraiment le don de réunir les gens fortunés autour d'elle. La plupart venaient toujours à ses réceptions, parfois par simple curiosité.

En mai, l'audit comptable s'acheva. Cesare avait détourné environ vingt mille dollars par an – Camille s'était attendue à pire. Il n'avait pas donné signe de vie depuis son renvoi. Une rumeur le disait reparti en Italie pour quelques mois et elle espérait bien qu'il y resterait. Elle ne voulait plus jamais le revoir. Les portes de Château Joy lui étaient fermées à jamais, à la fois professionnellement et personnellement.

Camille recommença à travailler sur la promotion de leurs produits et décida de se positionner réellement sur le secteur des mariages. C'était un marché énorme qui pourrait leur rapporter gros. Elle lança donc une campagne vantant le chai de Château Joy comme l'endroit idéal pour ce genre d'occasion, avec des remises spéciales et des tarifs tout compris incluant photographe, vidéaste, fleuriste, traiteur et transport. Les créneaux pour l'année suivante commençaient déjà à se remplir. Ils avaient aussi mis l'accent sur les réseaux sociaux pour attirer une clientèle jeune et des visiteurs du monde entier.

Camille pensait toujours avec deux coups d'avance à ce qu'elle pouvait faire pour développer leur entreprise. Comme son père s'était davantage concentré sur la qualité de leurs vignobles et que leur renommée était bien établie, elle se focalisait sur l'aspect gestion et développement, comme sa mère avant elle. En juin, elle embaucha un nouveau chef des cultures recruté à Bordeaux, vivement recommandé par ses cousins français à qui elle avait écrit. Par miracle, il était marié à une Américaine et avait une carte verte. Il était venu de France passer un entretien et elle l'avait engagé tout de suite. C'était quelqu'un de jeune, intelligent, exactement ce dont ils avaient besoin. Elle pouvait refermer définitivement et avec soulagement l'épisode Cesare. Préserver le rêve de ses parents et ce pour quoi ils avaient travaillé si dur était capital à ses yeux. Elle comptait continuer à développer Château Joy et avancer en phase avec l'époque, tout en maintenant la qualité de leurs vins. Le nouveau chef des cultures, François Blanchet, était là pour ça. Ils allaient faire du bon travail ensemble.

Toujours en mai, Camille fêta ses 24 ans en toute discrétion avec Simone, qui la régala d'un soufflé et d'un hachis parmentier, devenu au fil des mois le plat préféré de Camille – elle avait aussi appris à apprécier le boudin noir, qu'elle mangeait de bon appétit. En cadeau, Simone lui offrit une de ses toiles et lui recommanda aussi de sortir davantage.

— Je n'ai pas le temps, répondit la jeune femme.

Peu de temps après cet anniversaire, Phillip se présenta un jour sans crier gare au chai pour la voir. Il profitait d'un rendez-vous dans un domaine voisin, que son père songeait à acheter, pour venir prendre de ses nouvelles et en donner.

— Je me marie en septembre, mais pas ici, car Francesca déteste le coin. Elle est allergique à tout ce qui pousse, même au raisin ! dit-il, amusé.

Il ne semblait pas douter que sa fiancée finirait par se faire à la vallée de Napa. Mais il n'était pas venu pour parler d'elle. Il voulait surtout savoir comment allait Camille. Il était heureux de la revoir.

— Tout va bien ici ? lui demanda-t-il tandis qu'ils sortaient faire quelques pas et prenaient place sur un banc, pour le plus grand plaisir de Camille qui ne s'était pas arrêtée depuis le matin, même pas pour déjeuner.

Phillip s'en doutait. Il connaissait son acharnement au travail et savait qu'elle aimait ça. Il l'admirait d'ailleurs beaucoup pour son sens des responsabilités.

— Ça va plus ou moins selon les jours, lâcha-t-elle. Il ne me reste plus qu'un an avec la méchante marâtre dans les pattes. Autrement, le volet « organisation de mariages » au chai décolle comme une fusée !

Camille préférait de loin parler affaires plutôt que de s'attarder sur ses problèmes avec Maxine – elle ne voulait pas paraître pathétique.

Phillip hocha la tête, impressionné comme toujours par son investissement dans le travail. Il avait du mal à croire qu'elle dirigeait tout l'endroit maintenant, sans l'aide de personne. Au même âge, il n'en aurait pas été capable. C'est à peine si, à 31 ans, il se sentait prêt à reprendre le flambeau si quelque chose arrivait à son père. Camille avait grandi, surtout depuis ces derniers mois.

— Ta belle-mère n'interfère pas trop ?

— Au début, si, mais le chai l'ennuie. Alors elle s'est lancée dans les dîners et reçoit beaucoup. Ça l'occupe. Je crois qu'elle se cherche un mari.

— Exactement ce que dit mon père.

Entre autres gentillesses. Sam détestait Maxine et tout ce qu'elle incarnait.

Tandis qu'ils discutaient ainsi, un rugissement familier se fit entendre et Camille tourna la tête avec une étrange expression sur le visage, comme si elle avait vu un fantôme. Quelques secondes plus tard, l'Aston Martin de Christophe déboulait sur le parking après avoir dévalé la colline dans un train d'enfer. Gabriel fit crisser les pneus juste devant eux et arrêta le moteur. Il sortit d'un bond du véhicule, content de lui.

— De quel droit conduis-tu cette voiture ? lui demanda Camille, sans le lâcher du regard, se souvenant qu'il l'avait déjà endommagée en décembre. Et où as-tu pris cette veste ?

Il arborait la veste de cow-boy de son père, celle en daim beige frangée que Christophe adorait et portait tout le temps !

— Je l'ai trouvée dans le placard de ton père. Ma mère m'a dit que je pouvais la prendre, dit-il avec un regard de dédain puisqu'elle ne vivait plus au château.

— Eh bien, tu ne peux pas. Retire-la, s'il te plaît, dit-elle, la main tendue pour qu'il la lui rende, focalisée sur lui au point d'en oublier la présence de Phillip.

— Pas maintenant ! répliqua Gabriel avec colère. Ça ficherait tout mon look par terre. Je la remettrai à sa place plus tard. Et puis, c'est quoi, le problème ? Comme si ton père en avait besoin, ajouta-t-il, railleur.

Camille faillit s'étrangler à ces mots et Phillip la vit devenir pâle comme un linge.

— S'il te plaît, rends-la-moi. Justement par respect pour lui, répéta-t-elle d'une voix faible, la main toujours tendue.

Gabriel ne bougea pas d'un pouce, alors même que le vêtement ne lui allait pas si bien : il flottait dedans.

— Je te la rendrai plus tard, finit-il par décréter d'un ton irrité tout en se dirigeant vers la voiture.

— Il faut remettre l'Aston au garage et l'y laisser, rappela Camille d'une voix forte.

Maxine et ses fils n'avaient aucun respect pour les affaires de Christophe ou pour quoi que ce soit qui appartînt à Camille. Ils s'octroyaient tous les droits.

— Compte là-dessus, lâcha Gabriel.

Il était sur le point de monter dans le véhicule quand Phillip fit un pas en avant et le saisit au collet d'une poigne ferme, l'arrêtant net dans son élan. Gabriel lança un regard effrayé à cet inconnu, plus grand et plus âgé que lui.

— Hé ! Ça fait mal ! se plaignit-il.

— Tu as entendu ce qu'elle a dit : retire cette veste.

— Mais c'est quoi, le problème avec cette veste ? C'est juste un vieux blouson de daim. On en fait des plus beaux que ça en France, fanfaronna Gabriel, histoire de masquer sa peur.

— Parfait. Alors rentre chez toi et achète-t'en un. En attendant, rends-lui la veste de son père.

Avec la mine d'un enfant grognon et colérique, le jeune Français s'exécuta et la balança à Camille, qui l'attrapa au vol avant qu'elle se salisse par terre.

— Merci, dit-elle poliment, visiblement secouée par l'incident.

— Maintenant, remonte l'allée avec cette voiture et rentre-la au garage, ajouta Phillip, l'air menaçant.

— J'ai des courses à faire pour ma mère.

— Pour ça, il y a les voitures du chai. Mais pas celle-ci, rétorqua Phillip, inflexible.

— C'est quoi, ton problème ? Tu te prends pour qui ?

— Je te retourne la question.

Phillip était à deux doigts d'exploser. Camille le voyait dans son regard et à ses maxillaires saillants. Une provocation de plus et son poing allait partir. Sa patience avait atteint ses limites. Il n'allait pas permettre qu'un petit merdeux dans le genre de Gabriel harcèle Camille.

— Alors, tu ramènes cette voiture ou bien c'est moi qui dois le faire ? dit-il.

— Tu n'as qu'à le faire toi-même, cracha Gabriel par bravade en lui lançant les clés avant de se diriger vers les voitures du domaine dont il se servait sans jamais demander la permission – il en avait déjà abîmé deux, mais Camille avait laissé couler.

— Comment tu fais pour supporter ces gens ? demanda Phillip, presque fou de rage. Ça me démangeait de lui botter le cul !

L'expression fit sourire Camille, qui préférait néanmoins une issue pacifique à une nouvelle confrontation avec Maxine à propos d'un de ses fils.

— Je dois admettre que ça m'aurait fait plaisir, mais ils t'auraient sans doute traîné en justice, lui dit-elle avec un large sourire, soulagée d'avoir récupéré la veste et la voiture.

— Qu'ils essaient ! Rien que pour le plaisir que ça m'aurait procuré et le fait de te venger, ça en aurait valu la peine. Quel petit con !

Camille en convenait volontiers.

— Allez, viens. Je remonte l'Aston avec toi, lui dit-il.

Il avait des choses à faire, mais il ne voulait pas la laisser seule au volant de ce qui était un vrai symbole paternel pour elle. Elle tenait déjà la veste de Christophe comme le saint Graal…

C'est lui qui remit le cabriolet au garage, laissé grand ouvert par Gabriel. Ensemble, ils replacèrent la housse de protection qu'un des deux frères avait laissée traîner par terre. Tout ce que ces deux-là faisaient et leur façon de le faire était un affront. C'était pareil pour leur mère, mais Maxine possédait plus de finesse et de vernis et elle était plus diabolique. C'était elle qui menait la danse.

— Je vais déposer la veste à la maison, dit Camille d'un ton d'excuse après qu'ils eurent fermé la porte du garage avec l'une de ses clés.

Comme Phillip s'apprêtait à se diriger vers le perron, elle l'arrêta d'une main. Il la regarda sans comprendre.

— Je n'habite plus ici. Du moins, pour l'instant, dit-elle d'une voix posée, malgré son embarras évident – il serait la seule personne à être au courant, avec Simone.

— Comment ça ? Où loges-tu ? demanda-t-il, interloqué.

— Maxine m'a aménagé un endroit à l'arrière, avoua-t-elle, humiliée par cet aveu qui dévoilait la réalité de sa vie, à la merci de sa belle-mère.

— Mais alors, qui occupe les lieux ?

— Maxine et les garçons, répondit-elle en prenant le chemin qui contournait le château et menait à la vieille écurie.

— Tu n'es donc plus dans la maison ? résuma-t-il pour bien s'en convaincre.

Elle secoua la tête et il l'arrêta en lui prenant doucement le bras.

— Tu plaisantes ? Qu'est-ce qui se passe ici ? Ils t'ont mise à la porte de chez toi ou bien c'est toi qui voulais déménager ?

— Non, ce n'est pas moi. Elle voulait ma chambre pour Gabriel, celui que tu viens de voir. Et c'est une femme habituée à obtenir ce qu'elle veut.

Ils avaient atteint son nouveau logement et en avaient franchi le seuil. La première chose qu'elle fit fut d'accrocher délicatement la veste de son père à un cintre, sous le regard horrifié de Phillip. Camille vivait comme les saisonniers, et non comme la propriétaire du domaine.

— Mon Dieu, Millie... Comment est-ce possible ?

Sous le coup de l'émotion, il l'avait appelée par le petit nom qu'il lui donnait quand elle était une enfant et lui, un adolescent.

— Je n'ai pas vraiment eu le choix, dit-elle, gênée car elle se mettait à la place de son ami d'enfance et voyait son logis par ses yeux. Cela ne valait pas la peine de se battre avec elle, et c'est juste pour un an encore. En toute franchise, je suis plus en sécurité ici, loin des deux garçons.

Phillip n'aimait pas trop ce que cette phrase impliquait. Rien de bon, c'était sûr.

— Tu vas geler cet hiver ! Il faut que tu les mettes à la porte, constata-t-il en la regardant, à la fois furieux et au bord des larmes.

— Je voudrais bien, mais mon père a établi dans son testament qu'elle vivrait avec moi au château jusqu'à mes 25 ans. Je ne peux pas m'en débarrasser avant, à moins qu'elle ne parte de son plein gré.

— Il avait dit au château, mais pas toi dans une cahute et elle et ses fils dans votre maison. Et d'abord, où prends-tu tes repas ? Il n'y a même pas de cuisine.

Phillip était atterré, plus inquiet pour elle qu'il ne l'avait été durant ces six derniers mois. Pendant tout ce temps, il avait supposé qu'elle allait bien et lui-même avait été très pris. Il s'en voulait à présent et désirait l'aider, mais ignorait comment. Tout en sachant quelle plaie pouvait être Maxine, jamais il n'aurait imaginé qu'elle puisse jeter Camille dehors ! Il prenait soudain conscience que son amie n'avait personne pour la défendre contre leurs abus et leur manque de respect.

— Chez la mère de Maxine. C'est quelqu'un de merveilleux ! Sa fille l'a reléguée dans le cottage juste là. Il est plus confortable que mon écurie, avec une vraie cuisine. Elle me prépare à dîner tous les soirs. Maxine ne l'aime pas, et c'est réciproque.

— Camille, tout ça est dingue. Quand est-ce qu'elle t'a virée ? demanda-t-il, bien décidé à parler de tout ça avec son père, sans le dire à la jeune femme.

— Il y a environ trois mois. Il faisait un peu frais, mais ça va maintenant. C'est après l'argent qu'ils courent. Du moins Maxine. Elle veut que je la paie pour partir. Sinon, elle restera jusqu'au terme indiqué par le testament. Donc je fais le dos rond en attendant, parce que je ne céderai pas.

Phillip se demanda s'il ne valait pas mieux céder, mais il ne voulait pas lui demander quelle somme Maxine exigeait pour débarrasser le plancher. Ces gens-là étaient de vrais escrocs, son père avait vu juste. Et Camille gérait cette situation toute seule depuis des mois ! C'était dire quelle force de caractère elle avait. Son respect pour elle s'en trouvait décuplé.

Tous deux descendirent l'allée principale en silence. Phillip songeait à tout ce qu'il avait vu et entendu, et au regard de Camille quand elle lui avait montré l'écurie. C'était son amie et il ne supportait pas qu'on puisse la traiter ainsi. Son propre père ignorait la situation, il en aurait mis sa main à couper. Sam croyait certainement comme lui qu'elle allait à peu près bien. Techniquement, c'était le cas, mais elle vivait un cauchemar, livrée ainsi à elle-même.

— Tu viendras à notre fête du 4 Juillet ? demanda Camille pour changer de sujet, mais il secoua la tête avec regret.

— Malheureusement pas. Les parents de Francesca ont une maison à Sun Valley et j'ai promis d'y aller. C'est important pour elle et elle n'est pas encore totalement à son aise ici.

Ils discutèrent encore de choses et d'autres pendant quelques minutes, jusqu'à ce que Phillip parte honorer son rendez-vous dans le domaine voisin. Il était resté beaucoup plus longtemps que prévu à Château Joy, mais se félicitait d'être passé. Il en repartait bouleversé.

Quand il rentra chez lui deux heures plus tard, il alla sur-le-champ trouver son père, qui travaillait dans son bureau.

— Papa, j'ai vu quelque chose de dérangeant cet après-midi et je voudrais t'en parler, dit-il, l'air sombre, tout en s'asseyant face à Sam qui s'appuya au dossier de son fauteuil pour mieux l'écouter, alerté par son ton préoccupé.

— C'est à propos du domaine que tu as visité ?

Comme il espérait parvenir à un accord avec eux, le commentaire de Phillip n'était pas fait pour le rassurer.

— Non. En chemin, je me suis arrêté chez Camille. Ça faisait un moment qu'on ne s'était pas vus.

— Comment va-t-elle ? s'enquit Sam, alarmé.

— Il y a matière à s'inquiéter, papa. La garce que son père a épousée l'a mise dehors il y a trois mois et, depuis, Camille dort dans une petite écurie pleine de courants d'air à l'arrière du château pendant que les trois autres se pavanent à l'intérieur.

Sam fronça les sourcils.

— Ils utilisent à leur guise les affaires qui appartenaient à son père. Et Maxine tente de lui extorquer de l'argent en échange de son départ. Elle est traitée plus mal encore que Cendrillon !

La comparaison arracha un sourire à son père.

— Ils profitent d'elle de manière indécente. Bon sang, qui sont ces gens et pourquoi s'en sortent-ils impunément ? éclata Phillip, furieux de cette injustice.

— Je ne suis pas sûr que Christophe ait soupçonné quoi que ce soit à leur sujet. Il s'était refusé à faire mener une petite enquête sur leur passé. À sa place, je n'aurais pas hésité une seconde devant pareille manipulatrice.

— Ses fils sont sa copie conforme. Tu crois que tu pourrais te renseigner sur eux maintenant ? Ils ont peut-être un casier judiciaire ou laissé derrière eux des preuves de leurs agissements passés. J'ai peur qu'ils ne lui fassent du mal. Quelque chose ne tourne pas rond. J'ai failli mettre mon poing dans la figure de l'un des deux aujourd'hui. Il avait pris la voiture de Christophe, l'Aston Martin, et il portait en plus sa veste. Camille était presque en larmes en essayant de les récupérer.

— Pour commencer, ne t'avise pas de boxer quelqu'un. Ça n'aidera en rien. Je ferai ma petite enquête. Chris était bien trop confiant et elle l'avait totalement enfumé. Tu aurais dû voir le grand jeu qu'elle m'a sorti quand nous nous sommes croisés, avant qu'elle le rencontre. Elle courait après n'importe quel gars pourvu d'un compte en banque et d'un portefeuille bien garnis. Dans son genre, c'est un phénomène. Je vais voir ce que je peux trouver sur elle. Peut-être qu'on pourra aider Camille à s'en débarrasser.

— Merci, papa ! s'exclama Phillip.

Jusqu'à la fin de la journée, l'image de la jeune femme dans sa misérable écurie ne le quitta pas. Qu'avait-elle fait pour mériter ça ? Elle payait l'erreur de jugement de son père. Cette situation lui brisait le cœur. Il se retrouva à penser constamment à elle, à s'inquiéter pour elle.

Une semaine plus tard, cette affaire lui trottait encore dans la tête quand il alla retrouver Francesca à Sun Valley. Le détective international engagé par Sam pour enquêter sur Maxine et ses fils n'avait encore envoyé aucune information, mais il avait prévenu que cela demanderait peut-être un peu de temps. En tout cas, Phillip prenait désormais régulièrement des nouvelles de Camille. Ses appels la touchaient beaucoup. Savoir que le protecteur de son enfance veillait toujours sur elle lui mettait du baume au cœur. Exactement comme quand ils étaient petits, elle en retirait un sentiment de sécurité. Tout relatif cependant, avec Maxine encore dans les parages.

## 15

Les préparatifs de Maxine pour la réception du 4 Juillet au domaine l'occupèrent à plein temps à partir de la mi-juin. Elle avait loué des décorations sophistiquées à une société de Los Angeles qui fournissait le cinéma en décors. Elle insistait pour avoir de longues tables qu'elle disait plus stylées que les rondes, mais qui coûtaient deux fois plus cher. La note du fleuriste promettait d'être astronomique... Jusqu'au grand jour, Camille se demanda si cela valait vraiment la peine de la laisser se faire plaisir – les coûts initiaux avaient triplé sur la fin.

Toutefois, elle dut admettre que le résultat était à la hauteur des efforts et du budget engagés. Le clou de la journée devait être un feu d'artifice d'une demi-heure, c'est-à-dire aussi long que les plus importants tirés à San Francisco, alors qu'il ne s'agissait que d'une réception privée dans la vallée de Napa. Maxine en avait fait un événement exceptionnel, sur lequel le domaine tous les jours. Le nombre de leurs followers avait explosé.

Simone avait accepté de venir à la fête et Camille lui avait promis une table à l'ombre jusqu'au coucher du soleil – il ferait chaud au début de la réception et frais le soir.

Maxine s'était fait envoyer une tenue par un designer de New York. Il s'agissait d'une combinaison-pantalon blanche qui mettait en valeur chaque centimètre carré de son corps et de son incroyable silhouette. Elle avait engagé un photographe et un vidéaste, car elle voulait tout publier sur Internet après la réception – Camille avait reconnu que cela ferait une bonne publicité, surtout pour leur département mariage, qui décollait.

— Tu devrais me nommer directrice du marketing, dit Maxine d'un air suffisant alors que Camille inspectait les lieux avant l'arrivée des invités.

— Tu es hors budget pour moi, répondit la jeune femme avec franchise.

Dans l'immédiat, toutes deux trouvaient leur compte à cet événement de premier ordre pour lequel Maxine avait sorti le grand jeu aux frais de Camille. Outre le feu d'artifice, il y aurait des cours de danse après le dîner, des démonstrations de danse en ligne et de quadrille au son d'un orchestre de Vegas. Tout cela était excellent pour les relations publiques du domaine – certaines personnes les avaient littéralement suppliés pour obtenir une invitation. Et pour Maxine, il s'agissait d'une belle vitrine.

Alexandre et Gabriel étaient tous les deux en jean blanc et chemise bleue, pieds nus dans des mocassins en alligator Hermès. On les aurait crus tout juste arrivés de Palm Beach ou de Saint-Tropez. Camille aussi arborait un jean blanc, avec un T-shirt rouge et des sandales plates. C'était une journée de travail pour elle. Elle fut d'autant plus heureuse et réconfortée d'apercevoir, après plusieurs heures, le visage de Sam Marshall dans la foule.

— Je te cherchais, dit-il avec un sourire chaleureux avant de la serrer contre lui dans une étreinte paternelle qui l'émut aux larmes. Comment ça se passe ?

— Jusque-là, sans accrocs, répondit-elle, l'œil à tout.

— Je ne parlais pas de la fête, mais de tout le reste, corrigea-t-il d'une voix qu'elle seule pouvait entendre.

— Tout va bien, dit-elle en se demandant si Phillip lui avait parlé de sa visite avant de partir pour Sun Valley – elle regrettait son absence, mais il lui avait gentiment envoyé plusieurs textos pour lui dire qu'il pensait à elle.

— Il faudra que nous déjeunions ensemble de temps à autre, histoire de pouvoir discuter, décréta Sam.

La fête ne s'y prêtait pas et il voulait en entendre plus de sa bouche à elle, car son fils en avait peut-être rajouté – Phillip s'était toujours montré protecteur envers Camille. Personnellement, il avait beau ne pas apprécier Maxine, tout cela lui paraissait un peu énorme.

Et justement, quand on parlait du loup... La Française, qui avait repéré Sam dès son arrivée, était en train de se frayer un chemin dans la foule pour le rejoindre. Elle le regardait avec une timidité affectée, sûre du petit effet de sa tenue : il était impossible de ne pas contempler sa silhouette parfaite. Sam n'y était d'ailleurs pas insensible, mais au-delà de la plastique, il n'aimait clairement pas le personnage. Elle l'accueillit sur un ton de flirt et lui donna une accolade un peu trop serrée – comme Elizabeth n'avait pas pu venir, se trouvant à un meeting politique à L.A., Sam pouvait donner l'impression d'être libre. Ce n'était pas le cas, mais elle ne le savait pas.

— J'ai hâte d'assister à votre prochain bal des vendanges. C'est un tel exemple pour nous tous. Personne ne peut rivaliser, minauda-t-elle.

— C'est désormais une tradition dans la vallée, que les gens attendent. Parfois, je me dis que c'est un peu exagéré. On a tellement chaud avec ces perruques et ces costumes, répondit-il de façon neutre.

Il aurait bien voulu qu'elle aille remplir ailleurs ses devoirs de maîtresse de maison, mais elle ne bougeait pas d'un pouce. Malgré son inimitié, il remarqua la courbe sensuelle de ses lèvres et le galbe de ses seins. Il comprenait parfaitement ce qui avait piégé Christophe. Elle dégageait une sorte de sensualité capiteuse qu'il était impossible d'ignorer et qui promettait des moments torrides au lit. Mais pour lui, elle avait tout de la mante religieuse, cet insecte qui dévore les mâles une fois l'acte terminé. Elle avait quelque chose de dangereux. Bien sûr qu'elle n'avait pas tué Christophe, vu la fin qu'il avait connue, mais il était évident qu'elle avait des cadavres dans le placard, tous des hommes. Perdu dans ses pensées, Sam n'avait pas prêté attention à ce qu'elle lui disait, jusqu'à ce qu'il l'entende mentionner un dîner avec lui. Il la regarda avec surprise.

— Pourquoi voudriez-vous que nous dînions ? demanda-t-il en la regardant droit dans les yeux, qu'elle avait sombres et attirants comme des aimants.

— Vous êtes un homme très excitant, dit-elle d'une voix juste assez forte pour que lui seul entende – Camille n'était déjà plus avec eux, les ayant laissés pour aller voir Simone, qui semblait passer un bon moment, même sans Choupette restée au cottage à cause de la chaleur. Une cigarette dans une main et un verre de vin dans l'autre, la vieille dame discutait avec tous ceux qui étaient autour d'elle.

— Et en quoi suis-je excitant ? répondit Sam, entrant dans son jeu, à la grande satisfaction de Maxine. Serait-ce l'argent ? ajouta-t-il.

À ces mots, Maxine plissa les yeux sans le lâcher du regard. Il était de ces hommes que jamais elle n'attraperait. Elle en avait le pressentiment, mais elle n'était pas encore prête à accepter la défaite. Il se méfiait d'elle. Depuis le début. Alors que c'était lui qu'elle visait avant de connaître Christophe, lui qu'elle voulait. Comme elle ne répondait pas, il ne résista pas à l'envie de continuer à la provoquer :

— C'est fascinant de voir comment certaines femmes réagissent à l'argent, non ? On dirait presque une drogue.

Une des choses qu'il adorait chez Elizabeth, c'était qu'elle se fichait bien du montant qu'il avait sur son compte en banque. Elle l'aimait pour l'homme qu'il était, peu importaient son revenu ou sa réussite. Elle n'était pas impressionnée. Alors que Maxine en bavait presque.

— Maxine, je ne vous aime pas, lui dit-il avec franchise. Et je ne crois pas que vous m'apprécieriez vous non plus si vous me connaissiez mieux. Je suis plus brut que vous le pensez. Pas aussi raffiné que Christophe. Vous avez eu une sacrée chance en lui mettant le grappin dessus. Mais dans une partie de poker, il arrive qu'on doive se coucher plus tôt que prévu et, dans ce cas-là, on prend ses gains et on s'en va. Vous vivez peut-être l'un de ces moments-là.

Sam s'adressait à elle tout en observant la foule, comme si Maxine ne méritait même pas son attention pleine et entière.

— Présentement, je ne crois pas que vous ayez une main gagnante. La chance est du côté de la banque. Et je garde un œil sur Camille.

Il prononça ces derniers mots en la regardant cette fois droit dans les yeux, afin qu'elle comprenne que, quoi qu'elle fasse à la jeune femme, elle le paierait à la fin.

— Que vous a-t-elle dit ? demanda Maxine d'une voix glaciale.

— Rien. Mais je sais ce qui se passe ici. Je vous surveille, et mon fils aussi. Elle est comme une fille pour moi. Et je ne laisserai rien lui arriver. Souvenez-vous-en.

— Je n'ai été que gentillesse avec elle depuis la mort de son père. Mais c'est une enfant difficile. Elle se montre très grossière envers mes fils.

— Cela m'étonnerait fort. Elle a hérité de la douceur de son père. Est-ce que votre « gentillesse » implique de la faire dormir dans l'écurie au lieu du château qui lui appartient et où vous vivez avec votre progéniture ? Ce serait le bon moment pour déménager, conclut-il en lui lançant un regard implacable.

— Son père a voulu que je veille sur elle jusqu'à ses 25 ans.

— Je ne crois pas qu'elle en ait besoin. Nous verrons bien comment les choses évoluent. En tout cas, vous ne trouverez pas ce que vous cherchez ici. Christophe était un ticket gagnant. Il n'y en a pas beaucoup, des comme lui. Bonne soirée.

Et il disparut dans la foule.

Maxine s'étranglait presque. Elle qui avait organisé cette réception pour l'impressionner... Voilà que cela ne représentait rien pour lui et que, en prime, il lui dictait ce qu'elle avait à faire ! Elle était certaine que Camille lui avait parlé. Ou alors, elle avait joué le rôle de la malheureuse petite fille riche auprès de son fils. Camille allait payer pour ça, au centuple ! Elle commençait à en avoir assez de cette petite oie. En tout cas, Sam Marshall avait raison sur un point : la vallée de Napa n'était pas pour elle. Les hommes vraiment riches étaient mariés ou de vrais goujats comme Sam. Elle aurait du mal à tenir encore un an. Ce qu'il fallait faire désormais, c'était trouver un moyen de faire cracher Camille au bassinet, afin de pouvoir aller sous des cieux plus propices. Elle en avait plus que ras le bol de Château Joy.

— Tu passes du cirage, maman ? dit Alex en se glissant à côté d'elle. Je t'ai vue parler à Sam Marshall. Un nouveau beau-père en vue ?

— En fait, non. Il n'est pas mon style.

Et elle s'éloigna, en quête d'un autre poisson à ferrer. Mais il n'y en avait pas beaucoup ce soir-là. Sam avait été sa principale cible et elle avait échoué. À ses yeux, la réception était un fiasco. Quand Sam partit avant le feu d'artifice, elle le suivit d'un regard haineux.

La réception du 4 Juillet que donnaient les parents de Francesca à Sun Valley fut moins amusante que l'avait espéré Phillip. Ils avaient beaucoup d'amis conservateurs, et la plupart des invités étaient de leur génération. Pour animer le tout, ils avaient fait appel à un joueur de banjo et à un accordéoniste dont les accords lui cassaient les oreilles. Phillip n'arrêtait pas de penser à ce qu'il était en train de manquer dans la vallée de Napa. Ce soir-là, il savait son père à Château Joy et il aurait bien voulu y être lui aussi.

— On s'amuse bien, hein ? lui dit Francesca avec un sourire, heureuse de ne pas être pour une fois en Californie – cette station chic de l'Idaho était davantage sa tasse de thé.

— C'est un peu plus tranquille que ce à quoi je m'attendais, lui dit-il, sincère.

Il se demanda soudain si le mariage serait comme ça aussi. La cérémonie et la réception auraient lieu en septembre dans le country club dont les parents de Francesca étaient membres, à Sun Valley. Ils attendaient deux cents invités, la plupart des amis de ses futurs beaux-parents. Lui-même n'avait pas eu son mot à dire sur les préparatifs. La mère de Francesca avait tout organisé, ce serait très traditionnel. Tout ça lui donnait furieusement envie de retrouver le côté légèrement chahuteur, plus terre à terre et même nouveau riche de Napa, à ses yeux bien plus amusants.

Francesca avait un frère et une sœur plus âgés, tous les deux mariés et résidant comme leurs parents à Grosse Point, la banlieue chic de Detroit. Ils passaient les étés et les vacances de Noël à Sun Valley et Francesca s'attendait à faire de même. Tous les deux s'étaient rencontrés à un mariage à Miami où ils s'étaient beaucoup amusés – il y avait un orchestre de salsa et une assemblée bruyante.

Ils s'étaient par la suite retrouvés pour des week-ends et elle était venue à Napa, mais elle n'y aimait rien. Elle trouvait son futur beau-père mal dégrossi – au moins, il ne prétendait pas être autre chose – et ne comprenait pas pourquoi Phillip, qui était plus raffiné et éduqué, diplômé de Harvard, persistait à gâcher son talent en restant dans le secteur du vin à Napa, même si ça rapportait beaucoup d'argent. D'après elle, il ferait mieux de se tourner vers la banque, comme son père à elle. Sa propre mère n'avait jamais travaillé et elle était à la tête de la Junior League locale, une association caritative qui avait des antennes dans tout le pays. Ces six derniers mois, pour se rapprocher de Phillip, Francesca avait emménagé à San Francisco où elle avait trouvé un poste de réceptionniste dans une agence de publicité – elle qui rêvait au départ de trouver un travail dans un musée ! Elle détestait ce job. Le Michigan, où vivaient sa famille et tous ses amis, lui manquait. Elle n'arrêtait pas de se plaindre de la Californie et Phillip n'arrêtait pas de se dire qu'elle s'y ferait. Pour l'instant, elle lui parlait des décorations florales à leur mariage.

L'accordéon le rendait sourd, le banjo lui vrillait les nerfs. Il se sentait devenir claustrophobe et avait des envies d'ailleurs. Pour leur lune de miel, il avait suggéré Tahiti, Bali ou la République dominicaine, mais Francesca préférait Hawaï ou Palm Beach.

— Après le mariage, tu ne veux pas aller dans un endroit plus excitant que les États-Unis ? Que dirais-tu de Paris ? lui dit-il avec douceur.

Pendant une minute, elle n'eut aucune réaction, puis elle secoua la tête.

— Je ne crois pas. Le temps est pourri. Ma sœur y est allée pour sa lune de miel et il a plu tout le temps.

Elle n'avait pas l'esprit d'aventure, mais ça l'avait séduit au début. Il avait vu en elle une bonne candidate au mariage, pas comme les filles qu'il fréquentait d'habitude et qui voulaient tout le temps sortir et faire la fête. Seulement ces filles-là commençaient à lui manquer et il en ressentait de la culpabilité. En fait, la seule fois où il avait vu Francesca débridée, ç'avait été au mariage à Miami : elle n'avait pas dessaoulé du week-end à cause de la margarita. Elle était bien plus marrante alors.

Cette fête n'en finissait pas. Enfin, les invités commencèrent à prendre congé. Le soir, ils dînèrent au country club, après quoi Phillip emmena Francesca prendre un verre. Il aspirait à plus d'animation après cette journée passée au milieu de têtes d'enterrement. Il était assis au comptoir avec elle quand, soudain, il eut une illumination, l'impression subite de reprendre ses esprits. Que faisait-il aux côtés de cette femme avec qui il s'ennuyait déjà avant même d'être marié ? Francesca était en train de lui dire qu'elle voulait quatre enfants dans les cinq ans à venir. Il se sentit piégé rien que d'y penser ! Soucieux de ne pas agir dans la précipitation, il décida de laisser passer la nuit et d'y réfléchir à tête reposée en plein jour. Mais le temps qu'ils retournent déjeuner au country club le lendemain, tout ce dont il rêvait, c'était de prendre ses jambes à son cou !

Après le repas, il emmena Francesca faire une longue promenade pour lui annoncer la mauvaise nouvelle.

— Francesca, je crois que je ne peux pas faire ça. Soit je ne suis pas prêt pour le mariage, soit ce ne serait pas juste pour moi. J'adore la vallée de Napa, tu la détestes. J'adore le vin, toi non. J'adore découvrir des endroits exotiques, c'est ton pire cauchemar. Je ne me sens pas prêt pour des enfants, je sors à peine de l'adolescence moi-même. Tu en veux quatre tout de suite, ce qui me terrifie. Je crois qu'il faut qu'on arrête avant de faire tous les deux une terrible bêtise.

— Tu as la phobie du mariage, constata-t-elle avant de sortir un mouchoir et de se moucher.

Phillip était désolé de lui infliger cela, mais il se sentait encore plus malade à l'idée d'abandonner tout ce qui faisait sa vie pour l'épouser. Il ne l'accepterait pas, jamais. De jour en jour, elle rétrécissait sa vie. Et jamais il ne deviendrait banquier à Grosse Pointe, comme son ex-futur beau-père. Il voulait être comme son père et diriger le plus gros domaine viticole de la vallée de Napa. Même si son père faisait figure d'ours mal léché, il l'adorait tel quel et c'était l'homme le plus intelligent qu'il connaissait.

Phillip réserva un vol au départ de Boise pour le soir même et ils annoncèrent la nouvelle aux parents de Francesca avant qu'il parte. Il n'avait pas pensé que les choses tourneraient ainsi, mais il avait la certitude de faire ce qui était bon pour lui. Francesca lui rendit sa bague de fiançailles. En montant dans l'avion, il éprouva un puissant sentiment de libération, amplifié par le décollage. Jamais il ne s'était senti aussi soulagé de sa vie ! Il avait fait le bon choix. Il avait 31 ans et se trouvait à nouveau libre. Jamais il n'avait été aussi heureux.

16

Phillip surnomma les semaines qui suivirent sa rupture avec Francesca « l'été de sa libération ». Ça l'embarrassait de se rendre compte qu'il ne l'avait pas vraiment aimée et qu'il avait seulement suivi le mouvement de nombreux camarades qui, autour de lui, commençaient à fonder une famille. En voyant Francesca, il s'était dit qu'elle avait le profil de celles qu'on épouse, mais elle n'était pas pour lui. Le soulagement qu'il avait ressenti après leur rupture dépassait en intensité toutes les émotions qu'il avait expérimentées avec elle pendant leur relation, le soir de leur rencontre excepté.

Il avait abordé la question avec son père, lors d'un dîner à son retour de Sun Valley. Il avait avoué s'interroger sur la suite de sa vie. Si depuis l'université et son MBA, sa carrière suivait une voie toute tracée qui lui convenait parfaitement, il n'avait en revanche jamais réussi à avoir une vie amoureuse aussi simple.

— Que recherches-tu ? lui demanda son père.
— Je ne sais pas. Une femme dont je sois fou, qui me fasse tomber à la renverse. Du glamour, de l'excitation.

Francesca n'avait certainement rien provoqué de tout ça, pas plus que les femmes qui l'avaient précédée. Tout au fond de lui, il espérait une histoire comme celle de ses parents, qui étaient restés fous amoureux jusqu'à la mort de sa mère. Et, à sa façon, la relation de son père avec Elizabeth le séduisait aussi. Elle avait de la consistance. Même si aucun des deux ne souhaitait se marier, chacun apportait à l'autre de la profondeur et de la perspective, même en vivant dans deux villes différentes. Ils ne se voyaient pas souvent, mais ils se parlaient longuement tous les jours. Tous les deux se comprenaient et s'inquiétaient de l'autre. Ils étaient honnêtes et vrais dans leurs sentiments. C'était ça que Phillip voulait. Et non une femme qui prétendrait être autre chose qu'elle-même ou bien lui courrait après uniquement à cause de son nom, de son argent ou d'autres raisons tout aussi mauvaises. Ça devait être vrai ! Or, aucune de ses relations n'avait jusque-là ressemblé à ça. Elles avaient été distrayantes et amusantes, mais il n'avait jamais pu parler sérieusement avec aucune de ses conquêtes. Son père se dit qu'il finirait par trouver ce qu'il cherchait. Il avait tout le temps de cerner ce qui comptait pour lui. Il était encore jeune.

Pendant l'été, Phillip demanda plusieurs fois à son père s'il avait eu des nouvelles de l'agence de détectives mandatée en France pour enquêter sur Maxine et ses fils. Mais Sam n'avait rien reçu de leur part. Ils n'avaient probablement pas mis au jour de cadavres, sinon ils se seraient manifestés.

Phillip veillait à rester en contact avec Camille. Il l'appelait, lui écrivait et, une fois, était passé au bureau. Elle affirmait toujours qu'elle allait bien. Elle reconnaissait en revanche qu'il faisait chaud sans climatisation dans la petite écurie. Mais elle s'y était habituée et semblait ne pas y prêter attention. D'une certaine façon, sa vie était plus simple que jamais. Elle se concentrait sur son travail et le développement du domaine. De temps à autre, Maxine se montrait au chai, mais en cette période estivale, elle était plutôt happée par sa vie mondaine. On la conviait partout et elle-même recevait beaucoup. Alex et Gabriel parlaient de retourner en Europe. Gabriel pour retrouver des amis en Italie et Alex parce qu'on l'avait invité à faire une croisière en Grèce. Tous deux en avaient assez de la vallée de Napa, où ils n'avaient rencontré personne d'intéressant. Alex sortait avec la fille d'une riche famille, propriétaire d'une importante collection d'art, mais elle était jeune et il ne tenait pas à elle. Quant à un possible rapprochement avec Camille, il avait tiré un trait dessus après sa tentative avortée. La jeune femme ne cédait pas, et sur rien.

Une semaine avant le bal des vendanges donné par Sam, Maxine leur annonça qu'elle souhaitait leur présence là-bas.

— Pourquoi ? Tu n'as pas besoin de nous.

Elle sortait avec deux veufs de San Francisco et un divorcé de Dallas qui séjournait à Napa pour l'été. Mais aucun n'était assez important à son goût. Elle lorgnait toujours Sam. Aucun homme ne l'avait jamais traitée comme ça avant. Puisqu'il l'avait rejetée, il représentait désormais un défi, qu'elle ne prenait pas à la légère et se devait de gagner. Pour cela, elle devait l'amener à la désirer. Ils ne s'étaient croisés qu'une fois depuis le 4 Juillet, à un dîner où il ne lui avait pas adressé la parole. Mais elle ne lâchait pas le morceau et misait tout sur son costume pour le bal masqué. Il serait encore plus incroyable que celui qu'elle avait porté l'année précédente, avec Christophe.

Comme c'était l'actualité du moment, Camille mentionna le bal devant Simone.

— Tu vas y aller ?

— Je n'y tiens pas. Ça réveille des souvenirs trop douloureux pour moi. La seule fois où j'y suis allée, c'était avec mon père, quand maman était malade. L'idée d'y retourner sans lui me rend triste.

— N'importe quoi, la coupa Simone avant d'envoyer des ronds de fumée dans sa direction.

Elles étaient assises dans son cottage, après avoir dégusté une salade du potager – il faisait trop chaud pour cuisiner autre chose.

— À ton âge, on n'a pas le temps d'être triste. Il faut y aller et rencontrer un beau prince.

Camille éclata de rire. Simone et ses contes de fées... Elle affirmait y croire.

Deux jours plus tard, la vieille dame, vêtue d'une robe d'été du même vert émeraude que ses yeux, les cheveux en bataille, guettait impatiemment l'arrivée de sa jeune amie qui rentrait de sa journée de travail.

— C'est quoi, cet air espiègle ? Qu'est-ce que tu mijotes ? s'enquit Camille quand elle l'aperçut.

— J'ai volé quelque chose pour toi, annonça Simone avec un gloussement digne d'une adolescente.

— Quoi donc ? demanda Camille, passablement choquée mais se disant que ça ne pouvait pas être bien méchant, puisque Simone était foncièrement honnête – et puis, que pouvait-elle voler ?

— Je sais où Maxine range ses robes de bal. Elle m'a dit qu'elles étaient au grenier. Et comme c'est moi qui les ai toutes empaquetées pour les faire expédier par bateau après son départ de Paris, je sais ce que ces cartons renferment. J'ai profité de ce qu'elle était sortie déjeuner pour monter jeter un coup d'œil et en ouvrir certains et j'ai trouvé une robe parfaite pour toi !

Elle alla la chercher dans la chambre : la robe était d'un goût exquis, avec plusieurs couches de mousseline de soie rose pastel reposant sur une crinoline.

— Cela fait des années qu'elle ne la porte plus. Elle date de l'époque où elle était mannequin, dit Simone, les yeux brillant d'excitation tandis qu'elle exhibait la tenue.

— Mais Maxine va me tuer si elle découvre que tu l'as prise ! Et à quelle occasion pourrais-je la mettre ? dit Camille, fascinée par la pièce haute couture.

— Au bal des vendanges, évidemment ! Afin de rencontrer ton prince. J'ai trouvé un masque qui a dû appartenir à ta mère et une perruque poudrée. Tu auras l'air de Marie-Antoinette jeune fille.

— Je ne veux pas aller à ce bal, réaffirma Camille, quoique touchée par les efforts déployés pour elle par Simone.

— Maxine ne se souviendra même pas de cette robe, promit cette dernière. Tout ce que tu auras à faire, ce sera d'arriver avant elle, afin qu'elle ne te voie pas dedans. Camille, tu dois y aller. Il s'agit du plus important événement de l'année dans la vallée et tu as besoin de t'amuser un peu. Tu ne peux pas travailler tout le temps. Ce n'est tout simplement pas indiqué à ton âge.

— Je n'ai personne avec qui y aller, ni les chaussures adéquates, de toute façon.

Toutes les excuses étaient bonnes pour y échapper, mais Simone alla dans sa chambre fouiller dans le coffre où elle conservait des souvenirs du passé : des recueils de poésie, des lettres de son mari, des gants qu'elle avait portés enfant... Elle revint avec quelque chose d'emmailloté dans des mouchoirs en papier. Sous l'œil attentif de Camille, elle déballa avec mille précautions une paire de chaussures étincelantes.

— Je les ai mises pour le seul bal de ma vie. Elles méritent de retourner danser, dit Simone d'une voix grave en manipulant les chaussures avec révérence, se souvenant de la nuit magique où son mari l'avait demandée en mariage, soixante-dix ans plus tôt.

Choupette vint les renifler et repartit.

— Elles ont l'air minuscules. Je ne pense pas qu'elles m'iront, dit Camille, sceptique.

— Essaie-les.

Camille retira ses ballerines pour enfiler les escarpins. Ils lui allaient à la perfection, comme s'ils avaient été faits pour elle.

— Tu vois ! Il était écrit que tu devais les porter et aller à ce bal, décréta Simone, qui insista pour qu'elle essaie la tenue complète.

Camille s'exécuta pour lui faire plaisir, bien décidée cependant à ne pas se laisser convaincre. D'abord, comment s'y rendrait-elle ? Avec qui ? Ce n'était pas évident d'y aller seule.

— Ton ami Phillip sera là pour toi, lui assura Simone.

D'après ce qu'elle avait entendu, ce jeune homme avait l'air tout à fait charmant et désireux de protéger

Camille, comme l'aurait fait un frère aîné. C'était son ami d'enfance.

— Dis-lui juste que tu seras là et il te cherchera.

C'était une idée. Mais ensuite ? Rien ne l'obligeait à y aller au final. Sauf que Simone s'était donné tellement de peine pour elle, allant même jusqu'à ressortir d'anciennes robes de bal de Maxine, qu'elle ne voulait pas la décevoir. Ça avait l'air de représenter beaucoup pour la vieille dame.

— Ce genre de choses, c'est quand on est jeune qu'on doit les faire, sinon on le regrette plus tard, reprit Simone. C'est cela qui te fera rêver quand tu auras mon âge, pas le travail. Il faut de la magie dans la vie.

Ce qu'elle disait était plein de bon sens, mais Camille n'était toujours pas convaincue tandis qu'elles rangeaient la tenue et les chaussures dans le placard de Simone, là où personne ne les verrait. Simone y avait aussi caché le masque et la perruque.

— J'y réfléchirai, dit Camille, sans s'engager davantage.

— Appelle Phillip. Peut-être qu'il enverra une voiture te chercher.

— Ce serait trop.

Mais tout ce que disait Simone tombait sous le sens. Ou aurait pu si Camille avait voulu y aller. Elle retourna à son logis et s'allongea sur son lit, repensant à la fois où elle avait accompagné son père. Il était si beau... Si seulement elle avait pu retourner au bal avec lui. Elle ferma les yeux et se revit en train de danser avec lui. Il avait été son prince charmant et personne ne l'égalerait jamais. L'espace d'un instant, elle eut la sensation qu'il voulait qu'elle aille à ce bal. Simone avait peut-être raison. Et peut-être qu'il fallait un peu de magie dans sa vie. Elle y repenserait.

Le lendemain, Simone se promenait dans le jardin après être allée ramasser les œufs au poulailler, quand elle entendit des voix de l'autre côté de la haie. Maxine et Alex. Sa fille se plaignait de Camille.

— J'en ai assez de cette fille, de ce domaine. Elle le dirige comme un sanctuaire à la mémoire de son père et elle veille à tout. Il est impossible d'accéder au moindre mouvement d'argent.

— Oui. Tous les robinets sont fermés, confirma Alexandre. Il était plus simple de trouver des liquidités du temps de Cesare, même si c'étaient de petits montants.

— Avec lui, nous avons inutilement perdu notre argent et aujourd'hui, le legs de Christophe commence à fondre dangereusement, dit-elle.

Elle en avait dépensé l'essentiel en réceptions ces six derniers mois. Recevoir coûtait cher et aucun parti digne de ce nom ne s'était présenté – du moins pas du standing voulu.

— Et Sam Marshall ? demanda Alex.

— Je le verrai au bal dans trois jours. En attendant, il faut s'occuper de Camille. L'effrayer assez pour qu'elle crache au bassinet, dit Maxine comme s'il s'agissait d'un fait banal. Elle est plus coriace que je le pensais.

— Et pourquoi ne pas s'en débarrasser pour toujours ? suggéra Alex. Tu hérites de la moitié de tout si elle meurt avant ses 25 ans. Tu avais oublié ? Ça tomberait bien pour nous tous.

— Évidemment que je n'ai pas oublié. Mais ne sois pas ridicule. Tu ne peux pas la frapper à la tête avec une chaise, bon sang, ni lui tirer dessus. Réfléchis. Tu n'aurais rien en réserve, quelque chose de plus subtil pour l'effrayer ? J'en ai tellement assez. Elle est si ennuyeuse. Si encore elle t'avait épousé, mais tu as foiré ça.

— Je n'ai pas foiré. Elle n'était pas intéressée.

— C'est le cas de la plupart des femmes, quand on est ivre et qu'on essaie de les violer.

Il lui avait avoué les faits, en mettant tout sur le compte de l'alcool.

— C'était une erreur de jugement, répondit-il tandis qu'ils s'éloignaient en direction du château.

Simone demeura figée sur place. Ils n'oseraient tout de même pas tuer Camille ? Malheureusement, elle savait que ces deux-là en étaient capables. Maxine avait tout à y gagner et, s'il y avait un coup à tenter, c'était maintenant, tant que la jeune femme habitait encore au domaine. Utiliseraient-ils le poison ou quelque chose de plus subtil ?

La vieille dame retourna à son cottage et s'alluma une cigarette tout en contemplant Choupette. Une fois son mégot écrasé, n'y tenant plus, elle alla jusqu'au château pour s'entretenir avec sa fille. Elle la trouva seule dans la cuisine, en train de lire la presse française sur son iPad. Maxine parut surprise de voir surgir sa mère, elle qui déployait un maximum d'efforts pour l'éviter – Simone était une telle source d'embarras.

— Qu'est-ce que tu veux ? lança-t-elle en guise d'accueil.

— Te dire une chose : s'il arrive quoi que ce soit à cette jeune femme, même la chose la plus anodine, j'irai voir la police pour rapporter ce que je viens d'entendre au jardin.

— Je ne sais pas de quoi tu parles, dit Maxine, d'abord gênée, puis devenant menaçante : Si jamais tu racontes quoi que ce soit sur moi ou tes petits-fils, je te ferai déclarer impotente et tu finiras enfermée pour toujours dans une maison de retraite. Tu n'es qu'une vieille sénile. Personne ne te croira.

— N'en sois pas si sûre ! Je suis plus saine d'esprit que toi. Tu l'as assez torturée. Elle a perdu ses parents et a dû se coltiner ta présence, sans compter que tu l'as exilée dans une écurie. Je te le jure, Maxine, si tu lui fais du mal, je veillerai à ce que tu ailles en prison.

— Tu seras morte avant. Maintenant, sors de chez moi.

— Ce n'est pas chez toi, c'est chez elle. Et tu ne me fais pas peur. J'ai 87 ans. Cela fait longtemps que j'ai apprivoisé la mort. Si tu me tues, ce n'est pas grave. Si tu la tues, tu iras en prison, votre habitat naturel à tous les trois. Tu es pire que la gale et j'ai honte de t'avoir mise au monde.

Sur ce, Simone fit volte-face et retourna chez elle. Comme elle tremblait de tous ses membres, elle se prépara une camomille pour se remettre. Quelle serait la prochaine action de Maxine ? Essayer de se débarrasser de Camille ? L'effrayer pour qu'elle cède et les paie ? Ou bien y réfléchirait-elle à deux fois ? En tous les cas, si elle s'en prenait à Camille, elle la trouverait sur sa route. Ce n'étaient pas des paroles en l'air. La vieille dame était désolée pour sa jeune amie. Quelle vie !

Voilà pourquoi il fallait absolument qu'elle aille à ce bal. Pour avoir une vie plus belle que celle-ci.

Lorsque Camille passa la voir cet après-midi-là, Simone était encore toute chose, au point que la jeune femme s'en alarma.

— Ne t'inquiète pas, c'est juste une migraine causée par la chaleur. Mais écoute-moi bien, même si ça ressemble à du radotage : méfie-toi de Maxine et d'Alex, et même de Gabriel. Ne leur fais jamais confiance.

— Ils t'ont dit quelque chose ? s'étonna Camille, alertée par le ton véhément de Simone, elle d'habitude si douce.

— Pas besoin. Je veux juste que tu fasses attention. Ils sont aussi mauvais les uns que les autres, ces trois-là. C'est tout. Et j'ai pris une décision : tu iras au bal, que ça te plaise ou non. Appelle Phillip et dis-lui que tu viens. Je suis ta grand-mère maintenant, et tu dois faire ce que je te dis. Tu y vas, point final.

— Ça tombe bien parce que je suis arrivée à la même conclusion aujourd'hui, dit Camille. Je veux porter les chaussures et la robe.

Les deux femmes échangèrent un sourire. La décision était actée : Camille allait au bal.

## 17

Le matin du bal des vendanges, tout semblait prêt chez les Marshall. La stéréo venait d'être installée et les essais étaient en cours. Les équipes avaient travaillé sur les éclairages pendant trois jours. La fête promettait d'être, comme toujours, spectaculaire. Les gens faisaient des pieds et des mains pour être invités, voire réinvités, à cet événement. C'était le plus couru de l'année dans la vallée et le fait qu'il s'agisse d'un bal masqué le classait à part. Malgré tout le travail et l'énergie que cela demandait, l'énorme budget que cela représentait et les jérémiades qu'il proférait, Sam appréciait l'événement. C'était toujours un moment de nostalgie et un tribut à la femme qu'il avait aimée et perdue.

Voilà pourquoi il était à pied d'œuvre ce matin-là, aux côtés de ses équipes. Cela faisait des jours que tout son personnel et les renforts embauchés couraient partout pour résoudre les problèmes, communiquant par talkie-walkie. Lui-même en tenait un tandis qu'il quittait le lieu du dîner, où seraient assises cinq cents personnes. Il se dirigeait vers la maison quand l'une de ses assistantes l'appela sur la radio. Il répondit sur-le-champ.

— Je vous écoute, dit-il tout en passant devant deux agents de sécurité postés à l'entrée.

— Un appel de Paris en attente. Je n'ai pas bien compris de quoi il s'agissait, leur anglais est un peu sommaire. Je leur dis de vous rappeler plus tard ou je prends le message ?

Il fallut quelques secondes à Sam avant d'identifier qui pouvait l'appeler de France. Puis cela lui revint en mémoire.

— Non. Passez l'appel dans mon bureau, j'y suis presque. Dites-leur d'attendre, s'il vous plaît.

Deux minutes plus tard, il décrochait le combiné dans son bureau et une voix féminine lui demandait en français de bien vouloir patienter un instant. Le directeur de l'agence de détectives prit alors la communication et se présenta en anglais, au grand soulagement de Sam qui avait craint de devoir mener l'entretien dans une autre langue. C'était son homme de loi qui l'avait orienté vers cette agence spécialisée dans les enquêtes délicates. Sam avait entendu dire qu'ils excellaient à faire remonter les vieilles histoires bien enfouies. Leur silence depuis juin l'avait amené à croire qu'il n'y avait rien d'enterré au sujet de Maxine, rien de criminel dans ses agissements passés, et qu'elle n'était finalement qu'une croqueuse de diamants ordinaire, juste un peu plus douée que la moyenne. Si l'agence avait déniché des informations vraiment préoccupantes, il l'aurait su aussitôt. Il s'attendait donc à entendre un compte rendu lambda et un flot d'excuses.

— Monsieur Marshall ? dit une voix de basse à l'autre bout du fil.

— Lui-même, confirma Sam.

— Avant toute chose, permettez-moi de vous présenter nos excuses les plus sincères pour le retard avec lequel nous nous manifestons. Il a été très compliqué de réunir les informations demandées. Nous souhaitions pouvoir distinguer ce qui relevait d'un éventuel agissement criminel de Mme Lamennais…

Sam releva que le Français ne l'appelait pas « comtesse », alors qu'elle-même utilisait ce titre quand ça lui chantait.

— … ou simplement d'une réputation déplaisante, poursuivait le directeur de l'agence.

Sam sourit à cette formulation.

— Car cette personne a en effet une histoire peu banale. Avant d'épouser M. Lamennais, elle a eu trois maris en France. L'un dans sa jeunesse, qui est mort voilà deux mois dans un accident de moto, dans le sud de la France. C'est le père de ses deux fils. Nous avons pu parler à sa sœur, très jeune au moment du mariage de son frère avec Mme Lamennais, donc elle n'avait que peu de souvenirs d'elle. En revanche, elle a pu nous dire que ses parents ne l'avaient guère appréciée et en disaient du mal, notamment qu'elle en avait après l'argent. D'après elle, son frère n'avait plus aucun contact avec son ex-épouse. Elle avait même oublié que son frère avait eu deux enfants avec elle, il ne les voyait jamais. La vie de cet homme, c'était son second mariage : cinq enfants et une union interrompue par sa mort. Ils habitaient en Angleterre.

L'homme prit le temps de consulter des papiers et reprit son récit.

— Le deuxième mariage de Mme Lamennais semble avoir été très bref. Ce mari-là s'est suicidé il y a longtemps, deux ans après leur divorce. Nous avons été incapables de découvrir quelque chose sur lui, si ce n'est qu'il travaillait dans l'édition. Pas de proches de son côté. Apparemment, il menait une vie modeste et ne roulait pas sur l'or. Il n'a eu aucune descendance.

Ensuite, il y a une dizaine d'années, elle a épousé le comte de Pantin après avoir été sa maîtresse pendant deux ans. Le mariage a eu lieu dès que le comte est devenu veuf. D'après la fille du comte, cette relation adultérine a précipité le déclin de sa mère, atteinte d'un cancer. Elle raconte que son père était follement épris de Mme Lammenais. Il avait quarante-trois ans de plus qu'elle et la couvrait de cadeaux. Ses enfants étaient plus âgés que la nouvelle épouse et opposés à cette union. Ce mariage n'a donné lieu à aucune descendance. Les enfants du premier lit accusent leur belle-mère de les avoir coupés de leur père, supposément pour lui soutirer de l'argent sans qu'ils le sachent. D'après eux, le comte lui donnait tout ce qu'elle voulait. Pour preuve, leur train de vie extravagant : haute couture, joaillerie, yacht pour les vacances, voyages luxueux. Il possédait une importante collection de peintures de maîtres flamands et ses enfants sont convaincus qu'elle l'a forcé à lui donner des toiles, dont certaines qu'elle a vendues après sa mort. Quand la santé de leur père a commencé à flancher, elle l'a emmené dans le château de famille du Périgord, les empêchant ainsi de le voir. Nous n'avons pu joindre que récemment deux de leurs domestiques, qui ont confirmé ce dernier point : elle ne permettait à personne de le voir et le séquestrait. Le médecin du comte s'est refusé à tout commentaire, mais il n'a pas réfuté les dires de la gouvernante et de l'homme de maison. Apparemment, elle empêchait donc son mari de recevoir de la visite et pouvait aller, selon la gouvernante, jusqu'à le maltraiter. Un exemple : ce couple de serviteurs a retrouvé un jour le comte en fauteuil roulant enfermé dans un placard, après une dispute portant sur une peinture qu'elle exigeait d'avoir. Peinture qu'il a d'ailleurs fini par lui donner.

L'enquêteur brossait le portrait d'un être plein de cupidité et de méchanceté, capable d'abus jusqu'à la cruauté, tout cela en vue d'extorquer des objets de valeur à un vieil homme vulnérable.

— L'un des points les plus troublants de notre enquête sur ce mariage est que tous les enfants, à l'unanimité, affirment qu'elle a tué leur père. Mais rien de concret ne vient étayer cette allégation. D'après le certificat de décès, il est mort dans son sommeil, d'une crise cardiaque. Il avait presque 91 ans. Mourir à cet âge-là, après des années d'une santé fragile, ne soulève guère de soupçons. Après sa mort, les enfants ont réclamé leur château de famille, mais elle a refusé de partir jusqu'à ce qu'ils la paient en échange. Elle a apparemment reçu une somme rondelette, qui s'est ajoutée à sa part d'héritage. D'après les lois de succession, elle a en effet hérité d'un quart des biens immobiliers du défunt, mais elle en voulait beaucoup plus : la moitié des parts de chacun, ce qui aurait représenté au final bien plus que la moitié des biens du comte. Le scénario s'est répété pour la maison à Paris. La fille du comte dit que Mme Lammenais a tenté de les faire chanter et qu'elle a dévoilé à la presse certains faits concernant leur père – il aurait eu de nombreuses maîtresses quand il était marié à leur mère, alcoolique semblerait-il. Comme leur belle-mère menaçait de tout révéler, ils ont choisi de négocier avec elle plutôt que de subir le déshonneur d'un scandale. Le montant leur a paru faramineux. Ils ont conservé une certaine amertume à son endroit.

Je pense que l'allégation de meurtre est fausse, d'autant que nous ne connaissons pas l'état d'esprit du défunt au moment de sa mort – peut-être était-il assez malade pour vouloir renoncer à la vie et a-t-il demandé à son épouse de l'aider à mourir. Mais rien dans le certificat de décès n'indique quoi que ce soit de suspect. Au moment de sa mort, cela faisait quatre ans qu'il n'avait plus vu ses enfants ni ses petits-enfants. Ils en souffrent encore énormément aujourd'hui, ayant la sensation qu'elle les a privés des dernières années de leur père, dans le but de le contrôler. La gouvernante corrobore cette version, indiquant que, lorsqu'elle l'aidait à sa toilette, le comte répétait souvent combien ses enfants lui manquaient. Parfois, il en pleurait.

Plus le compte rendu se déroulait, factuel, plus Sam se sentait nauséeux. L'image de ce vieil homme isolé, reclus, coupé de sa famille et à la merci d'une jeune femme cupide prête à le maltraiter pour obtenir de l'argent, lui brisait le cœur. Même si Maxine ne l'avait pas tué, elle s'était montrée d'une cruauté inimaginable. Ce qui finalement ne le surprenait pas. Chaque fois qu'il la voyait, son instinct l'avertissait du danger. Il ne put s'empêcher de se demander si Christophe aurait cru pareil rapport. Lui et son désir de penser le meilleur de chacun… même d'une femme qu'il connaissait à peine et qui l'avait réduit en esclavage.

— Il semblerait qu'elle ait été sérieusement endettée à cette époque. Elle louait un appartement hors de prix, voyageait et recevait beaucoup. Sans nul doute pour trouver un nouveau mari. Elle a dû vendre plusieurs toiles et quelques bijoux pour régler ses dettes et partir aux États-Unis. Ses beaux-enfants avaient veillé à ce que sa réputation la précède dans les cercles parisiens, si bien que les portes ne se sont pas ouvertes pour elle dans les milieux où elle comptait chasser. J'imagine que cela a été plus facile en Amérique, où personne ne la connaissait.

La concernant, il n'y a aucune trace d'activité criminelle, en tous les cas rien qu'on ait pu prouver, mais il en va différemment de ses deux fils, Alexandre et Gabriel Duvalier. L'aîné a été renvoyé de cinq écoles privées parisiennes et d'une pension suisse, pour tricherie et parfois pour vol. Il a aussi été renvoyé de l'université. Il a ensuite occupé un poste dans une banque, apparemment grâce à son beau-père, où il a été accusé de fraude et de détournement de fonds. Sans l'intervention de son beau-père, l'affaire aurait fini devant les tribunaux. Il a été licencié et n'a pas retrouvé d'emploi depuis. Il semble vivre aux crochets de sa mère. Le plus jeune est inscrit à l'université et traîne un passif en lien avec les stupéfiants. Il a été plusieurs fois interpellé pour possession de marijuana et de hachisch. C'est le profil type du garçon trop gâté qui est sur une mauvaise pente. Lui aussi dépend financièrement de sa mère.

Mme Lammenais a encore la sienne, Simone Braque, qui a dans les 85 ans. Elle vivait chichement dans un quartier modeste de Paris. La concierge de son immeuble nous a dit que sa fille ne lui rendait jamais visite et qu'avant son départ, la vieille dame avait trois mois de loyer en retard, que sa fille a fini par verser.

Elle, ils ne l'ont jamais vue dans l'immeuble. Sa mère a en revanche la réputation d'être une femme adorable. Elle ne voyait jamais non plus ses petits-fils. Nous ne sommes pas certains de ce qui lui est arrivé. Peut-être est-elle morte dans l'intervalle, nous n'avons pas creusé la piste, car nous ne voulions pas qu'elle puisse éventuellement avertir sa fille de notre enquête.

— Sachez qu'elle est ici, dans la vallée de Napa. Tout comme les fils de Mme Lamennais, dit Sam.

Ces deux-là n'étaient pas un cadeau. Et leur mère encore moins. Sans être semblable à la célèbre « Veuve noire » et à son cortège de maris assassinés, elle avait manipulé, abusé, extorqué et fait tout ce qui était humainement possible pour obtenir de l'argent des hommes entrés dans sa vie, peu importait la cruauté des moyens. L'instinct de Sam ne l'avait pas trompé : cette femme était dangereuse et aucun homme n'était en sécurité une fois pris dans ses filets. Heureusement que Christophe n'avait pas vécu assez longtemps pour expérimenter ça. Il aurait été comme un agneau qu'on mène à l'abattoir. Il n'était pas de taille face à Maxine, et Camille non plus. Phillip avait vu juste. Sam était désormais très inquiet : expulser Camille du château pour l'installer à l'écurie et tenter de lui extorquer de l'argent n'était rien comparé à ce que Maxine pouvait mettre en œuvre quand elle avait décidé d'y consacrer toute son énergie. Dire que d'après le testament de Christophe, Camille avait encore neuf mois à tenir ! Cette pensée le faisait frémir et il allait faire tout son possible pour arrêter cette femme, car l'autre clause stipulant que tout lui reviendrait si l'actuelle héritière venait à mourir plaçait Camille en situation de danger réel. Il y avait urgence.

— Merci pour votre rapport très minutieux, dit-il d'une voix posée alors qu'il assimilait tout ce qu'il venait d'entendre.

— Nous avons tout mis par écrit, en version imprimée et sur ordinateur, mais je tenais à vous parler au cas où vous auriez eu des questions. Encore toutes nos excuses pour le long délai, mais ce dossier a demandé un travail de fourmi étant donné les sources seulement orales et l'absence de casier judiciaire.

— Pourtant il y aurait de quoi en avoir un, ne fût-ce que pour mauvais traitement sur personne âgée ! répliqua Sam avec une passion qui reflétait sa colère devant ces révélations et face au danger auquel Camille avait été bien involontairement exposée.

— La famille Pantin pense la même chose que vous, mais ces choses-là sont difficiles à prouver et leur père a pu craindre sa femme au point qu'il aurait tout nié, même si on l'avait interrogé. Cela dit, les deux domestiques disent qu'il l'a adorée jusqu'à la fin. Elle semble faire partie de ces femmes qui savent manipuler les hommes. Elles existent depuis la nuit des temps. C'est juste regrettable lorsque d'honnêtes gens tombent entre leurs griffes. De ce que tout le monde en dit, le comte de Pantin était un homme bien. Jeune, il a compté parmi les financiers les plus influents, mais il avait déjà un certain âge quand ils se sont rencontrés, un âge qui l'a sans doute rendu plus vulnérable à son charme – il est toujours flatteur de susciter les attentions d'une jeune personne.

La suite de l'histoire aux États-Unis n'était pas difficile à recomposer. Entre héritage et chantage, Maxine avait disposé d'une somme certainement moins importante qu'escomptée, mais suffisante pour satisfaire ses besoins jusqu'à sa rencontre avec Christophe. Elle l'aurait probablement saigné à blanc ou bien poussé à déshériter Camille – ce qui, contrairement à la France, était tout à fait légal ici : on ne comptait plus les vieux idiots qui le faisaient après avoir rencontré de jeunes croqueuses de diamants. Sam voyait cependant mal Christophe agir ainsi, à n'importe quel âge. Il adorait trop sa fille pour laisser Maxine le manipuler à ce point-là. En revanche, elle l'aurait fait souffrir. Il fallait vraiment sortir Camille de ses griffes !

Sam remercia à nouveau le Français pour son rapport détaillé et raccrocha. Alors qu'il empruntait le couloir, perdu dans ses pensées, il croisa Phillip, venu chercher une playlist pour le DJ afin qu'il la passe durant les pauses de l'orchestre. Elle datait de ses années d'université durant lesquelles il avait été DJ – il lui arrivait d'ailleurs de se remettre parfois aux platines pour des amis. Le jeune homme était content, détendu : il retrouvait ce soir une jeune femme avec qui on l'avait mis en contact mais qu'il ne connaissait pas. Il avait hâte d'y être. Mais ce n'était pas parce qu'il mettait autant d'énergie à s'amuser qu'à travailler qu'il oublierait sa promesse à Camille. Il était convenu qu'il la prendrait sous son aile dès qu'elle arriverait, pour qu'elle n'erre pas esseulée toute la soirée. Heureusement que sa « grand-mère la fée », comme elle disait, l'avait convaincue de venir ! Il allait veiller à ce qu'elle passe un bon moment. Tout à ce programme festif, il fut surpris de trouver son père si sombre.

— Quelque chose ne va pas ?

— En fait, oui. Je viens de raccrocher avec l'agence de détectives de Paris que j'avais contactée en juin. Comme ils ont pris leur temps, je m'étais dit qu'ils ne trouvaient rien. Mais tu avais vu juste, tout comme moi, à propos de la « comtesse », dit Sam en mettant dans ce mot tout le mépris possible. Je n'ai pas le temps de t'en parler maintenant, mais demain au petit déjeuner, sans faute. Camille ne s'en sortira pas toute seule.

Instantanément, l'instinct protecteur de Phillip se réveilla – un trait de caractère hérité de son père – et l'inquiétude le saisit – il avait beau aimer passer du bon temps, quand les choses devenaient sérieuses, il se mettait au diapason.

— Elle a un casier judiciaire ?

— Non, même si elle devrait. Ses fils et elle forment une belle brochette de canailles. Ce sont de vrais vautours. Elle n'aurait eu aucun scrupule à se défaire de Chris une fois trouvée une autre victime plus juteuse. Je suis juste content de ne pas être le suivant.

— Tu es trop grincheux pour une femme comme ça, papa, dit Phillip avec un sourire.

— Tu as sans doute raison. Hier, Elizabeth m'a traité d'ours mal léché.

— Mais, au moins, un ours bienveillant.

Personne sur terre n'était aussi gentil que Sam Marshall, ce qui ne l'empêchait pas d'avoir comme un radar interne ultra-sensible pour détecter les gens malhonnêtes. Il ne supportait pas la fausseté et avait dû s'en protéger pendant des années.

— Bon. On discutera de tout ça demain matin alors, reprit Phillip. Tu vas mettre Camille au courant ?

— Pas avant le bal. Et puis, je préfère en parler avec toi d'abord. Tu la connais mieux que moi. Je ne veux pas l'effrayer et j'aimerais avoir ton opinion sur la façon dont nous devrions procéder.

Sam avait un profond respect pour le jugement de son fils, d'où le fait qu'ils travaillaient bien ensemble : ils s'admiraient mutuellement.

— Essaie de ne pas t'inquiéter, dit Phillip. Nous traiterons l'affaire à la première heure demain. Rien n'arrivera ce soir, je suis sûr que la comtesse est occupée à préparer sa tenue et à déterminer avec qui coucher.

Sam hocha la tête. Il prenait très au sérieux ce qu'il venait d'apprendre.

— Tout est sur les rails pour ce soir ? demanda Phillip.

Puisque son père lui assurait que oui, il sortit donner la playlist au DJ. Sam se dit que son fils avait gagné en maturité ces derniers temps. Les fiançailles avec Francesca avaient été un feu de paille mais lui avaient au moins appris à identifier quel genre de femmes il ne voulait pas.

Son fils était de plus en plus indépendant et accordait moins d'importance à sa vie amoureuse. Il ne se racontait plus d'histoires sur ses conquêtes, par exemple qu'elles seraient plus qu'une relation d'un soir ou d'un week-end. Il profitait de l'instant présent. Si Christophe avait pu être ainsi, ils n'auraient pas eu à s'inquiéter de Maxine à cette heure. Sam prévoyait qu'elle ne se laisserait pas déloger facilement, et certainement pas pour rien. Phillip et lui en parleraient le lendemain. Dans l'immédiat, ils avaient un bal à organiser.

Maxine avait passé toute la journée à se préparer. Sa robe d'un bleu ciel très pâle avait été repassée à la vapeur et pendait dans son dressing. Les chaussures assorties en satin avec des boucles à l'ancienne s'y trouvaient aussi. La perruque et le masque étaient prêts et elle s'était allongée pour une petite sieste réparatrice avant de s'habiller. Tout en paressant, elle songeait à Sam Marshall. Qu'il lui résiste n'était pas possible. Elle avait la taille fine, la poitrine ferme, le visage impeccable grâce à ses dernières injections de Botox. Quand on la comparait à la femme avec laquelle Sam sortait et qu'elle avait aperçue à plusieurs reprises… Cette personne avait un visage ordinaire, la taille engoncée, un surpoids d'au moins sept kilos et elle s'habillait comme un sac, avec des tenues asexuées qui auraient mieux convenu dans un meeting politique ou une bibliothèque. Il méritait tellement mieux que ça. Il suffisait d'un petit coup de pouce du destin et elle l'attraperait. Ensuite, comme tous les autres, une fois qu'il aurait goûté à ses plaisirs, il en voudrait plus. Il ne pouvait en aller autrement.

— Tu voudras avaler un morceau avant de partir ce soir ? demanda Simone à Camille pendant qu'elles promenaient Choupette dans le jardin, après avoir ramassé dans un petit panier les œufs au poulailler.

— Non, merci. Il y aura largement de quoi là-bas, dit la jeune femme avec un sourire.

Elle avait prévu de partir pour le bal après Maxine, afin de ne pas risquer de la croiser. Elle comptait également l'éviter une fois sur place. Heureusement que les garçons n'y allaient pas, elle n'aurait pas à se préoccuper d'eux.

Elles entendirent Maxine partir dans la limousine qu'elle avait louée. Une Rolls blanche avec chauffeur, que Camille trouva vulgaire. De son côté, elle comptait s'y rendre dans l'un des véhicules du domaine. Guère élégant, mais cela avait le mérite de rouler et d'être assez passe-partout pour ne pas attirer l'attention.

Camille s'habilla chez Simone. Dans cette robe, elle avait l'air d'une princesse de conte de fées, et encore plus avec les escarpins dont les strass, les cristaux et le petit nœud de verre scintillaient de mille éclats arc-en-ciel dès qu'ils accrochaient la lumière. La jeune femme était radieuse.

— Essaie d'éviter ta charmante marâtre, lui rappela Simone du pas de sa porte où elle s'était postée pour la regarder partir.

Elle fit de grands gestes de la main jusqu'à ce que la voiture disparaisse, puis elle rentra avec Choupette. Les garçons étaient sortis dîner. Camille était belle à ravir et s'apprêtait à passer un bon moment à un bal masqué. Tout cela lui mettait le cœur en joie. Elle s'installa confortablement dans un fauteuil et prit un livre, tout en se félicitant d'avoir convaincu la jeune femme d'y aller.

## 18

Vingt voituriers attendaient les arrivants lorsque Camille arrêta son véhicule à l'entrée de la fête. Elle glissa le ticket que lui tendait l'employé dans sa pochette et suivit le flot des invités qui pénétrait dans le jardin, aménagé de manière à rappeler Versailles. C'était comme un voyage dans le temps, à l'époque de Louis XVI. Les femmes mettaient de l'ordre dans leurs gigantesques jupes, les hommes ajustaient leur perruque, les invités préparaient leur masque pour s'en couvrir le visage. Elle sortit son portable pour appeler Phillip et le localiser. Il décrocha.

— Tu es où ? lui demanda-t-elle.

— Quelle question ! Au bar, bien sûr. Mon rencart m'a posé un lapin. Son petit cousin lui a filé la rougeole.

— Voilà ce qu'on récolte à sortir avec des pré-ados, se moqua-t-elle.

— Elle est plus âgée que toi, mais pas de beaucoup, corrigea-t-il dans un rire. Dépêche-toi. Je m'ennuie.

Aucun de ses amis n'était encore arrivé et le gros des invités se composait de toute façon de gens importants, de la génération de son père.

— Où se trouve le bar ? demanda Camille. Au fait, je porte une robe rose pâle et Maxine est en bleu clair. Si jamais tu la repères, préviens-moi.

— Je t'enverrai un texto. Le bar se trouve tout à l'arrière. Il y en a trois ou quatre autres, mais celui-là propose du foie gras et du caviar.

Sam ne lésinait jamais et encore moins pour ce bal. Il était en train d'accueillir les invités avec Elizabeth.

Il fallut quinze minutes à Camille pour retrouver Phillip. Ce dernier avait demandé pour elle une flûte de champagne, qu'il lui tendit dès qu'elle l'eut rejoint. Elle en prit une gorgée tout en observant l'assemblée et le cadre. Tout était si recherché que cela ressemblait presque à un mariage, avec deux ou trois cents mariées.

— Tu es splendide, la complimenta Phillip, admiratif. Où as-tu déniché la robe ?

— Ne demande pas. C'est ma grand-mère la fée qui me l'a donnée, dit-elle en tournant sur elle-même pour qu'il la voie mieux – son mouvement dévoila les escarpins scintillants, qui arrachèrent un sourire à Phillip.

— Là, tu ressembles vraiment à Cendrillon. Est-ce qu'à minuit je me transformerai en citrouille ou en souris blanche ?

— Non, toi, tu es le prince. Tu ne te transformes en rien du tout. Tu te contentes de courir partout avec la seconde chaussure pour la faire essayer à des tas de « Berthe au grand pied » pendant les dix prochaines années.

— J'ai hâte d'y être, dit-il en riant. Et toi, qu'est-ce qui t'attend ?

— Je récure les sols du château jusqu'à ce que tu me déniches. Ou alors, dans la version contemporaine, je sors avec des amis et je me trouve un travail.

— Tu en as déjà un : tu diriges un domaine.

— Oh, ça ? commença-t-elle, rieuse, avant de s'arrêter net et de se cacher derrière Phillip.

Elle avait aperçu Maxine qui se dirigeait droit sur Sam, en conversation avec Elizabeth qui était très à son avantage ce soir-là. Sam avait l'air heureux.

— Tu crois que ton père et Liz se marieront un jour ? demanda Camille.

— Qui sait ? Peut-être que non. Les choses ont l'air de leur convenir telles quelles. Et puis mon père ne pourrait pas passer autant de temps qu'elle à Washington. Il doit être là pour le domaine.

— Elle abandonnera peut-être la politique.

— Ne compte pas trop là-dessus, dit Phillip, amusé. Mon père estime qu'elle devrait se porter candidate à la présidentielle. Mais je ne pense pas qu'elle le fera. Vice-présidente, ça, peut-être.

Ils discutaient tout en se dirigeant lentement vers les tables du dîner. Phillip avait veillé à l'asseoir à sa gauche, sa cavalière à sa droite, mais la chaise de celle-ci resterait vide. Il ne le regrettait pas, car il passait un bon moment avec Camille. Il l'invita à danser avant que le dîner commence. Tout en évoluant sur la piste, ils remarquèrent que Maxine était à une table placée à deux pas du parking, le plus loin possible de celle de Sam. Elle était attablée avec des personnes âgées et parlait justement avec entrain à l'une d'entre elles.

— S'il le fallait, elle pourrait faire la conversation à un rocher, dit Camille.

— Seulement si le rocher est plein aux as, nuança Phillip, qui joignit son rire à celui de la jeune femme.

Ils continuèrent à danser au son de l'orchestre et du DJ, tout en saluant les invités qu'ils reconnaissaient. Au bout d'un moment, lassés d'échanger des saluts, ils s'éclipsèrent dans le jardin où ils avaient l'habitude de jouer enfants. Cet espace ne servait pas pendant le bal et seuls les amis intimes savaient où il se trouvait. Il était donc désert quand ils y pénétrèrent. Camille retrouva avec émotion les rosiers, la petite tonnelle, les deux balançoires et le banc de marbre, comme tout droit sorti d'un jardin anglais, sur lequel leurs mères s'asseyaient pendant que Phillip et elle jouaient à chat entre les arbres. Elle se dirigea vers l'une des balançoires et s'y assit pour mieux se souvenir.

— J'adorais venir là quand j'étais petite.

— Tu étais très courageuse. Une fois, je t'avais fait tomber et tu t'étais ouvert le genou. Mais quand ta mère t'a interrogée, tu as dit avoir trébuché, dit-il avec un sourire tout en poussant la balançoire.

— Je m'en souviens, confirma-t-elle, les jambes lancées en avant pour se donner de l'élan et profiter du scintillement des escarpins qui dépassaient de sa jupe. Tu as toujours été gentil avec moi. Sauf le jour où tu as mis une grenouille dans le panier de pique-nique.

Ils éclatèrent de rire. Tout ça semblait si loin. L'écho de cette enfance heureuse et protégée qu'ils avaient tous les deux connue, chacun avec des parents aimants. Puis ils avaient grandi et la vraie vie les avait rattrapés. C'était comme ça.

— Tu crois qu'on devrait retourner à notre table ? demanda-t-elle.

— Non. Je préfère rester ici. On voit très bien le feu d'artifice. Et puis ne t'inquiète pas, à l'heure qu'il est, les invités ont déjà bien bu, s'amusent comme des petits fous et se soucient très peu de savoir où on est.

Lorsque la balançoire s'arrêta, Camille retira ses escarpins de peur de les abîmer dans l'herbe humide. Elle les garda à la main pour aller jusqu'au banc où Phillip et elle prirent place, comme leurs mères avant eux. Elle déposa alors les chaussures sous l'assise avant de contempler les étoiles avec lui. Le feu d'artifice commença, encore plus beau que d'habitude. Il dura plus d'une demi-heure. Quand il s'acheva, Camille regarda sa montre avec nervosité.

— Simone m'a conseillé de garder un œil sur Maxine pour pouvoir rentrer à la maison avant elle, de sorte qu'elle ne me voie pas dans cette robe. Or je dois passer devant le château pour rejoindre mon logis. On devrait peut-être jeter un œil à la réception pour voir où elle est.

Cela faisait bien plus d'une heure qu'ils étaient dans ce jardin privé, à en apprécier l'intimité, leurs souvenirs et la tranquillité loin des invités. Ils n'avaient aucune idée de l'endroit où se trouvait la belle-mère de Camille. Phillip acquiesça. Ils se levèrent et, au lieu de marcher, il la prit en chasse pour traverser le jardin, comme quand ils étaient enfants. Ce n'est qu'une fois arrivée à leur table que Camille remarqua qu'elle avait oublié ses escarpins sous le banc.

— Je vais te les chercher, proposa galamment Phillip.

— Ne te dérange pas, je les récupérerai demain. Je dois vraiment rentrer, dit Camille, paniquée, car elle venait d'apercevoir Maxine qui attendait sa voiture dans la file des invités sur le départ.

Comment allait-elle bien pouvoir s'éclipser sans que son ennemie jurée la repère ? Elle expliqua son dilemme à Phillip qui lui prit aussitôt la main et l'attira vers un petit portail.

— Je sais où ils garent les voitures et ils sont censés laisser les clés sur le tableau de bord.

Elle le suivit, pieds nus sur le sentier herbu, et ils débouchèrent sur un immense parking, habituellement utilisé pour les véhicules du domaine. Ils trouvèrent sans peine l'utilitaire de Camille.

— Merci de t'être si bien occupé de moi, dit-elle avant de se mettre au volant. Je me suis bien amusée. C'était comme avant, dans ce jardin.

— Moi aussi, j'ai bien aimé, lui dit-il, et il l'embrassa sur la joue.

À sa grande surprise, elle saisit une paire de claquettes sur le siège arrière et les enfila sans broncher malgré son élégante robe. Voilà qui était original. Décidément, on ne s'ennuyait jamais avec elle !

— Je ne me souviens pas avoir lu que Cendrillon repartait chez elle en claquettes, dit-il, amusé.

— Pas le choix, si elle laisse ses chaussures dans le jardin.

Elle espérait que Simone ne lui en voudrait pas de cet oubli, mais au moins, personne ne les trouverait là où elles étaient.

— Je te les rapporterai demain. Fais attention sur la route, dit Phillip.

Il leva une main en guise d'au revoir pendant qu'elle manœuvrait et elle se dirigea ensuite vers une sortie qu'elle connaissait bien, à l'arrière de la propriété, afin de rejoindre l'autoroute de Saint Helena. Avec un peu de chance, elle devancerait Maxine, coincée dans la queue des invités, et arriverait avant elle à la maison. Cette soirée avait été un immense succès et elle se réjouissait d'y être allée.

Elle était à seulement deux ou trois kilomètres de Château Joy quand une odeur de brûlé envahit l'habitacle par la vitre baissée. Elle aperçut dans le ciel de la fumée dont les panaches voilaient par endroits les étoiles. Ils semblaient très noirs, ce qui indiquait un feu en pleine activité. En raison de la chaleur et des étés secs, les incendies constituaient l'une des plus grandes craintes dans la vallée, car certains avaient été dévastateurs.

Alors qu'elle approchait du domaine, l'odeur se fit plus âcre. Elle accéléra une fois dans l'allée principale. De là, elle entendait le rugissement de l'incendie, semblable au grondement d'une cascade. Le dernier virage lui révéla un mur de flammes derrière le château. Elle arrêta net son véhicule et en jaillit comme un diable. Le feu semblait venir du cottage de Simone. Quand elle y arriva, elle vit que les flammes le cernaient, léchaient son écurie et commençaient de dévorer les vignes. Elle distingua alors à travers le brasier une petite silhouette : Simone, qui essayait de trouver un passage dans le brasier avec Choupette dans ses bras. Camille non plus ne voyait pas comment l'atteindre. Les flammes montaient plus haut que le cottage et les flammèches voletaient dans toutes les directions. Ayant par pur réflexe emporté son portable, Camille composa immédiatement le numéro des pompiers. Dès qu'elle eut donné son nom et son adresse, elle raccrocha et entreprit de retirer sa robe, car il était hors de question de franchir ces flammes avec une tenue aussi aérienne qui s'embraserait aussitôt. Elle se retrouva donc en sous-vêtements et claquettes et se mit à chercher un moyen de rejoindre Simone et le chien. C'est alors qu'elle aperçut Alexandre qui se tenait à distance et la reluquait. Elle pointa un doigt vers Simone et hurla à l'intention du jeune homme :

— Ta grand-mère ! Va chercher ta grand-mère !

Il ne fit pas un mouvement, se contentant de rire. Était-il ivre ? Il n'y avait pas trace de son frère ni de Maxine. Elle courut jusqu'à lui.

— Mais bon sang de bonsoir, sors-la de là ! cria-t-elle.

— Tu es dingue ? répondit-il sur le même ton. Personne ne peut franchir ça.

Personne, sauf elle. Elle ne pouvait pas laisser sa grand-mère d'adoption brûler vive. Les vignes à l'arrière flambaient déjà et l'incendie se rapprochait du château, mais tout ce qu'elle pouvait voir, c'était Simone, qui se tenait courageusement debout, Choupette dans les bras, attendant d'être secourue. La fumée était étouffante. Alors que Camille se mettait en quête d'un tuyau d'arrosage pour créer une brèche par laquelle passer, elle entendit les sirènes au loin. Moins d'une minute plus tard, une file de camions de pompiers s'arrêtait devant le château et des pompiers se précipitaient vers le brasier munis de lances à incendie. Elle arrêta l'un d'eux pour lui désigner Simone. Il fixa son masque à oxygène et opina du chef tandis que deux de ses camarades habillés de combinaisons ignifugées le rejoignaient. Les trois hommes traversèrent les flammes, enveloppèrent Simone dans une couverture anti-feu et la portèrent à l'abri, aussi loin que possible du brasier. Camille se précipita vers elle. Simone émergea de sous la couverture, tenant toujours contre elle une Choupette ahurie. Comme la jeune femme circulait toujours en sous-vêtements, un pompier lui tendit une veste.

— Que s'est-il passé ? hurla Camille pour couvrir le rugissement de l'incendie.

— Je ne sais pas, dit Simone, l'air remuée mais toujours vive et alerte. J'ai senti une odeur d'essence et Choupette s'est mise à gémir et à aboyer. J'ai aperçu des flammes par la fenêtre, qui couraient depuis ton écurie. Mes pauvres poules…

Elle semblait anéantie. Camille passa un bras autour de ses épaules. Elles regardèrent les pompiers combattre le feu dévorant le cottage tandis que d'autres s'activaient dans le vignoble. Comme le brasier avançait vers le château, on leur dit de rejoindre l'allée. Ce fut à cet instant que Camille se souvint d'Alexandre et de l'expression qu'il avait en regardant sa grand-mère reculer devant les flammes qui la piégeaient. Il avait à présent disparu. Camille ne le voyait nulle part.

Toutes les deux se tenaient entre deux camions de pompiers quand la Rolls de location de Maxine arriva. Les pompiers firent signe au chauffeur de se garer sur le bas-côté et Camille aperçut derrière elle une voiture inconnue. Elle reporta son attention sur les flammes qui approchaient du château. Un nouveau serpentin de feu progressait dans le vignoble vers le bas de la colline. Allaient-ils tout perdre en une nuit ? se demanda-t-elle.

— Mon Dieu ! Que se passe-t-il ? s'exclama Maxine qui avait couru malgré son costume.

Comme Camille était en sous-vêtements sous la veste de pompier, Maxine ne réalisa pas que la jeune femme arrivait elle aussi du bal. Son masque et sa perruque étaient restés dans l'utilitaire.

— Où sont les garçons ? hurla-t-elle.

— Je ne sais pas, dit la jeune femme, qui ne parvenait pas à oublier le visage ni le rire d'Alexandre en train de contempler sa grand-mère sur le point de brûler vive – c'était gravé dans son esprit pour toujours.

Pendant ce temps, Maxine se ruait vers le château.

— Vous ne pouvez pas y aller, s'interposèrent deux pompiers.

Ils arrosaient le toit, qui risquait de prendre feu à tout moment.

— Mes fils sont à l'intérieur !
— La maison est vide, nous avons vérifié.

Au moment où ils disaient cela, Alexandre et Gabriel apparurent à l'angle du bâtiment. Comme ils approchaient de leur mère, l'odeur d'essence se fit plus prégnante et les taches qui maculaient leurs vêtements, plus évidentes.

— Qu'est-ce que vous avez fait ? cria Maxine.

Alexandre la regarda d'un air courroucé. Les pompiers étaient trop occupés pour leur prêter attention, mais Camille n'en perdait pas une miette.

— Ce que tu nous as demandé, rétorqua-t-il.
— Je t'ai dit de te débarrasser d'elle, c'est-à-dire de la chasser d'ici. Je n'ai pas parlé de la tuer ni de brûler la maison !

L'origine du désastre ne faisait plus de doute. La forte odeur de combustible qui émanait des deux garçons suffisait à en identifier la source. Camille les fixait avec horreur. C'est à ce moment-là que Phillip, paniqué, surgit en courant derrière le trio. Il le dépassa et s'arrêta net, soulagé, quand il aperçut son amie saine et sauve. La voiture inconnue qui suivait celle de Maxine, c'était lui : il avait sauté dans le premier véhicule venu quand il avait appris la nouvelle.

— Le commandant Walsh prenait congé lorsqu'il a reçu l'alerte. Quand il nous a dit où avait lieu l'incendie, j'ai fait aussi vite que j'ai pu, dit-il à Camille avant de fusiller Maxine et ses fils du regard.

Il avait entendu ce qu'elle venait de dire et les vêtements pleins d'essence des garçons indiquaient clairement comment le feu avait pris.

— Vous avez presque tué votre grand-mère ! leur cria Camille tandis que Maxine jetait un regard furieux à ses fils.

— Vous êtes tous les deux des imbéciles. Vous vous rendez compte de ce que vous avez provoqué ?

— Tu hérites de tout si elle meurt, maman, lui rappela Alexandre, parlant de Camille comme si elle n'était pas là.

Sauf qu'elle entendait chaque mot de leur échange, tout comme Simone et Phillip, qui n'y tint plus. Il fonça sur Alexandre et lui asséna un puissant coup de poing. Les deux hommes commencèrent à se battre. Gabriel s'écarta avec l'air de vouloir déguerpir tandis que son frère continuait de hurler à leur mère :

— Tu nous as dit de nous débarrasser d'elle.

Deux pompiers durent interrompre leur tâche pour séparer les combattants. La police et le shérif arrivèrent peu après, talonnés par Sam et Elizabeth. Pendant ce temps, Gabriel tentait de s'enfuir en voiture à travers les vignes, mais l'une des voitures du shérif l'intercepta. Le commandant des pompiers vint confirmer le caractère criminel de l'incendie : les abords du château et du cottage avaient été aspergés d'essence.

Maxine et ses fils furent menottés sous les yeux de Phillip, Simone et Camille, et inculpés d'incendie criminel et de tentative de meurtre. Maxine ne cessait de répéter qu'elle était absente au moment des faits et ignorait tout de l'affaire. Mais ses fils avaient dit devant témoins que l'idée venait d'elle, qu'elle l'avait ordonné. « C'est un malentendu ! » martelait la Française, comme si effrayer Camille pour lui soutirer de l'argent était plus acceptable qu'une tentative d'assassinat. On les fit monter dans les véhicules de police et tous les trois prirent le chemin de la prison. Les Marshall, Elizabeth, Simone et Camille restèrent devant la maison à regarder les pompiers asperger le château et les vignes les plus proches. Le cottage était gravement endommagé et l'écurie où logeait Camille n'existait plus. La façade du château côté brasier avait entièrement noirci et le petit groupe priait pour que la demeure, les vignobles et le chai ne finissent pas en fumée durant la nuit. Tout dépendrait de la direction du vent.

# 19

Ce fut une longue nuit, passée à contempler les vignes de Château Joy en feu. Les pompiers réussirent heureusement à circonscrire l'incendie à une zone précise. Seuls quelques petites annexes et des abris furent détruits, en plus du cottage et de l'écurie. Le vent tourna et les flammes ne descendirent jamais la colline vers le chai. Par miracle, le château avait été épargné. La façade noircie pourrait être nettoyée, rien n'avait brûlé ni été endommagé. Tous étaient sous le choc, mais en particulier Camille. Elle savait comment ce désastre était arrivé, qui l'avait provoqué et pourquoi. C'était ça, le plus perturbant. Maxine et ses fils étaient inculpés d'incendie criminel et les garçons de tentative d'homicide volontaire. Toute cette affaire aurait pu facilement tourner au drame, avec la mort de Simone et la sienne.

Après deux heures sur place, Sam et Elizabeth repartirent, car la situation semblait alors sous contrôle. Phillip resta jusqu'à 5 heures du matin, quand Camille et Simone furent autorisées à entrer dans le château. La jeune femme installa Simone dans la chambre de

Maxine. La vieille dame avait eu son content d'émotions fortes cette nuit-là. Choupette prit place à côté d'elle sur le lit, geignant et toussant à cause de toute la fumée inhalée.

Camille les laissa et rejoignit Phillip à la cuisine. Dehors, les pompiers continuaient d'asperger les plantations au cas où le vent tournerait à nouveau et pour s'assurer que les braises étaient bien éteintes. Le jeune homme resta quelques minutes avec elle avant de prendre congé, non sans lui recommander de se reposer. Il repasserait dans quelques heures pour discuter, car dans l'immédiat, tous deux étaient trop épuisés et choqués pour aborder avec l'esprit clair tous les points qui devaient être soulevés.

Malgré cette nuit dantesque et seulement deux heures de sommeil, Phillip prit le temps de parler comme prévu avec son père de l'enquête en France. À la lumière des événements, rien de ce que Sam lui révéla ne l'étonna. Maxine était une femme dangereuse, diabolique, et elle avait certainement souhaité la mort de Camille pour pouvoir hériter de tout. Ses fils l'avaient prise au mot et avaient tenté de régler la chose à leur manière. Aussi maladroit et inepte que leur plan ait été, il avait presque réussi mais cela leur avait finalement explosé à la figure. Ils allaient tous se retrouver derrière les barreaux pour un bon bout de temps. Le rôle dévolu par testament à Maxine concernant Château Joy n'avait plus lieu d'être et elle avait quitté les lieux avec ses fils. Ils ne pourraient plus jamais atteindre ni tourmenter Camille.

Les deux hommes parlèrent longuement de ce qui s'était passé et de la naïveté, voire de la bêtise, de Christophe, aveuglé par son bon cœur. Tout cela aurait pu se finir en tragédie. Heureusement, le pire avait été évité grâce au vent : s'il avait tourné, Camille aurait pu facilement être tuée ou bien tout perdre.

Après le petit déjeuner, Phillip retourna à Château Joy pour voir s'il pouvait se rendre utile. Il y aurait un sacré ménage à faire et, à terme, il faudrait replanter les parcelles brûlées. Avant de partir, il avait récupéré les escarpins oubliés dans le jardin. Il les avait contemplés une longue minute, se souvenant de leurs jeux d'enfants dans ces lieux, puis les avait glissés dans la poche de sa veste.

Il trouva Camille à la cuisine, en train de préparer des œufs brouillés. Simone était assise à table tandis que Choupette courait partout dans la pièce en jappant.

— Tu te joins à nous ? lui proposa la jeune femme avec un sourire tout en déposant une assiette bien garnie devant la vieille dame.

Celle-ci semblait avoir un solide appétit malgré leurs mésaventures de la veille et son air fatigué. Juste avant l'arrivée de Phillip, elle se lamentait sur ses poules et Camille lui avait promis d'en racheter.

— Non, merci, répondit Phillip. Je viens de prendre le petit déjeuner avec mon père.

Il aurait bien voulu lui apprendre ce que Sam lui avait révélé sur Maxine et ses fils, mais c'était trop tôt, elle avait assez à digérer comme ça. Il se souvint alors des escarpins et les lui tendit en s'inclinant bien bas :

— Je crois que cela t'appartient, Cendrillon.

Elle sourit au souvenir du moment passé avec lui dans le jardin.

— En fait, elles sont à Simone, dit-elle en les passant à leur propriétaire légitime, tout sourires de les revoir.

— En ce cas, c'est vous qui devriez être ma princesse de conte de fées et moi, votre prince charmant, dit Phillip à la vieille dame.

Tous les trois éclatèrent de rire.

— Il me semble que vous êtes un peu jeune pour moi. Avez-vous un grand-père ? répondit-elle d'un ton innocent.

— Je crains bien que non.

Mimant le regret, Simone leva les yeux au ciel et s'alluma une cigarette dès qu'elle eut fini ses œufs.

— Heureusement que tu portais ces chaussures hier soir, sinon je les aurais perdues. Cela fait soixante-dix ans que je les conserve soigneusement, dit-elle à Camille avec un brin de nostalgie.

Tout ce qu'elle possédait était parti en fumée ou bien avait été endommagé par l'eau et la suie. Mais au moins Choupette et elle étaient-elles entières. De la même façon, toutes les affaires de Camille conservées à l'écurie avaient été réduites en cendres. Mais hormis les photos de ses parents et la veste de son père, elle n'y avait rien apporté de valeur. Au regard de ce qui aurait pu arriver, les pertes étaient finalement minimes. Ce matin-là, Camille avait appelé les assurances, qui passeraient dans la semaine. Château Joy était bien couvert, mais ce n'était pas cet aspect des choses qui était le plus perturbant. Simone avait passé les dernières heures à songer à ses petits-fils et à leur acte inimaginable, ainsi qu'à sa fille, à l'origine de tout ça. Quant à Camille, elle devait s'habituer à l'idée que des personnes qu'elle connaissait avaient voulu sa mort, quitte à sacrifier Simone au besoin.

Avant le petit déjeuner, elle avait jeté un œil aux chambres des garçons et de Maxine, une fois Simone levée. Tout ce qu'elle voulait maintenant, c'était se débarrasser de leurs affaires, de la moindre trace de leur présence. Elle voulait tout jeter et les effacer à jamais de sa vie.

Simone sirotait son café et tirait sur sa cigarette avec tristesse. Camille se sentait désolée pour elle. Sa fille unique et ses deux petits-fils étaient des criminels et avaient tenté de la tuer. Ce devait être difficile à accepter, même si leur méchanceté n'était pas une surprise pour la vieille dame. Ils l'avaient simplement poussée plus loin qu'elle ne l'aurait cru possible.

Il y avait cependant une autre raison à sa tristesse, qu'elle expliqua à Camille quand Phillip sortit inspecter les dégâts.

— Je vais devoir te quitter maintenant, dit Simone, les larmes aux yeux. Je me sens tellement mal pour ce qu'ils t'ont fait que je ne pourrai jamais me pardonner, Camille. Ton père était un homme bien et tu ne méritais rien de tout ça. Par ailleurs, je n'ai plus aucune raison de rester désormais. Mon horrible famille n'habitera plus ici et je m'en réjouis pour toi. Seulement, chaque fois que tu me verras, tu repenseras à Maxine. Je ne peux pas te faire ça. Je vais retourner en France, dès que je me serai organisée. Je touche une petite retraite, je louerai une chambre chez l'habitant à la campagne. Je ne veux pas retourner à Paris.

— Et moi, je ne veux pas que tu partes, répliqua Camille, les yeux humides. Tu es ma grand-mère la fée. La seule famille qui me reste, ajouta-t-elle avec un accent de mélancolie qui toucha profondément Simone.

— Alors toi et moi formerons une famille, lui dit la vieille dame. Avec Choupette, bien sûr. Elle en fait partie, elle aussi.

La petite chienne secoua la queue comme si elle confirmait. Elle était noire de suie et n'échapperait pas à un bon bain dans l'évier.

Les deux femmes savaient qu'il leur faudrait donner leurs dépositions à la police à propos de Maxine et les garçons. S'il y avait un procès, elles devraient témoigner, mais d'après Phillip, le trio infernal plaiderait sans doute coupable pour parvenir à un accord et écoper d'une moindre peine. Finir dans une prison américaine allait être une sacrée déchéance pour Maxine. Ce n'était certainement pas ce qu'elle avait en tête à son arrivée en Californie.

— Si je reste, où habiterai-je ? demanda Simone. Je ne veux pas m'imposer à toi au château.

— Tu ne t'imposes pas. C'est moi qui te demande de vivre ici. En plus, qui d'autre me préparerait du cassoulet, du boudin noir et des rognons ?

— Tu marques un point, dit la vieille dame en souriant.

Elles avaient noué un lien affectif très fort au fil de ces mois passés dans l'ombre menaçante de Maxine.

— On peut revoir l'attribution de certaines pièces là-haut. Ce n'est pas la place qui manque, entre les greniers, les débarras et les pièces jamais utilisées. On peut repenser le dernier étage pour t'y aménager une sorte de suite, avec une jolie chambre et un salon.

— Et une cuisine ? s'enquit Simone, les yeux brillants rien que d'y penser.

— Si c'est ce que tu souhaites.

Camille ferait tout pour que Simone reste. Les épreuves qu'elles avaient traversées avaient renforcé leur affection mutuelle, scellée cette nuit où elles avaient frôlé la mort.

— C'est juste que je ne veux pas être dans tes pattes.

— Je me sentirais très seule ici sans toi.

Cela faisait presque un an qu'elles dînaient ensemble tous les soirs.

Elles étaient toujours en train d'en parler quand Phillip revint de sa tournée dans les champs et les vignes. François, le chef des cultures, ainsi que plusieurs ouvriers agricoles étaient venus aider à nettoyer les lieux. Camille avait hâte de commencer à se débarrasser des affaires de Maxine. Les choses de valeur iraient au garde-meuble et le reste, à la poubelle. C'était comme si cette femme avait empoisonné la maison et lui avait jeté un sort : Camille voulait nettoyer la plus infime trace de son passage au plus vite. L'araignée était partie, sa toile avait disparu. Camille comptait s'installer dans la chambre de ses parents et donner la chambre d'amis à Simone, le temps que soit construite sa suite au dernier étage.

— Que dirais-tu d'un petit tour avec moi ? lui proposa Phillip.

Comme il avait laissé dehors ses bottes couvertes de boue et de cendre, il sortit les remettre pendant que Camille enfilait les siennes afin de pouvoir le suivre dans les vignes. Ayant perdu la plupart de ses vêtements dans l'incendie de l'écurie, elle portait un vieux jean trouvé dans un placard de sa chambre et une chemise de travail de son père. Mais tout cela semblait secondaire par rapport au fait d'être en vie.

À l'extérieur, l'odeur âcre de la fumée prenait à la gorge. Les pompiers arrosaient encore certaines zones et des inspecteurs de police passaient les abords de la maison au peigne fin, réalisant des prélèvements là où l'essence avait été répandue. Ils prenaient aussi des photos. Un cordon jaune délimitait certains endroits. C'était désormais une scène de crime. Camille avait reçu un texto désespéré envoyé par Maxine à son arrivée à la prison, qui lui demandait de leur trouver immédiatement des avocats. Mais son ex-belle-mère n'avait qu'à puiser dans ses propres ressources financières et sociales. La comtesse était sortie de sa vie. Et si Maxine et ses fils n'avaient pas les moyens de payer un avocat, ils s'en verraient attribuer un commis d'office.

— Je suis tellement désolé pour toi, dit Phillip avec compassion pendant qu'ils marchaient.

Ils s'arrêtèrent devant les débris de la petite écurie aux courants d'air. Il n'en restait rien. Camille repasserait plus tard avec un râteau et une pelle pour fouiller les cendres et voir si un objet sentimental avait survécu. Simone voulait faire de même au cottage et elle avait promis de l'aider. Que la vieille dame reste la soulageait infiniment. Elle ne voulait pas la perdre maintenant.

— C'était sympa hier, jusqu'à l'incendie. J'ai passé un bon moment au bal, dit-elle.

— Et moi, j'ai adoré me retrouver dans le jardin avec toi. Cela faisait des années que je n'y étais pas allé. Je me souviens que tu aimais beaucoup y faire de la balançoire. Ce matin, je me suis assis là-bas pour réfléchir, au moment de récupérer tes chaussures… euh, pardon… les chaussures de Simone.

Son sourire entendu fit rire Camille. L'idée de Simone en Cendrillon était adorable.

— J'ai alors compris quelque chose, reprit Phillip. Peut-être que je ne suis pas si différent que ça de ton père. Il était aveuglé par tout ce qui avait de l'éclat et de la sophistication, par tous ces artifices mielleux avec lesquels Maxine l'a attiré. Il m'est arrivé la même chose avec chacune des femmes avec lesquelles je suis sorti depuis la fin de mes études. Avec Francesca, l'idée de départ était bonne, mais pas le casting. Elle m'aurait rendu fou.

Je crois que nos parents sont tombés juste du premier coup. Ils ne cherchaient rien d'impressionnant ou de chic. Ils voulaient juste construire quelque chose ensemble. Toi et moi n'avons pas grandi avec ce qui fait aujourd'hui baver ces abrutis tape-à-l'œil. Nos parents ont travaillé dur, et nous aussi. Ils ont vécu de véritables unions et c'étaient des gens vrais. Ton père était peut-être un rêveur, mais c'était un type franc, tout comme le mien. Chacun d'eux a transformé son rêve en réalité. Regarde tout ça, regarde ce que ton père a construit pour toi, l'héritage qu'il t'a laissé. Le mien a fait la même chose, ça a juste poussé plus vite qu'il le pensait. Mais aucun de nous n'a jamais attrapé la grosse tête pour ça, ni cédé au côté m'as-tu-vu.

— Ça veut dire que tu vas échanger ta Ferrari contre un SUV ? le taquina-t-elle.

— Sur-le-champ ! Ce que je veux dire, c'est que j'ai finalement cerné ce que je voulais. Je ne veux pas d'un joyau à exposer ni d'un trophée. Je veux une personne vraie et je veux être authentique avec les gens. C'est ça, pour moi, le conte de fées.

Il était prêt dorénavant pour une *vraie* vie, et il le savait. Jusque-là, il tâtonnait, mais la nuit passée et tout ce que Camille avait enduré l'avaient réveillé. Son père aurait été fier de lui s'il l'avait entendu parler à cet instant – il n'avait jamais douté qu'il parviendrait à cette maturité, sans savoir quand.

— C'est drôle, dit Camille. Je me suis toujours dit que mes parents avaient connu une vie de conte de fées, et c'était ce que je voulais moi aussi en grandissant. Simplement avoir ce qu'ils avaient. Et puis tout est allé de travers. Maman est tombée malade et elle est morte. Mon père a disparu dans cet accident d'avion. Ce sont des coups durs, mais ça arrive à tout le monde. Je ne crois pas avoir eu la conviction que de bonnes choses allaient m'arriver depuis que maman nous a quittés. Maxine a été comme un poison dans notre vie. Je n'ai jamais été dupe de son charme, je savais que c'était une hypocrite et qu'elle me détestait. Mais papa n'y a jamais cru. Il ne voulait pas le voir. Je pouvais le sentir. Après tout ça, en qui avoir confiance ? Comment croire aux fins heureuses si le prince charmant et la princesse meurent à la fin ? demanda-t-elle en songeant à ses parents.

— Tu ne connais pas la fin de l'histoire, lui dit-il avec douceur tandis qu'ils s'asseyaient sur un banc face à la vallée.

Les vignobles de Château Joy s'étendaient à perte de vue et plus loin commençaient ceux de Phillip. Dans le minuscule royaume où ils vivaient et où ils avaient grandi, ils étaient prince et princesse.

— Mais tu dois croire en quelque chose. Avant tout, en toi-même. Puis en l'autre. Et avec un peu de chance, le prince et la princesse vivront très vieux. Nos mères sont mortes jeunes, ton père aussi, mais ce n'est pas toujours le cas. Regarde Simone. Elle avance comme une locomotive à vapeur, et ça, malgré toutes les cigarettes qu'elle se visse au coin des lèvres et qu'elle tète jusqu'au mégot. Elle sera probablement centenaire !

Cette évocation arracha un sourire à Camille et lui donna matière à réflexion. L'idée lui plaisait. Elle voulait que sa grand-mère de conte de fées vive à jamais. Elle avait besoin d'elle. Simone dégageait une sorte de magie, en tout cas pour elle. Et la vieille dame aussi avait besoin d'elle, pour compenser la perte de sa famille.

— Je veux ça pour nous, que nous vieillissions ensemble, ajouta Phillip en la regardant droit dans les yeux.

Camille le rendait audacieux. Et il voulait la protéger, même si elle ne manquait pas de courage. Elle avait traversé beaucoup d'épreuves, sans laisser le destin l'abattre ni la briser, et malgré tout cela, elle restait aussi pure, douce, sincère et ouverte qu'avant, quand ils étaient enfants. Ni l'accumulation de malchance ni un cœur blessé ne l'avaient abîmée. Être avec elle le faisait se sentir meilleur. Camille donnait de l'ampleur et un souffle à sa vie, au lieu de la rétrécir et de l'étouffer.

Or c'était exactement ce que son père lui avait toujours dit de rechercher. Il l'avait eu sous les yeux tout ce temps, mais n'en avait pas eu conscience, jusqu'à maintenant.

— Je t'aime, Camille, dit-il avec le même sérieux que lorsqu'ils étaient enfants. Je suis désolé qu'il m'ait fallu autant d'années pour le découvrir. Je ne sais pas ce que j'attendais. J'aurais dû prendre conscience il y a longtemps déjà de mon amour pour toi.

— Je n'aurais pas été prête de toute façon, répondit-elle.

Elle-même n'avait que récemment identifié ce qui importait à ses yeux, ce qu'elle voulait, de qui elle avait besoin, qui elle respectait. Et en Phillip, elle avait toute confiance.

— Alors, au final, c'est toi, le prince charmant ?

Elle sourit et il l'embrassa.

Ils restèrent longtemps assis sur ce banc, à contempler la vallée qu'ils aimaient, celle qui les avait vus naître.

— On dirait vraiment un conte de fées, non ? La méchante sorcière est partie et tu es le prince charmant, dit-elle doucement, un sourire dans la voix, le bras de Phillip autour de ses épaules.

— Oui, c'est moi qui ai conquis la princesse... même si les escarpins appartiennent à Simone.

Dans un rire, ils descendirent tranquillement la colline main dans la main. Rien ne les obligeait à se presser. Ensemble, ils replanteraient les vignes et répareraient ce qui avait été endommagé. Le conte de fées ne faisait que commencer. Et sans le formuler, tous deux savaient qu'il y aurait un « Et ils vécurent heureux pour toujours ». Tout ce qu'ils avaient à faire, c'était le construire ensemble. Dans la vallée magique qu'ils adoraient et où ils avaient grandi, leur temps était venu. Et le plus beau, c'est que c'était réel.

Découvrez dès maintenant
le premier chapitre de

*Scrupules*
Le nouveau roman de
**DANIELLE STEEL**

aux Éditions
Presses de la Cité

# DANIELLE STEEL

# SCRUPULES

ROMAN

*Traduit de l'anglais (États-Unis)
par Francine Deroyan*

Les Presses de la Cité

Titre original :
*MORAL COMPASS*
L'édition originale de cet ouvrage a paru en 2020
chez Delacorte Press, Random House,
Penguin Random House Company, New York

L'éditeur de cet ouvrage s'engage dans une démarche
de certification FSC® qui contribue à la préservation
des forêts pour les générations futures.

Pour en savoir plus :
www.editis.com/engagement-rse/

Le Code de la propriété intellectuelle n'autorisant, aux termes de l'article L. 122-5, 2° et 3° a, d'une part, que les « copies ou reproductions strictement réservées à l'usage privé du copiste et non destinées à une utilisation collective » et, d'autre part, que les analyses et les courtes citations dans un but d'exemple et d'illustration, « toute représentation ou reproduction intégrale ou partielle faite sans le consentement de l'auteur ou de ses ayants droit ou ayants cause est illicite » (art. L. 122-4).
Cette représentation ou reproduction, par quelque procédé que ce soit, constituerait donc une contrefaçon, sanctionnée par les articles L. 335-2 et suivants du Code de la propriété intellectuelle.

© Danielle Steel, 2020, tous droits réservés
© Presses de la Cité, 2022,
pour la traduction française
ISBN : 978-2-258-19188-4
Dépôt légal : août 2022

*À Beatie, Trevor, Todd, Nick,
Samantha, Victoria, Vanessa,
Maxx et Zara,*

*À mes enfants chéris,
Soyez heureux, sages, braves,
honnêtes, gentils.*

*Aimez-vous les uns les autres,
défendez ce en quoi vous croyez
et faites ce que vous savez être juste.*

*Je vous aime infiniment
et je suis si fière de vous !*

*Maman/DS*

*La seule chose qui permet au mal de triompher,
c'est l'inaction des hommes de bien.*

Attribué à Edmund Burke

# 1

C'était un de ces matins de septembre parfaits, baignés d'une lumière dorée, comme on en voit dans cette belle région qu'est le Massachusetts. Les élèves du prestigieux lycée de Saint Ambrose commençaient à arriver. Les imposants bâtiments en pierre, bâtis plus de cent vingt ans auparavant, affichaient une allure aussi distinguée que les universités où la plupart des élèves seraient acceptés une fois diplômés. Nombreux étaient ceux de Saint Ambrose à avoir laissé leur empreinte sur leur époque.

Ce matin-là, le lycée vivait une rentrée historique. Après une dizaine d'années de débats houleux et passionnés, l'établissement était enfin prêt à recevoir 140 élèves de sexe féminin en plus des 800 garçons déjà présents. Au cours des trois prochaines années, un programme allait être mis en place afin d'intégrer 400 jeunes filles à Saint Ambrose. À terme, le lycée devait atteindre un nombre total de 1 200 élèves. Pour cette première année, l'école accueillerait 60 jeunes filles en troisième, 40 en seconde, 32 en première et 8 en terminale[1]. Parmi celles-ci, il y avait deux cas typiques : soit ces élèves venaient juste d'emménager sur la côte Est, soit elles avaient une raison valable pour changer d'école. Chacune des candidates avait été soigneusement sélectionnée afin que sa personnalité soit conforme aux normes morales et scolaires de Saint Ambrose.

Jusqu'à présent, les changements s'étaient déroulés sans problème. Deux dortoirs avaient été construits pour accueillir les nouvelles élèves ; un troisième serait terminé d'ici un an, puis un quatrième. De longs séminaires avaient été organisés pour aider les professeurs à adapter leur enseignement à des classes mixtes. Les partisans de cette mixité avaient insisté sur le fait que cela améliorerait le niveau académique de l'école, car au même âge les jeunes filles ont tendance à se consacrer davantage à leurs études et elles intègrent l'université plus tôt que les garçons. D'autres avaient affirmé que cela permettrait aux élèves de mieux apprendre à vivre et à travailler ensemble, à collaborer, coopérer. Se mesurer académiquement à des membres du sexe opposé pouvait être bénéfique à à toutes et tous. Et en définitive, un environnement de travail mixte était nettement plus représentatif du « monde réel ».

Ces dernières années, les inscriptions à Saint Ambrose avaient légèrement diminué. La plupart des autres lycées réservés à l'élite étaient déjà devenus mixtes, ce que la majorité des élèves préférait. En refusant d'ouvrir le

---

1. Les systèmes scolaires américain et français sont différents. Aux États-Unis, le collège dure seulement trois années et le lycée quatre.

lycée à la mixité, Saint Ambrose ne pouvait se maintenir à niveau. La bataille avait été longue, d'autant que le proviseur, Taylor Houghton IV, était l'un des derniers à être convaincu des avantages de cette mixité. Il n'y voyait que des complications sans fin incluant des amourettes entre élèves, ce que les professeurs n'avaient pas à gérer dans une école exclusivement masculine. Quant à Larry Gray, directeur de la section de littérature anglaise, il avait demandé s'ils allaient rebaptiser l'école Saint Sodome et Gomorrhe. Après trente-sept années passées à enseigner à Saint Ambrose, c'était cet homme traditionnaliste, conservateur et souvent aigri en privé qui s'était montré le plus véhément face à ce changement. Ses objections avaient finalement été rejetées par les partisans de la modernité, quand bien même cette évolution représentait un véritable défi pour tous. L'amertume de Larry Gray remontait à dix ans après son arrivée à Saint Ambrose, quand sa femme l'avait quitté pour le père d'un élève. Il ne s'en était jamais remis, pas plus qu'il ne s'était remarié. Gray était un homme fort malheureux, mais un excellent professeur qui parvenait à obtenir les meilleurs résultats de chacun de ses élèves. Grâce à son enseignement, ils étaient devenus brillants et avaient pu intégrer les plus grandes universités.

Taylor Houghton aimait beaucoup Larry Gray, qu'il appelait affectueusement « le Grincheux », et il s'attendait à l'entendre ronchonner tout au long de l'année. Sa réticence envers la modernisation de Saint Ambrose avait d'ailleurs valu à Larry d'être écarté du poste de proviseur adjoint pendant longtemps. À deux ans de la retraite, il s'entêtait encore à exprimer ses objections face à l'arrivée des jeunes filles dans leur établissement.

Lorsque le précédent proviseur adjoint avait pris sa retraite, le conseil d'administration avait eu du mal à trouver un remplaçant à la hauteur, mais il avait finalement réussi à dénicher la perle rare : Nicole Smith, une brillante jeune femme afro-américaine en poste dans un lycée concurrent.

Ancienne étudiante de Harvard, Nicole Smith avait été ravie d'accepter, qui plus est pendant une période aussi stimulante. Son père était le doyen d'une petite université respectée et sa mère, poétesse reconnue, enseignait à Princeton. À 36 ans, Nicole débordait d'énergie et d'enthousiasme, et on sentait qu'elle avait l'enseignement dans le sang. Taylor Houghton, le corps professoral et le conseil d'administration étaient enchantés qu'elle se joigne à eux. Même Larry Gray n'avait guère eu d'objections à son égard et semblait presque l'apprécier. Il n'aspirait plus au poste de proviseur adjoint. Tout ce qui lui importait, désormais, c'était de prendre sa retraite.

À la tête du conseil d'administration, Shepard Watts avait été l'un des plus ardents défenseurs de la nouvelle mixité de l'école. Il admettait volontiers que ce n'était pas sans arrière-pensée. D'ici un an, ses filles, des jumelles âgées de 13 ans, entreraient en troisième à Saint Ambrose – et ensuite ce serait au tour de son fils de 11 ans. Shepard souhaitait que ses filles aient autant de chances que ses fils de recevoir une éducation de premier ordre. Les jumelles avaient déjà rempli leur dossier de candidature et avaient été acceptées, sous réserve d'obtenir de bons résultats en quatrième. Étant donné leur excellent parcours scolaire, personne ne doutait qu'elles y parviendraient. Quant à Jamie Watts, le fils aîné de Shepard, c'était l'une des vedettes de Saint Ambrose. Ses résultats scolaires étaient remarquables et ses succès sportifs faisaient de lui l'un des athlètes les plus prometteurs de l'école. Sur le point de faire sa dernière rentrée, il était apprécié de tous.

Shepard était banquier d'affaires à New York et sa femme, Ellen, mère de famille à plein temps, était responsable de l'association des parents d'élèves. Vingt ans auparavant, elle avait travaillé pour Shepard comme stagiaire et l'avait épousé un an plus tard. C'étaient de bons amis de Taylor et de sa femme, Charity, qui les appréciaient énormément. Ces derniers avaient une fille, mariée, qui vivait à Chicago où elle exerçait la profession de pédiatre. Charity, elle, enseignait l'histoire et le latin à Saint Ambrose, et se réjouissait de l'arrivée des jeunes filles dans leur lycée. Issue de la grande bourgeoisie de la Nouvelle-Angleterre, le statut d'épouse du proviseur lui allait comme un gant. Elle était fière de Taylor qui, à dix ans de la retraite, n'avait jamais cessé d'aimer son métier. Malgré le nombre de pensionnaires dans l'établissement, chacun avait le sentiment d'appartenir à une grande famille, et Charity se faisait un devoir de connaître le plus grand nombre possible d'élèves et de parents. Comme d'autres professeurs, elle était aussi tutrice : elle veillait au bien-être et aux résultats d'un groupe d'élèves pendant tout leur parcours à Saint Ambrose. Et dès leur entrée à l'école, elle travaillait avec d'autres enseignants sur leurs candidatures à l'université, rédigeant des recommandations et les aidant à remplir leurs dossiers d'admission. Chaque année, un nombre impressionnant d'élèves était ainsi en mesure de poursuivre dans l'une des huit universités privées de l'Ivy League, les plus cotées du pays.

Taylor et Nicole Smith se tenaient sur les marches du bâtiment principal, regardant les étudiants arriver petit à petit. Shepard Watts et son fils Jamie descendirent de voiture. Le fils rejoignit directement ses amis tandis que son père vint dans leur direction pour les saluer. Les yeux brillant d'excitation, la proviseure adjointe contemplait la procession de SUV qui se dirigeaient vers les aires de stationnement.

— Comment ça se passe ? demanda Shepard.

Nicole affichait un large sourire.

— Très bien. Les premiers sont arrivés à 9 h 01 précises.

Les parkings se remplissaient à vue d'œil.

— Où est Larry ? demanda Shepard à Taylor.

En général, ce dernier se tenait également sur les marches pour observer l'arrivée des élèves.

— Il est dans mon bureau. Une infirmière l'a placé sous oxygène, plaisanta Taylor.

Tous trois éclatèrent de rire.

Grand, la carrure athlétique, Taylor avait les cheveux poivre et sel, les yeux bruns et le regard vif. Comme tous les hommes de sa famille, il avait étudié à Princeton. Charity, elle, était allée à Wellesley. Shepard, bel homme aux cheveux noirs et au regard bleu perçant, était lui un ancien étudiant de Yale. C'était aussi le plus doué pour réunir des fonds. Il n'acceptait aucun refus, et grâce à lui les parents d'élèves – actuels et anciens – versaient de belles sommes d'argent pour Saint Ambrose. Lui-même était un généreux donateur.

Ces trois dernières années, il avait amplement montré son attachement à l'école. Malgré un travail exigeant, c'était aussi un père dévoué.

La rentrée suivait donc son cours. Les familles déchargeaient les vélos, les ordinateurs et tout le nécessaire pour le confort de leurs enfants tandis que les professeurs, installés derrière de longues tables, assignaient les dortoirs. Comme toujours, une certaine confusion régnait. Les parents se débattaient avec les bagages et les élèves cherchaient avant tout à retrouver leurs camarades. Toutes les informations leur avaient été envoyées par e-mail un mois auparavant, mais on redonnait les numéros des dortoirs et l'emploi du temps de la journée à ceux qui avaient oublié leurs documents.

Les élèves de troisième étaient affectés à des chambres de quatre à six lits, les élèves de seconde et de première à des chambres pour trois ou quatre, et les terminales avaient le privilège de chambres simples ou doubles. Les dortoirs féminins avaient la même configuration. Il était prévu qu'il y ait une enseignante dans chacun d'entre eux pour veiller au respect des règles, mais aussi en cas de problème, quel qu'il soit.

Gillian Marks, la nouvelle directrice sportive de l'école, avait justement été affectée à l'un des dortoirs féminins. Sa prédécesseure, qui avait exercé durant vingt ans, avait démissionné à la minute même où elle avait appris que Saint Ambrose accepterait désormais des jeunes filles. De nature optimiste, Gillian s'était réjouie d'obtenir ce poste. Très grande pour une femme, elle avait un passé de sportive de haut niveau : à 18 ans, elle avait remporté une médaille d'argent aux Jeux olympiques au concours de saut en longueur. Son record n'avait toujours pas été battu. Âgée de 32 ans, elle avait auparavant été l'adjointe du directeur d'un internat pour filles. Pour sa première rentrée à Saint Ambrose, elle était très enthousiaste à l'idée de travailler avec des classes mixtes.

Simon Edwards, récemment recruté en tant que professeur de mathématiques, l'aiderait à entraîner l'équipe de football masculine. À la fin de ses études, il avait passé deux ans en France et en Italie, où il avait beaucoup pratiqué le football, un sport qu'il adorait. Après avoir enseigné dans un lycée prestigieux près de New York, il était arrivé à Saint Ambrose l'année précédente, désireux de travailler dans un internat afin d'ajouter une expérience à son parcours professionnel. La nouvelle mixité de Saint Ambrose l'enchantait. À 28 ans, Simon était le plus jeune des professeurs. Il avait beaucoup échangé avec Gillian Marks pendant l'été et s'était montré très curieux de sa manière d'entraîner l'équipe de football masculine. Les sélections d'équipes débuteraient d'ailleurs le lendemain. L'école disposait également d'une piscine intérieure de taille olympique, construite grâce à la généreuse donation d'un ancien élève, et l'équipe de natation obtenait de très bons résultats. Gillian entraînerait également les filles au volley-ball et au basket-ball.

À présent, Gillian accueillait les filles de troisième tandis que Simon Edwards recevait les garçons, toujours sous le regard bienveillant de Taylor, Nicole et Shepard. Tout comme leurs parents, les élèves qui avaient déjà vécu une ou plusieurs années à Saint Ambrose connaissaient la routine. Ils se faufilaient dans les rangs, apostrophaient leurs camarades, heureux de les retrouver après les grandes vacances estivales. Arriva ensuite Steve Babson. Chaque année, il parvenait tout juste à passer dans la classe supérieure. Son père, Bert Babson, chirurgien cardiaque à New York, ne venait que rarement à l'école. Chaque fois que les professeurs l'avertissaient d'un nouveau méfait de son fils, il se montrait extrêmement sévère. Sa femme, effrayée et quelque peu désorientée par le comportement de Steve, lui rendait visite seule. L'expérience avait appris au personnel du lycée que Jean Babson avait un problème d'alcoolisme, problème qu'elle parvenait néanmoins à contrôler lorsqu'elle accompagnait son fils. Certains indices laissaient penser que Steve n'avait pas une vie familiale facile, entre un père coléreux et une mère instable, mais il avait tout de même réussi à passer en terminale et c'était un jeune homme adorable. Un peu rebelle, il était beau garçon, avec des cheveux bruns bouclés et des yeux sombres pleins de candeur. Il faisait penser à un grand chiot et cela faisait fondre ses professeurs, et compensait presque ses mauvaises notes.

Gabe Harris était venu de New York avec Rick Russo. Shepard poussa un soupir quand il repéra la mère de Rick : en pleine campagne, au beau milieu du Massachusetts, elle portait un tailleur Chanel rose et des talons aiguilles. Impossible de ne pas voir qu'elle sortait de chez le coiffeur. Et son visage était, comme toujours, trop maquillé. Shepard savait que s'il s'était trouvé plus près d'elle, il aurait été assailli par les effluves de son parfum capiteux. Joe Russo, le père de Rick, était le propriétaire de luxueux centres commerciaux en Floride et au Texas. Il était aussi, et de loin, le donateur le plus prodigue de l'école. Au cours des trois dernières années, il leur avait offert près d'un million de dollars. Le conseil d'administration considérait donc que l'on pouvait bien supporter les éventuelles excentricités ou caprices de la famille Russo. Rick était, lui, l'opposé de ses parents. Avec ses cheveux châtain clair, ses yeux gris et ce calme dont il ne se départait jamais, il préférait se fondre dans la masse. C'était un excellent élève, doublé d'un garçon calme et humble qui ne se mettait jamais en avant. Shepard trouvait Joe Russo assez insupportable, mais en tant que président du conseil d'administration, et au vu de sa générosité, il n'avait pas d'autre choix que de lui être agréable. Adèle Russo conduisait un SUV Bentley dernier cri, dont le prix atteignait quasiment les 300 000 dollars. Ils étaient accompagnés de Gabe Harris, un bon garçon. C'était un élève médiocre, mais qui faisait de gros efforts dans ses études, et surtout l'un de leurs meilleurs athlètes. Gabe espérait obtenir une bourse d'études sportives pour l'université. Il était l'aîné et ses parents attendaient beaucoup de lui. Il se devait d'être un modèle de réussite pour ses trois jeunes frères et sœurs. Son père, Mike Harris, était l'un des meilleurs coachs sportifs de New York, et sa mère, Rachel, gérait un restaurant. Ils travaillaient dur pour permettre à leur fils d'étudier à Saint Ambrose, et Gabe faisait de son mieux pour être à la hauteur. Cette année, durant sa terminale, il jouerait au football ainsi qu'au football américain. C'était aussi un excellent tennisman. Grâce à l'entraînement que lui prodiguait son père, il avait de larges épaules musclées et, s'il n'était pas très grand, il dégageait un charme viril avec ses cheveux coupés très court qui mettaient en valeur ses yeux d'un bleu intense.

Tommy Yee arriva bientôt avec son père. Sino-américain, il était fils unique, doux et gentil, et obtenait toujours d'excellentes notes. Son père était dentiste à New York et sa mère dirigeait un prestigieux cabinet comptable. Tommy parlait couramment le mandarin et le cantonais, il était très doué en physique-chimie, brillant en mathématiques, et c'était un véritable prodige du violon dont il jouait dans l'orchestre de l'école. Ses parents lui mettaient la pression et attendaient de lui rien de moins que la perfection. Il espérait entrer au MIT, le Massachusetts Institute of Technology, certainement la meilleure université au monde dans le domaine des sciences et de la technologie. Ses professeurs ne doutaient pas qu'il serait admis. Taylor savait que ses parents étaient fiers de lui, mais leurs exigences lui laissaient peu de temps pour se distraire avec ses camarades.

Shepard Watts s'éloigna pour retrouver son fils, Jamie. Cette année, il bénéficierait d'une chambre individuelle dans le même dortoir que plusieurs de ses camarades de classe. Shepard avait promis à Taylor qu'il passerait le saluer avant de partir, mais pour l'heure il avait du pain sur la planche : il lui fallait installer la chaîne stéréo de son fils, son ordinateur ainsi qu'un petit réfrigérateur. Les élèves de terminale étaient autorisés à en avoir un afin de pouvoir se restaurer tout en faisant leurs devoirs ou en révisant leurs examens.

Pour les élèves les plus âgés, l'internat offrait presque autant de liberté et d'indépendance qu'un campus. La seule différence était que les voitures n'étaient pas autorisées. Le week-end, les étudiants ne pouvaient se rendre dans la ville voisine que s'ils étaient munis d'une autorisation de sortie, et leurs déplacements n'étaient permis qu'à vélo ou à pied. En outre, à Saint Ambrose, ils étaient traités comme des adultes et l'on attendait d'eux qu'ils fassent preuve de respect envers les professeurs et les autres élèves. Bien évidemment, l'alcool et les drogues étaient proscrits. L'établissement pouvait se féliciter de n'avoir eu à déplorer que quelques incidents mineurs rapidement réglés. Les étudiants concernés avaient été expulsés. Le conseil d'administration avait la réputation d'être toujours très strict et n'offrait pas de seconde chance.

Maxine Bell, la psychologue scolaire, était en contact étroit avec les tuteurs et tutrices. Elle tenait à ce que chacun demeure vigilant car si des élèves présentaient des signes de dépression ou avaient des tendances suicidaires, il fallait intervenir le plus tôt possible. Cinq ans plus tôt, le lycée avait en effet vécu un épisode déchirant : un étudiant avait eu une histoire d'amour qui avait mal fini... Pourtant brillant et très entouré par sa famille, il avait hélas été détruit par cette rupture et avait été retrouvé pendu. En vingt ans, il y avait eu trois suicides à Saint Ambrose, c'est-à-dire beaucoup moins que dans les établissements scolaires concurrents – l'un des pensionnats les plus cotés avait même connu quatre suicides en deux ans. Toutes les institutions scolaires s'inquiétaient de cette situation, et Maxine s'efforçait de connaître les élèves personnellement. Elle assistait à leurs matchs, à leurs entraînements, passait du temps à la cafétéria pour discuter avec eux. Elle prenait ainsi le pouls de Saint Ambrose. Betty Trapp, l'infirmière que presque tous les élèves connaissaient, représentait une source supplémentaire d'informations pour elle.

Le système de santé de l'école était très performant : un médecin du coin venait dès qu'on l'appelait, un hôpital se trouvait à environ 15 kilomètres et il y avait même la possibilité d'être transféré par hélicoptère à Boston. Saint Ambrose fonctionnait donc comme une mécanique parfaitement huilée, et il n'y avait aucune raison qu'il en soit autrement avec l'arrivée des jeunes filles.

Une fois Shepard parti, Larry Gray sortit enfin du bâtiment pour assister à la rentrée. La situation aurait pu être chaotique, mais elle ne l'était nullement. Avoir des jeunes filles parmi eux était un spectacle peu familier mais pas désagréable. Certains garçons avaient déjà remarqué les nouvelles venues. Ces dernières se montraient discrètes et mettaient du temps avant de faire connaissance les unes avec les autres. Elles avaient déjà fort à faire, et la plupart déchargeaient leurs bagages tout en se chamaillant avec leurs parents à propos de qui porterait quoi.

Les mères des filles de troisième semblaient épuisées. La majorité étaient accompagnées de leurs époux, qui se débattaient avec les lourdes malles de leurs filles. Un professeur venait parfois leur prêter main-forte.

— Les dortoirs vont être noyés sous les sèche-cheveux et les fers à friser d'ici ce soir, décréta Larry d'un air triste.

Nicole lui sourit. Elle s'était habituée à l'entendre se plaindre.

— La présence de ces nouvelles élèves ne nous mènera pas à notre perte, Larry, le rassura-t-elle gentiment.

Une jeune fille particulièrement belle émergeait justement de la voiture de sa mère. Personne d'autre ne les accompagnait. Sans aucune hésitation, elle sortit sa malle et deux sacs de sport du coffre tandis que sa mère s'occupait de quelques cartons. Blonde, avec de longs cheveux lisses, elle paraissait très calme et sûre d'elle pour son âge. Son apparente maturité évoquait plutôt celle d'une étudiante à l'université, songea Nicole. Sa beauté aurait pu la conduire au mannequinat. De nombreuses têtes se tournèrent sur son passage, aussi bien chez les professeurs que chez les parents et les élèves. Vêtue d'un simple tee-shirt, d'un jean et de baskets, elle ne prêtait aucune attention aux regards admiratifs et bavardait tranquillement avec sa mère. Nicole la reconnut grâce aux photos des dossiers d'admission. Il s'agissait de Vivienne Walker, élève de terminale, originaire de Los Angeles. Elle y avait fréquenté une école privée où elle avait toujours eu d'excellentes notes. Sa mère, avocate, venait d'emménager à New York et son père était promoteur immobilier sur la côte Ouest. Ils étaient en instance de divorce. Vivienne et sa mère avaient visité Saint Ambrose en mai et elle avait été l'une des dernières élèves à être acceptée.

Larry les observait d'un air sombre. La jeune fille était l'archétype de ce qu'il redoutait : une véritable beauté qui distrairait les autres élèves et provoquerait un « drame », comme il n'avait cessé de le dire au cours des nombreuses réunions du conseil d'administration. Il était évident que tous les hommes présents l'avaient remarquée, et les pères peut-être encore plus que leurs fils. Elle lui évoquait une Alice au pays des merveilles grandie trop vite.

— Voilà, c'est exactement ce dont je parlais, lâcha-t-il d'un ton exaspéré.

Dépité, il s'éloigna pour regagner son bureau tandis que Nicole et Taylor échangeaient un sourire.

— Il s'en remettra, assura Taylor avec optimisme.

Il nota alors l'arrivée d'Adrian Stone. Conduit par le chauffeur familial, le jeune homme arrivait lui aussi de New York. Qualifié de « geek » par ses camarades de classe, Adrian était un de leurs plus brillants élèves. Très mince, il avait des cheveux bruns un peu longs qui lui tombaient toujours sur le visage et de grands yeux foncés et tristes. Adrian souffrait de phobie sociale et d'asthme. Petit génie en informatique, il concevait ses propres programmes et applications. Il avait peu d'amis, voire aucun, et passait son temps seul à étudier à longueur de journée ou caché dans la salle d'informatique. Ses parents, tous deux psychiatres, étaient en plein divorce. Cette situation avait transformé la vie d'Adrian en un véritable enfer. À tour de rôle, chacun assignait l'autre au tribunal et faisait déposer par son avocat ordonnance après ordonnance contre la partie adverse. Deux ans auparavant, le psychiatre désigné par le tribunal pour veiller à l'équilibre d'Adrian avait recommandé au juge de faire envoyer le jeune homme en pension pour qu'il échappe à la guerre parentale. En outre, le tribunal avait chargé un avocat spécialisé dans la défense des enfants de protéger Adrian contre ses parents, qui l'utilisaient comme une arme l'un envers l'autre. Depuis son arrivée, le jeune homme s'était épanoui sur le plan scolaire, et il était un peu moins timide. Selon son tuteur et ses professeurs, il avait cependant toujours peur de faire ou de dire quelque chose de mal, et de s'attirer des ennuis.

Ses parents ne venaient presque jamais le voir, et il semblait toujours réticent à rentrer chez lui pour les vacances, qu'il passait avec chacun d'eux en alternance. Il disait détester cet arrangement, mais ils ne lui laissaient pas le choix. En fait, Adrian se sentait mieux au lycée.

Le chauffeur l'aida à décharger ses valises, un sac de sport et quelques cartons, puis à les transporter jusqu'à son dortoir. Comme toujours, Adrian était le seul élève dont aucun des parents n'était présent le jour de la rentrée.

Taylor pensait encore au jeune homme lorsqu'il remarqua un monospace noir d'allure familière qui se garait au fond du parking réservé aux terminales. Les vitres teintées étaient trop sombres pour que l'on puisse voir l'intérieur, mais on percevait les silhouettes de deux hommes à l'avant : le chauffeur et un garde du corps. Taylor devina aussitôt l'identité des passagers. Dès que le véhicule s'arrêta, un homme de haute stature en sortit. Un tee-shirt noir moulait ses larges épaules. Casquette de base-ball sur la tête, des lunettes de soleil dissimulant son regard, il portait un jean et des bottes de cow-boy. Un jeune homme au physique aussi agréable, doté de la même carrure que son père, émergea à son tour de l'habitacle. Il était aussi blond que le premier était brun. Une femme blonde en jean et tee-shirt sortit immédiatement après lui. Elle aussi portait une casquette de base-ball et des lunettes de soleil. Tous trois commencèrent à décharger des cartons. Le chauffeur et l'autre homme les aidèrent, mais le garçon et ses parents traversèrent le parking seuls, transportant tout le chargement jusqu'à la table où les professeurs assignaient les chambres aux élèves de terminale. Pendant un moment personne ne prêta attention au trio. Puis soudain, dans la foule, quelqu'un les reconnut.

D'un air interrogateur, Nicole Smith se tourna vers Taylor :

— Est-ce que c'est... ?

Elle venait de se rappeler que Chase Morgan était le fils du célèbre acteur Matthew Morgan et de sa femme Merritt Jones, l'actrice la plus acclamée de ces deux dernières décennies, qui avait deux Oscars à son actif et d'innombrables nominations. C'était la quatrième et dernière année de Chase à Saint Ambrose, et Taylor n'avait jamais rencontré de parents aussi exemplaires. Les études de leur fils leur tenaient à cœur et, malgré la célébrité, ils faisaient profil bas, ne cherchant jamais à attirer l'attention sur eux. Ils venaient à l'école pour toutes les cérémonies importantes et lui rendaient visite dès que leurs emplois du temps fort chargés le leur permettaient. Ils n'exigeaient aucun privilège pour leur fils ni pour eux et rencontraient ses professeurs comme n'importe quels parents. En classe de seconde, Chase et ses camarades étaient partis skier dans le Vermont et il s'était cassé la jambe. Son père tournait alors dans un film à Londres et sa mère se trouvait à Nairobi. Malgré la distance ils avaient tout fait pour rejoindre leur garçon aussi vite que possible.

Matthew et Merritt avaient vécu une bonne partie de l'année séparés, Matthew ayant apparemment eu une liaison avec Kristin Harte, une actrice avec laquelle il travaillait. La presse people avait profité de la rumeur et les paparazzis avaient traqué Merritt pendant des mois. Les parents de Chase avaient entamé une procédure de divorce, néanmoins ils assistaient toujours ensemble aux événements scolaires et s'arrangeaient pour que leur fils ne soit pas perturbé par cette histoire. Lorsqu'ils étaient avec lui, ils se montraient aimables l'un envers l'autre. Pour l'heure, chacun avançait en portant l'extrémité d'une malle, tout en bavardant avec Chase.

Jamie Watts, le meilleur ami de Chase, vint rapidement à leur rencontre et les aida avec les bagages. Les deux garçons avaient en commun une silhouette élancée, les cheveux blonds, les épaules larges et une taille étroite. Ils étaient beaux et affichaient une grande confiance en eux. Ils étaient tellement séduisants qu'on aurait pu les prendre pour des mannequins ou des acteurs. C'étaient aussi des athlètes accomplis, et leur ressemblance aurait pu les faire passer pour deux frères.

Taylor acquiesça d'un signe de tête à la question tacite de Nicole à propos des parents de Chase.

— Cela fait dix-neuf ans que je travaille ici, et je t'assure que ce sont les parents les plus simples auxquels j'ai eu affaire. Ils sont incroyablement gentils, discrets, responsables, et Chase est un garçon vraiment très sympathique. Il aimerait retourner sur la côte Ouest et étudier à l'université de Californie à Los Angeles, ou alors au département d'art dramatique de l'université de New York. Ses parents sont constamment en déplacement et ils tenaient à ce qu'il étudie dans un lycée de la côte Est.

Nicole savait que Matthew Morgan était à la fois producteur, réalisateur et acteur. Dans l'école d'où elle venait, il lui était arrivé de rencontrer des parents célèbres, mais elle devait bien admettre qu'elle était impressionnée de voir les Morgan se frayer un chemin à travers la foule. C'était si inattendu de les voir ici que finalement personne ne leur prêtait attention. De temps en temps, quelqu'un les reconnaissait et affichait alors un air stupéfait. Matthew et Merritt faisaient tout leur possible pour que leurs carrières respectives n'affectent pas la vie de leur fils. Impossible de deviner, à les voir ainsi, que Matthew vivait actuellement avec une autre femme, et que son épouse et lui étaient sur le point de divorcer. Aujourd'hui, le trio ressemblait à n'importe quelle autre famille. Taylor avait vu bien des divorces se dérouler dans l'amertume, mais celui des Morgan semblait réussi.

À 10 h 30, toutes les chambres avaient été attribuées. Dans les dortoirs, les parents aidaient leurs enfants à s'installer, et certains pères donnaient un coup de main aux mères venues seules. Accompagnée de deux de ses assistantes, Gillian Marks aidait les jeunes filles de troisième du mieux qu'elle pouvait. La plupart de ces demoiselles avaient apporté leurs propres cintres, serviettes, draps et savons, et il y avait des piles de cartons vides partout. Larry Gray ne s'était pas complètement trompé : chacune avait apporté son sèche-cheveux, ainsi que divers fers à lisser et à friser. Il y avait dans chaque salle de bains des shampooings et après-shampooings de toutes sortes, des gels pour le corps ainsi que mille et une sortes de démaquillants répartis sur toutes les surfaces. On se serait cru dans un immense institut de beauté !

À midi, tout le monde se rendit à la cafétéria, où les professeurs les attendaient autour de tables spécialement disposées pour l'occasion. Une fois au complet, Taylor Houghton fit un bref discours pour souhaiter la bienvenue aux anciens et aux troisièmes, ainsi qu'à toutes les nouvelles étudiantes. À cette occasion, il y eut des huées, des cris et des sifflements. Larry Gray semblait pétrifié. Taylor leva la main pour mettre un terme au chahut, puis présenta les nouveaux professeurs avant de souhaiter bon appétit à tous. Le bruit était assourdissant, mais pas plus que n'importe quel jour de rentrée scolaire.

À 13 h 30 commença ce que Maxine, la thérapeute, appelait « la Vallée des Larmes ». Il était temps pour les parents de s'en aller. Ceux dont les enfants étaient pensionnaires pour la première fois pleuraient toujours, et ce jour-là les filles de troisième firent de même. La direction préférait n'accorder que peu de temps pour les au revoir : à 13 h 45, chaque élève devait rejoindre la salle d'orientation où on lui remettrait son emploi du temps, les noms de ses professeurs et celui de son tuteur. Et à 14 h 30, les premiers cours démarraient déjà. Avant le déjeuner, Gillian Marks avait rappelé à tous les élèves que les sélections sportives débuteraient le lendemain matin à 6 heures. Chacun en possédait la liste et l'heure. Ils avaient également une liste de clubs et d'associations auxquels ils pouvaient s'inscrire dans les semaines suivantes, ainsi que celle des excursions prévues tout au long de l'année. Elle leur rappela aussi que les séjours au ski dans le New Hampshire et le Vermont rencontraient toujours un vif succès et les encouragea à s'inscrire rapidement.

Une heure après le départ de leurs parents, les élèves étaient tellement immergés dans leur programme scolaire qu'ils avaient oublié les séparations. Et à l'heure du dîner, qui se déroulait normalement en trois services, ils étaient déjà occupés à faire connaissance, à partager leurs impressions sur les professeurs et les cours qu'ils venaient de suivre, à rattraper le temps perdu avec d'anciens camarades et à s'en faire de nouveaux.

Comme d'habitude, Jamie Watts et Chase Morgan s'étaient assis à la même table. Steve Babson les rejoignit un peu plus tard, bientôt suivi de Tommy Yee, son étui à violon à la main. Pour ses 16 ans, son grand-père de Shanghai lui avait offert un instrument d'une valeur exceptionnelle fabriqué par Giuseppe Gagliano, un célèbre luthier italien du XVIII$^e$ siècle. Il l'emportait partout. Au début, ses camarades de classe l'avaient taquiné à ce sujet mais, désormais, voir Tommy en permanence avec son violon, même à la cafétéria, était un spectacle familier.

— Tu as passé un bon été, Tommy ? lui lança Jamie.

— J'ai rendu visite à mes grands-parents à Shanghai. Ils m'ont fait pratiquer le violon trois heures par jour, répondit-il en levant les yeux au ciel, avant de sourire.

Après le dîner, il se rendrait aux épreuves de sélection pour la classe de musique. Le club d'art dramatique se réunissait ce week-end, et les choses promettaient d'être bien plus intéressantes maintenant qu'ils allaient jouer avec des filles.

— Tu tiens le coup ? demanda Simon à Gillian.

Chargés de leurs plateaux-repas, ils s'assirent eux aussi à la même table.

— Eh bien... Les filles de troisième me donnent l'impression de surveiller un salon de coiffure plutôt qu'un dortoir. Mais ne le dis pas à Larry.

Elle lui adressa un large sourire avant de s'attaquer à sa côtelette d'agneau et à sa double portion de haricots verts. Simon avait choisi des lasagnes. L'école nourrissait près de mille personnes trois fois par jour, et la nourriture était étonnamment bonne.

— Tous ces beaux cheveux ébouriffés comme si ces demoiselles venaient juste de sortir de leur lit requièrent apparemment beaucoup de travail et de cosmétiques, ajouta-t-elle.

Elle portait les siens aussi court que possible. En tant que directrice sportive, elle n'avait pas de temps à perdre pour se coiffer.

— J'aime bien ces gamines, poursuivit-elle. Elles m'ont l'air sympathiques. Comment s'est passée ta journée ?

— J'ai été bien occupé, et ce sera comme ça pendant plusieurs semaines. Avec l'intégration des filles, j'ai deux fois plus d'élèves que l'année dernière.

— On commence les sélections sportives demain matin, ça va être dingue. Je vais devoir être dans mon bureau dès 5 heures, annonça Gillian.

— Moi, je fais passer les tests de foot dans deux jours.

Il se tut et l'observa un instant.

— Travailler dans un pensionnat... c'est quand même spécial. Ça ne te manque jamais d'avoir une vraie vie ?

Gillian réfléchit un instant puis secoua la tête.

— Pas vraiment. J'ai toujours vécu ainsi. Je me suis entraînée pendant des années pour les Jeux olympiques. Et je suis allée en pensionnat quand j'étais enfant, parce que mes parents déménageaient tout le temps. Mon père travaillait pour des compagnies pétrolières au Moyen-Orient et ma mère l'accompagnait. Je jouais toujours pour une équipe ou une autre à l'université, alors j'ai choisi la voie que je connaissais. Ça fait dix ans que j'enseigne le sport dans des internats. C'est plutôt agréable de vivre dans une communauté, on ne se sent jamais seule.

Gillian était une personne de nature joyeuse et il était évident que sa vie lui plaisait.

— Et toi ?

— Avant de venir ici, je travaillais dans un établissement chic à New York. Je vivais à Soho, et je pensais que j'étais un mec cool. Après une rupture qui s'est mal passée, j'ai quitté mon appartement et j'ai décidé de tenter ma chance à Saint Ambrose. Ça m'a plu, et j'ai très envie de voir comment la transition en école mixte va se passer, alors j'ai demandé à renouveler mon contrat. Mais j'avoue que parfois cela me manque de vivre comme quelqu'un de « normal », de rentrer chez moi le soir et de faire ce que je veux le week-end.

— Tu t'en remettras. Je ne sais même pas si j'y arriverais encore, moi. Ce genre de vie me plaît. C'est comme si je n'avais jamais eu à grandir. Tu restes un enfant pour toujours, en quelque sorte.

— Oui, mais ces enfants passent leur diplôme et vont vivre ailleurs. Pas nous. Je pense que je vais continuer deux ans, et puis je verrai.

— D'ici là, tu ne voudras plus retourner à New York ! On prend goût à cette vie, tu sais ! lui prédit Gillian, l'œil complice.

— Qu'est-ce que tu fais durant les vacances d'été ?

— J'organise des stages intensifs de remise en forme réservés aux femmes. Je les emmène au Mexique, en Basse-Californie. Ce sont déjà des dures, et elles s'attendent juste à ce que je les pousse au maximum. Ça me met moi aussi au défi. C'est amusant de travailler avec des adultes pour changer. Beaucoup d'entre elles sont des actrices de Los Angeles.

— Eh bien, tu aimes souffrir on dirait !

Ils avaient terminé de dîner et Gillian souhaitait retourner au dortoir des élèves de troisième pour voir comment les choses se passaient là-bas. Pour l'instant, filles et garçons semblaient rester chacun de son côté. Les garçons se retrouvaient, renouaient leurs liens d'amitié. Gillian avait remarqué qu'à l'arrivée de Vivienne Walker à la cafétéria, Chase et Jamie l'avaient invitée à se joindre à eux, mais elle avait refusé poliment et était allée s'asseoir avec un groupe de filles de terminale. Elles étaient toutes installées à une table dans le fond et faisaient connaissance. La dynamique était fascinante et, contrairement à ce que Larry Gray avait prédit, Saint Ambrose ne s'était pas encore transformé en Sodome et Gomorrhe. Les garçons et les filles ne prêtaient presque pas attention les uns aux autres, ne se jetant que des coups d'œil occasionnels.

Les pensionnaires de troisième se plaignaient du manque d'eau chaude, ce que Gillian signala au service de maintenance. L'extinction des feux était à 22 heures et les jeunes filles devaient se trouver dans leur dortoir à 21 heures. Le lendemain, elles seraient initiées aux merveilles de la bibliothèque ultramoderne. Gillian s'endormit rapidement et, quand son réveil sonna, à 4 heures du matin, elle eut l'impression qu'elle venait tout juste de poser la tête sur l'oreiller. Elle prit une douche glacée, car il n'y avait toujours pas d'eau chaude. À 5 heures, elle se rendit à son bureau pour entamer sa journée. Elle se prépara une tasse de café, fit chauffer un bol de flocons d'avoine dans le micro-ondes et passa en revue la liste des élèves qui s'étaient inscrits aux tests. Lorsqu'ils commencèrent à arriver à 6 heures, elle était prête à les recevoir. Elle débuta par les sélections en natation pour les classes de troisième. Elle avait hâte d'entamer les entraînements. Et elle était certaine d'une chose : elle n'aurait changé de vie pour rien au monde.

Vous avez aimé ce livre ?
Vous souhaitez en savoir plus sur Danielle STEEL ?
Devenez, gratuitement et sans engagement, membre du
**CLUB DES AMIS DE DANIELLE STEEL**
et recevez une photo en couleurs.

Pour cela il suffit de vous inscrire sur le site
**www.danielle-steel.fr**

Club des Amis de Danielle Steel
au 92, Avenue de France – 75013 Paris

---

La liste de tous les romans de Danielle Steel disponibles chez Pocket se trouve au début de cet ouvrage. Si un ou plusieurs titres vous manquent, commandez-les à votre libraire.

*Cet ouvrage a été composé et mis en page
par Nord Compo à Villeneuve-d'Ascq*

*Imprimé en France par* CPI
en juillet 2022
N° d'impression : 3047926

Pocket – 92 avenue de France, 75013 PARIS

S32280/01